¿Quieres hacer el favor
de callarte, por favor?

Raymond Carver

¿Quieres hacer el favor de callarte, por favor?

Traducción de Jesús Zulaika

EDITORIAL ANAGRAMA

BARCELONA

Título de la edición original:
Will you please be quiet, please?
Alfred A. Knopf
Nueva York, 1976

Ilustración: © Patricia Cruz (@lapatry_cruz)

Primera edición en «Panorama de narrativas»: septiembre 1988
Primera edición en «Compactos»: julio 1997
Vigesimosegunda edición en «Compactos»: enero 2026

Diseño de la colección: Julio Vivas y Estudio A

© De la traducción, Jesús Zulaika, 1988

© Raymond Carver, 1976

© Tess Gallagher, 1989

© EDITORIAL ANAGRAMA, S. A. U., 1988
    Pau Claris, 172
    08037 Barcelona

ISBN: 978-84-339-4878-6
Depósito legal: B. 16759-2025

Printed in Spain

Liberdúplex, S. L. U., ctra. BV 2249, km 7,4 - Polígono Torrentfondo
08791 Sant Llorenç d'Hortons

Este libro es para Maryann

GORDO

Estoy sentada ante un café y unos cigarrillos en casa de mi amiga Rita, y se lo estoy contando.

He aquí lo que le cuento.

Es ya tarde, un aburrido miércoles, cuando Herb sienta al hombre gordo en una de mis mesas.

Este gordo es la persona más gorda que he visto en mi vida, aunque tiene aspecto pulcro y viste con elegancia. Todo en él es grande. Pero lo que mejor recuerdo son sus dedos. Cuando me paro en la mesa contigua a la suya para atender a la pareja de viejos, me fijo ante todo en sus dedos. Parecen tres veces más grandes que los de una persona corriente... dedos largos, gruesos, de aspecto cremoso.

Estoy atendiendo a mis otras mesas: un grupo de cuatro hombres de negocios, gente muy exigente, otro grupo de cuatro, tres hombres y una mujer, y la pareja de viejos. Leander le ha servido el agua al gordo, y yo le dejo tiempo de sobra para decidirse antes de acercarme.

Buenas tardes, digo. ¿Le atiendo ya?, digo.

Rita, era grande. Y quiero decir grande de verdad.

Buenas tardes, dice. Hola. Sí, dice. Creo que estamos listos para pedir, dice.

Tiene esa forma de hablar... extraña, ¿sabes a lo que me refiero? Y de cuando en cuando suelta como un ligero resoplido.

Creo que empezaremos con una ensalada César, dice. Y luego una sopa y más pan y mantequilla, si hace el favor. Tomaré las chuletas de cordero, creo, dijo. Y patatas asadas con nata agria. Luego veremos el postre. Muchas gracias, dice, y me devuelve la carta.

Dios, Rita, aquéllos sí que eran dedos...

Me voy de prisa a la cocina y le entrego la nota a Rudy, que la coge con una mueca. Ya conoces a Rudy. Rudy es así cuando trabaja.

Al salir de la cocina. Margo, ¿te he hablado de Margo?, ¿la que anda detrás de Rudy? Pues Margo me dice: ¿quién es ese amigo tuyo tan gordo? Es un auténtico fati.

Bien, pues tiene que ver con eso. Seguro que tiene que ver con eso.

Le preparo la ensalada César allí mismo, en la mesa, y él sigue con la mirada cada movimiento mío, y mientras me mira va untando trozos de pan con mantequilla y los va dejando a un lado, y soltando resoplidos todo el tiempo. El caso es que estoy tan nerviosa o lo que sea que vuelco su vaso de agua.

Perdón, lo siento, digo. Pasa siempre cuando se hacen las cosas de prisa. Lo siento mucho, digo. ¿Está usted bien?, digo. Le mando al chico a limpiar esto al instante, digo.

No es nada, dice él. Está bien, dice, y resopla. No se preocupe, no nos importa, dice. Sonríe y hace un gesto con la mano mientras me voy en busca de Leander, y cuando vuelvo a servirle la ensalada veo que el gordo se ha comido todo el pan con mantequilla.

Al poco, cuando le traigo más pan y mantequilla, se ha acabado la ensalada. ¿Sabes el tamaño de esas ensaladas César?

Muy amable, dice. El pan está delicioso, dice.

Gracias, digo.

Bien, es buenísimo, y no lo decimos por decir. No solemos tener ocasión de comer panes como éste, dice.

¿De dónde es usted?, le pregunto. No creo haberle visto nunca por aquí, digo.

No es el tipo de persona que se olvida, dice Rita con una risita.

De Denver, dice.

Aunque siento curiosidad, no indago más sobre el tema.

Le traeré la sopa en seguida, señor, digo, y voy a dar los últimos toques a la mesa de los cuatro hombres de negocios, que son gente muy exigente.

Cuando le sirvo la sopa veo que el pan ha vuelto a desaparecer. Se está metiendo en la boca el último trozo.

Créame, no tenemos ocasión de comerlo tan bueno muy a menudo, dice. Y resopla. Tendrá que disculparnos, dice.

Ni lo piense, por favor, digo yo. Me gusta ver a la gente que disfruta comiendo, digo.

No sé, dice. Supongo que podríamos llamarlo disfrutar. Y resopla. Se pone la servilleta. Luego coge la cuchara.

¡Dios, qué gordo es!, dice Leander.

No puede evitarlo, digo, así que calla la boca.

Le pongo en la mesa otra cestita de pan y más mantequilla. ¿Qué tal ha estado la sopa?, le pregunto.

Gracias. Buena, dice. Muy buena, dice. Se limpia la boca y se da unos golpecitos en la barbilla. ¿Hace calor aquí o es impresión mía?, dice.

No, hace calor, digo yo.

Puede que nos quitemos la chaqueta, dice él.

Adelante, digo. Lo mejor es ponerse cómodo, digo.

Cierto, dice, muy cierto, muy pero que muy cierto, dice.

Pero al rato veo que sigue con la chaqueta puesta.

Mis mesas de grupo se han vaciado, y también la de la pareja de viejos. Los clientes se van yendo. Para cuando le sirvo al hombre gordo las chuletas de cordero con patatas asadas, y más pan y mantequilla, sólo queda él en el local.

Le echo montones de nata agria sobre las patatas. Le echo bacon desmenuzado y cebollino sobre la nata. Le traigo más pan y mantequilla.

¿Todo bien?, le pregunto.

Muy bien, dice, y resopla. Excelente, gracias, dice, y vuelve a resoplar.

Disfrute de la cena, digo. Levanto la tapa del azucarero y miro dentro. Él asiente y se queda mirándome hasta que me retiro. Ahora sé que yo estaba buscando algo. Pero no sé qué.

¿Qué tal va la bola de sebo? Te va a desgastar las piernas, dice Harriet. Ya conoces a Harriet.

De postre, le digo al hombre gordo, tenemos el Especial Farol Verde, que es un pastel de bizcocho con crema, o tarta de queso o helado de vainilla o sorbete de piña.

¿No le estaremos retrasando?, dice, resoplando y con aire preocupado.

En absoluto, digo. Desde luego que no, digo. Coma tranquilo, digo. Le traeré más café mientras se decide.

Le seremos sinceros, dice. Y se mueve en su asiento. Nos apetece el Especial, pero creo que también nos tomaremos un helado de vainilla. Con un toque de chocolate líquido, si hace el favor. Ya le dijimos que teníamos apetito, dice.

Voy a la cocina y le preparo yo misma el postre, y Rudy dice: Harriet dice que tienes en una mesa a un gordo del circo. ¿Es cierto?

Rudy ya no lleva el delantal ni el gorro, ya me entiendes.

Rudy, es gordo, digo, pero eso es todo.

Rudy se limita a reír.

Me da la sensación de que a esta chica le gusta el gordo, dice.

Ya puedes tener cuidado, Rudy, dice Joanne, que acaba de entrar en la cocina.

Me estoy poniendo celoso, le dice Rudy a Joanne.

Pongo el Especial ante el hombre gordo, y un gran helado de vainilla con chocolate líquido a un lado.

Gracias, dice.

De nada, digo, y entonces me invade como una sensación.

Lo crea o no, dice, no hemos comido siempre así.

Yo, por más que como, no logro engordar, digo. Me gustaría ganar peso, digo.

No, dice. Nosotros, si pudiéramos elegir, diríamos no. Pero no hay elección.

Y coge la cuchara y come.

¿Qué más?, dice Rita, encendiendo un cigarrillo de mi cajetilla y acercando la silla a la mesa. La cosa se ha puesto interesante, dice.

Nada más. Eso es todo. Se come el postre, luego se va y Rudy y yo nos vamos a casa.

Qué tío gordito, dice Rudy, estirándose como suele hacer cuando está cansado. Luego se echa a reír y sigue viendo la tele.

Pongo a hervir agua para el té y me doy una ducha. Me toco la tripa y me pregunto qué pasaría si tuviese niños y me saliese uno como ése, tan gordo.

Echo el agua en la tetera, pongo las tazas, el azucarero, el cartón de *half and half*, y llevo la bandeja a donde Rudy. Como si hubiera estado pensando en ello, Rudy dice: Conocí una vez a un gordo, a un par de gordos, gordos de verdad, de chico. Eran unos gorditos rellenos, santo Dios. No recuerdo sus nombres. Gordo, ése era el único nombre que tenía aquel chico. Le llamábamos Gordo, al chico que vivía en la casa de al lado. Era mi vecino. El otro chico gordo vino después. Se llamaba Wobbly.[1] Todo el mundo le llamaba Wobbly menos los profesores. Wobbly y Gordo. Me gustaría tener fotos suyas, dice Rudy.

No se me ocurre nada que decir, así que tomamos el té y al poco me levanto para irme a la cama. Rudy se levanta también, apaga la televisión, cierra con llave la puerta principal y empieza a desabrocharse los botones.

1. *Wobbly:* bamboleante. *(N. del T.)*

Me meto en la cama y me aparto hasta el borde de mi lado y me pongo boca abajo. Pero en seguida, en cuanto apaga la luz y se mete en la cama, Rudy empieza. Me pongo boca arriba y me relajo un poco, aunque es contra mi voluntad. Pero ocurre una cosa, la siguiente: cuando lo tengo encima, de pronto me siento gorda. Me siento terriblemente gorda, tan gorda que Rudy se convierte en algo diminuto que apenas siento encima.

Curioso lo que me cuentas; dice Rita, pero veo que no sabe qué diablos sacar en limpio.

Me siento deprimida. Pero no le digo nada a Rita. Ya le he contado bastante.

Se queda allí sentada, esperando, y sus delicados dedos juguetean con el pelo.

¿Esperando qué? Me gustaría saberlo.

Es agosto.

Mi vida va a cambiar. Lo presiento.

VECINOS

Bill y Arlene Miller eran una pareja feliz. Pero de cuando en cuando tenían la sensación de que en su círculo de amistades se les había relegado —y sólo a ellos— un tanto, y que tal actitud había hecho que Bill se entregara a su trabajo de contable y que Arlene se dedicara a sus tareas de secretaria. Hablaban de ello a veces, sobre todo comparando su vida con la de sus vecinos Harriet y Jim Stone. A los Miller les parecía que los Stone llevaban una vida más llena y excitante. Los Stone salían mucho a cenar fuera, o recibían a amigos en casa, o viajaban por el país aprovechando los desplazamientos de Jim por motivos de trabajo.

Los Stone vivían enfrente de los Miller, al otro lado del pasillo. Jim era vendedor en una empresa de piezas de maquinaria y solía arreglárselas para hacer que sus viajes fueran a la vez de placer y de negocios, y en esta ocasión los Stone estarían fuera diez días, primero en Cheyenne y luego en St. Louis visitando a unos parientes. Los Miller, en su ausencia, cuidarían de su apartamento, darían de comer a Kitty y regarían las plantas.

Bill y Jim se dieron la mano junto al coche. Harriet y Arlene se cogieron por los codos y se dieron un ligero beso en los labios.

—Que os divirtáis —dijo Bill a Harriet.

—Nos divertiremos —dijo Harriet—. Y vosotros igual, chicos.

Arlene asintió con la cabeza.

Jim le dirigió un guiño.

–Adiós, Arlene. Cuida del muchacho este.

–Lo haré –dijo Arlene.

–Divertíos –dijo Bill.

–No lo dudes –dijo Jim, dándole a Bill un ligero apretón en el brazo–. Y gracias de nuevo, chicos.

Los Stone hicieron adiós con las manos al alejarse. Y lo mismo hicieron los Miller.

–Me gustaría que fuéramos nosotros quienes saliéramos de viaje –dijo Bill.

–Dios sabe lo bien que nos vendrían unas vacaciones –dijo Arlene. Le cogió el brazo y se lo pasó por la cintura mientras subían las escaleras hacia su apartamento.

Después de la cena, Arlene dijo:

–No te olvides. La primera noche Kitty come la de sabor a hígado.

Estaba de pie en la puerta de la cocina, doblando el mantel hecho a mano que Harriet le había regalado el año anterior a su vuelta de Santa Fe.

Bill, al entrar en el apartamento de los Stone, respiró hondo. Era un aire ya cargado, y tenuemente dulce. El reloj con el sol naciente de encima del televisor marcaba las ocho y media. Recordaba el día en que Harriet había llegado a casa con él, cómo había cruzado el pasillo para enseñárselo a Arlene, acunando la caja de latón y hablándole a través del papel de seda como si le hablara a un bebé.

Kitty se restregó la cara contra las zapatillas y se recostó de lado en el suelo, pero en seguida brincó sobre sus pies cuando Bill fue a la cocina y escogió una de las latas apiladas en la reluciente escurridera. Luego dejó a la gata con su comida y se dirigió hacia el baño. Se miró en el espejo y cerró los ojos y volvió a mirarse. Abrió el botiquín. Vio un frasco de píldoras y leyó la etiqueta: *Harriet Stone. Una al día según prescrip-*

ción. Y se metió el frasco en el bolsillo. Volvió a la cocina, llenó una jarra de agua y entró en la sala. Regó las plantas, dejó la jarra sobre la alfombra y abrió el mueble bar. Buscó en el fondo la botella de Chivas Regal. Bebió dos tragos de la botella, se limpió los labios con la manga y volvió a dejar la botella dentro del mueble.

Kitty estaba echada en el sofá, dormida. Bill apagó las luces y cerró la puerta despacio, asegurándose de que quedaba cerrada. Tenía la sensación de que se había dejado algo.

—¿Por qué has tardado tanto? —dijo Arlene. Estaba sentada sobre las piernas, viendo la televisión.

—Por nada. Jugaba con Kitty —dijo él, y se acercó a Arlene y le tocó los pechos.

—Vámonos a la cama, cariño —dijo.

Al día siguiente Bill se tomó sólo diez de los veinte minutos de descanso de la tarde, y salió del trabajo a las cinco menos cuarto. Dejó el coche en el aparcamiento en el preciso instante en que Arlene saltaba del autobús. Esperó hasta que hubo entrado en el edificio, y luego corrió escaleras arriba y la sorprendió saliendo del ascensor.

—¡Bill! Dios, me has asustado. Llegas pronto —dijo Arlene.

Bill se encogió de hombros.

—No había nada que hacer en la oficina —dijo.

Ella le dejó su llave para abrir la puerta. Él, antes de entrar detrás de ella, miró a la puerta del otro lado del pasillo.

—Vámonos a la cama —dijo él.

—¿Ahora? —dijo ella riendo—. ¿Qué mosca te ha picado?

—Ninguna. Quítate el vestido. —Trató de asir a Arlene torpemente, y ella dijo—: Santo cielo, Bill.

Bill se soltó el cinturón.

Luego encargaron comida china por teléfono, y cuando llegó comieron con apetito, sin hablar, escuchando discos.

—No nos olvidemos de dar de comer a Kitty —dijo Arlene.

—Precisamente estaba pensando en eso —dijo Bill—. Voy ahora mismo.

Esta vez eligió una lata de sabor a pescado para la gata, llenó la jarra y fue a regar las plantas. Cuando volvió a la cocina, Kitty escarbaba en su caja. Al verlo se quedó mirándole fijamente, y luego volvió a centrar su interés en la caja. Bill abrió todos los armarios y examinó las latas de conserva, los cereales, los comestibles empaquetados, los vasos de vino y de cóctel, la porcelana, la batería de cocina. Abrió el frigorífico. Olió unos tallos de apio, dio un par de bocados al queso Cheddar y entró en el dormitorio mordiendo una manzana. La cama parecía enorme, y la mullida colcha blanca llegaba hasta el suelo. Abrió un cajón de la mesilla de noche, vio un paquete de cigarrillos mediado y se lo metió en el bolsillo. Luego fue hasta el armario ropero y estaba abriéndolo cuando oyó que llamaban a la puerta.

Al pasar por el cuarto de baño accionó la cisterna del váter.

—¿Por qué tardabas tanto? —le dijo Arlene—. Llevas aquí más de una hora.

—¿Sí? —dijo él.

—Sí —dijo ella.

—He tenido que entrar en el baño —dijo él.

—Tienes tu propio baño —dijo ella.

—No he podido esperar —dijo él.

Aquella noche hicieron el amor de nuevo.

Le había pedido a Arlene que le despertara por la mañana. Se duchó, se vistió y tomó un desayuno ligero. Intentó empezar un libro. Salió a dar un paseo y se sintió mejor. Pero al rato, aún con las manos en los bolsillos, volvió al apartamento. Se paró junto a la puerta de los Stone para ver si oía a la gata. Luego entró en su apartamento y fue a la cocina a coger la llave.

El apartamento de los Stone le pareció más fresco que el suyo, y más oscuro. Se preguntó si las plantas tendrían algo que ver con la temperatura ambiente. Miró por la ventana, y luego fue recorriendo despacio los cuartos, fijándose en todo lo que encontraba a su paso. Detenidamente, un objeto tras otro. Vio ceniceros, muebles, utensilios de cocina, el reloj. Lo miró todo. Al cabo entró en el dormitorio, y la gata apareció a sus pies. La acarició –una sola vez–, la llevó hasta el cuarto de baño y cuando la gata entró, cerró la puerta.

Se echó en la cama y se quedó allí mirando el techo. Siguió un rato tumbado con los ojos cerrados, y luego se pasó la mano por debajo del cinturón. Trató de recordar qué día era. Trató de recordar cuándo volverían los Stone, y a continuación se preguntó si realmente iban a volver. No podía recordar sus caras, ni cómo hablaban o vestían. Suspiró, se dejó caer de la cama con esfuerzo y fue hasta el tocador y se inclinó para mirarse en el espejo.

Abrió el armario ropero y eligió una camisa hawaiana. Por fin encontró unas bermudas, perfectamente planchadas y colgadas sobre unos pantalones de sarga castaños. Se quitó la ropa y se puso la camisa y las bermudas. Volvió a mirarse en el espejo. Fue a la sala de estar y se sirvió una bebida y volvió al dormitorio bebiéndosela a sorbitos. Se puso una camisa azul, un traje oscuro, una corbata azul y blanca y unos mocasines negros. El vaso estaba vacío y fue a servirse otro trago.

De nuevo en el dormitorio, se sentó en una silla, cruzó las piernas, se miró en el espejo y sonrió. El teléfono sonó un par de veces. Apuró la bebida y se quitó el traje. Registró los cajones de arriba hasta encontrar unas bragas y un sostén. Se puso las bragas y el sostén, y registró el ropero en busca de un conjunto. Se puso una falda a cuadros negros y blancos y trató de subirse la cremallera. Luego se puso una blusa color vivo con botones en la delantera. Examinó los zapatos de Harriet, pero se dio cuenta de que le quedarían pequeños. Se quedó largo rato mirando por la ventana de la sala de estar, detrás de la cortina. Luego volvió al dormitorio y lo puso todo en su sitio.

No tenía hambre. Tampoco ella comió mucho. Se miraron tímidamente y sonrieron. Ella se levantó de la mesa, comprobó que la llave seguía en la repisa y recogió apresuradamente la mesa.

Él estaba en el umbral de la cocina fumando un cigarrillo, y vio cómo cogía la llave.

–Ponte cómodo mientras paso ahí enfrente –dijo ella–. Lee el periódico o haz cualquier cosa. –Apretó la llave contra sus dedos. Le dijo a Bill que parecía cansado.

Bill trató de concentrarse en las noticias. Leyó el periódico y puso la televisión. Finalmente salió de casa y cruzó el pasillo. La puerta estaba cerrada.

–Soy yo. ¿Sigues ahí dentro, cariño? –llamó.

Al cabo de unos minutos se oyó la cerradura y salió Arlene y cerró la puerta con llave.

–¿Tanto he tardado? –dijo.

–Sí, has tardado –dijo él.

–¿De veras? –dijo ella–. Habré estado jugando con Kitty.

La observó. Ella, con la mano aún sobre el pomo de la puerta, apartó la mirada.

–Es extraño –dijo Arlene–. Ya sabes... entrar así en casa de alguien.

Él asintió con la cabeza, le cogió la mano que seguía sobre el pomo y condujo a Arlene hasta el otro lado del pasillo. Entraron en su apartamento.

–Sí, es extraño –dijo.

Le descubrió una pelusa blanca en la espalda del suéter, y vio que sus mejillas estaban encendidas. Se puso a besarla en el cuello y en el pelo, ella se volvió y lo besó también.

–Maldita sea –dijo ella–. Maldita sea... –dijo como cantando, dando palmadas como una chiquilla–. Me acabo de acordar. Se me ha olvidado por completo hacer lo que tenía que hacer ahí dentro. Ni he dado de comer a Kitty ni he regado ninguna planta. –Le miró–. ¿No es estúpido?

—No lo creo —dijo él—. Espera un momento. Voy a coger el tabaco y te acompaño.

Arlene esperó a que Bill cerrara con llave la puerta. Luego le cogió del brazo, más arriba del codo, y dijo:

—Creo que tengo que contártelo. He encontrado unas fotos.

Bill se paró en medio del pasillo.

—¿Qué clase de fotos?

—Vas a verlo por ti mismo —dijo Arlene, y se quedó mirándole.

—¿En serio? —Sonrió abiertamente—. ¿Dónde?

—En un cajón —dijo Arlene.

—¿En serio? —dijo Bill.

Y, después de unos instantes, Arlene dijo:

—A lo mejor no vuelven. —Y acto seguido se quedó asombrada de lo que había dicho.

—Es posible —dijo Bill—. Todo es posible.

—O puede que vuelvan y... —Arlene no terminó la frase.

Se cogieron de la mano y recorrieron el breve trecho de pasillo. Y cuando Bill habló, Arlene apenas pudo oír sus palabras.

—La llave —dijo Bill—. Dámela.

—¿Qué? —dijo Arlene. Se quedó mirando la puerta.

—La llave —dijo Bill—. La tienes tú.

—Dios mío —dijo Arlene—. Me la he dejado dentro.

Bill tentó el pomo. La puerta estaba cerrada. Luego lo intentó Arlene. El pomo no giraba. Arlene tenía los labios abiertos, y su respiración era pesada, expectante. Bill abrió los brazos y Arlene se fue hacia ellos.

—No te preocupes —le dijo Bill al oído—. Por el amor de Dios, no te preocupes.

Se quedaron allí, quietos. Abrazados. Se apoyaron contra la puerta, como en contra de un viento, el uno en brazos del otro.

¡HABRASE VISTO...!

Habíamos terminado de cenar y yo llevaba una hora en la mesa de la cocina, con la luz apagada, vigilando. Si él pensaba hacerlo aquella noche, era la hora, incluso pasada. No le había visto desde hacía tres noches. Pero aquella noche el dormitorio tenía la persiana subida y la luz encendida.

Aquella noche yo tenía una corazonada.

Y entonces lo vi. Abrió la puerta de tela metálica y salió al porche trasero. Llevaba una camiseta y una especie de bermudas, o de bañador. Miró en torno una vez, brincó del porche a las sombras y se puso a andar por el costado de la casa. Si no hubiera estado mirando, no lo habría visto. Se detuvo frente a la ventana iluminada y miró hacia el interior.

–Vern –llamé–. ¡Vern, corre! Está ahí fuera. ¡Date prisa!

Vern estaba en la sala leyendo el periódico, con la televisión encendida. Oí cómo tiraba el periódico al suelo.

–¡Que no te vea! –dijo Vern–. ¡No te acerques demasiado a la ventana!

Vern siempre me dice eso: que no me acerque demasiado. Creo que a Vern eso de espiar le pone un poco violento. Pero sé que le divierte. Lo ha admitido.

–Si no encendemos la luz no puede vernos. –Es lo que siempre le digo. Llevamos ya tres meses haciéndolo. Desde el 3 de septiembre, para ser exactos. Fue la primera noche que lo vi allí fuera. Antes de esa fecha, no sé desde hacía cuánto tiempo sucedía todo aquello.

Aquella noche estuve a punto de coger el teléfono y llamar al *sheriff.* Hasta que por fin reconocí a la persona que rondaba por allí. El propio Vern tuvo que explicármelo. E incluso entonces tardé un poco en asimilarlo. Pero desde entonces vigilo, y puedo jurar que el tipo lo hace cada dos o tres noches, a veces más a menudo. Lo he visto ahí fuera hasta lloviendo. De hecho puedes estar seguro de verlo si llueve. Pero esa noche el cielo estaba despejado y hacía viento. Había luna.

Nos arrodillamos tras la ventana y Vern se aclaró la garganta.

–Míralo –dijo. Estaba fumando, y de cuando en cuando se echaba la ceniza encima de la mano. Al aspirar el humo apartaba el cigarrillo de la ventana. Vern no para de fumar; no hay nada capaz de impedírselo. Incluso duerme con un cenicero a dos palmos de la cabeza. De noche me desvelo y veo que se despierta y se pone a fumar.

–Santo Dios –dijo Vern.

–¿Qué es lo que tiene ella que no tengamos las demás? –le dije a Vern al cabo de un momento. Estábamos en cuclillas, con apenas media cabeza sobre el alféizar, y observábamos a un hombre que estaba allí, a la intemperie, mirando por la ventana el interior de su propio dormitorio.

–Ahí está –dijo Vern. Se aclaró la garganta justo al lado de mi oído. Seguimos espiando.

Ahora pude distinguir a alguien detrás de la cortina. Debía de ser ella desnudándose. Pero no lograba verla con detalle. Forcé la vista. Vern llevaba puestas las gafas de leer, podía verlo todo mucho mejor que yo. De pronto la cortina se corrió hacia un lado y la mujer dio la espalda a la ventana.

–¿Qué está haciendo ahora? –dije, sabiéndolo de sobra.

–Santo Dios –dijo Vern.

–¿Qué está haciendo, Vern? –dije yo.

—Se está quitando la ropa —dijo Vern—. ¿Qué imaginas que está haciendo?

Entonces se apagó la luz del dormitorio y el hombre echó a andar bordeando el muro de la casa. Abrió la puerta de tela metálica y entró, y al poco se apagaron las demás luces.

Vern tosió, volvió a toser y sacudió la cabeza. Encendí la luz. Vern se quedó allí sentado sobre los talones. Luego se levantó y encendió un cigarrillo.

—Algún día voy a decirle a esa tipeja lo que pienso de ella —dije, y miré a Vern.

Vern soltó una especie de risa.

—Lo digo en serio —dije—. Cualquier día, cuando me la encuentre en el supermercado, se lo voy a decir en plena cara.

—Yo no lo haría. ¿Para qué diablos vas a decírselo? —dijo Vern.

Pero estoy segura de que no creía que hablara en serio. Frunció el ceño y se miró las uñas. Movió la lengua dentro de la boca y achicó los ojos, como suele hacer cuando se concentra. Luego su expresión cambió y se rascó la barbilla.

—No creo que te atrevas a hacer nada semejante —dijo.

—Ya lo verás —dije.

—Mierda —dijo.

Lo seguí hasta la sala. Estábamos quisquillosos. Por culpa del asunto aquel.

—Espera y verás —dije.

Vern aplastó el cigarrillo en el cenicero grande. Se quedó de pie junto a su sillón de cuero y miró la televisión durante un instante.

—No se puede hacer nada —dijo. Luego dijo algo más. Dijo—: Puede que haga algo ahí afuera. —Vern encendió otro cigarrillo—. Nunca se sabe.

—Si alguien me viera mirando por la ventana —dije—, tendría en seguida a la policía encima. Menos Cary Grant, quizá —dije.

Vern se encogió de hombros.

–Nunca se sabe –dijo.

Tenía apetito. Fui a la alacena y miré lo que había. Luego abrí el frigorífico.

–Vern, ¿quieres comer algo? –le grité.

No respondió. Oí el agua en el cuarto de baño. Pero supuse que querría comer algo. A esta hora solemos tener hambre. Puse pan y fiambre de carne en la mesa y abrí una lata de sopa. Saqué galletas y mantequilla de cacahuete, pastel de carne, encurtidos, aceitunas, patatas fritas. Lo puse todo en la mesa. Y entonces me acordé de la tarta de manzana.

Vern salió en bata, con el pijama de franela. Tenía el pelo húmedo, alisado hacia atrás, y olía a agua de colonia. Miró todo lo que había en la mesa. Y dijo:

–¿Qué tal unos cereales con azúcar moreno? –Se sentó y abrió el periódico a un lado del plato.

Comimos. El cenicero se llenó de huesos de aceitunas y de colillas.

Cuando terminamos, Vern esbozó una amplia sonrisa y dijo:

–¿Qué es eso que huele tan bien?

Fui hasta el horno y saqué los dos trozos de tarta de manzana con queso fundido encima.

–Tiene muy buen aspecto –dijo Vern.

Poco después dijo:

–No puedo más. Me voy a la cama.

–Yo también –dije–. Quitaré la mesa.

Estaba echando los restos de los platos en el cubo de la basura cuando vi las hormigas. Miré más de cerca. Venían de algún rincón de debajo de las tuberías, bajo la pila, en una hilera continua, y subían por un lado del cubo y bajaban por el otro. Iban y venían. Encontré el espray en uno de los cajones y rocié el cubo de la basura por dentro y por fuera, y luego hasta donde pude llegar debajo de la pila. Después me lavé las manos y eché una última mirada a la cocina.

Vern estaba dormido. Roncaba. Se despertaría pocas horas después, iría al baño, fumaría. El televisor pequeño, al pie de la cama, estaba encendido, pero la imagen corría de abajo arriba.

Me habría gustado decirle a Vern lo de las hormigas.

Me preparé para acostarme, sin prisa, fijé la imagen de la tele, me deslicé dentro de la cama. Vern seguía haciendo los ruidos que hace cuando duerme.

Vi la televisión un rato, pero era un coloquio y no me gustan los coloquios. Me puse a pensar de nuevo en las hormigas.

Al poco ya me las estaba imaginando por toda la casa. Me pregunté si despertar a Vern y decirle que estaba teniendo un mal sueño. Pero en lugar de eso me levanté y fui a buscar el espray. Volví a mirar debajo de la pila. Pero ya no había hormigas. Encendí todas las luces de la casa.

Seguí echando espray.

Al final subí la persiana de la cocina y miré por la ventana. Era muy tarde. Soplaba el viento, y oí ruido de ramas que se partían.

–Esa tipeja –dije–. ¡Habrase visto...!

Dije incluso cosas peores, cosas que no puedo repetir.

NO SON TU MARIDO

Earl Ober era vendedor y estaba buscando empleo. Pero Doreen, su mujer, se había puesto a trabajar como camarera de turno de noche en un pequeño restaurante que abría las veinticuatro horas, situado en un extremo de la ciudad. Una noche, mientras tomaba unas copas, Earl decidió pasar por el restaurante a comer algo. Quería ver dónde trabajaba Doreen, y de paso ver si podía tomar algo a cuenta de la casa.

Se sentó en la barra y estudió la carta.

—¿Qué haces aquí? —dijo Doreen cuando lo vio allí sentado.

Le tendió la nota de un pedido al cocinero.

—¿Qué vas a pedir, Earl? —dijo luego—. ¿Los niños están bien?

—Perfectamente —dijo Earl—. Tomaré café y un sándwich de ésos. Número Dos.

Doreen tomó nota.

—¿Alguna posibilidad de... ya sabes? —dijo, y le guiñó un ojo.

—No —dijo ella—. No me hables ahora. Tengo trabajo.

Earl se tomó el café y esperó el sándwich. Dos hombres trajeados, con la corbata suelta y el cuello de la camisa abierto, se sentaron a su lado y pidieron café. Cuando Doreen se retiraba con la cafetera, uno de ellos le dijo al otro:

—Mira qué culo. No puedo creerlo.

El otro hombre rió.

—Los he visto mejores —dijo.

—A eso me refiero —dijo su compañero—. Pero a algunos tipos las palomitas les gustan gordas.

—A mí no —dijo el otro.

—Ni a mí —dijo el primero—. Es lo que te estaba diciendo.

Doreen le trajo el sándwich. A su alrededor, había patatas fritas, ensalada de col y una salsa de eneldo.

—¿Algo más? —dijo—. ¿Un vaso de leche?

Earl no dijo nada. Negó con la cabeza mientras ella seguía allí de pie, esperando.

Al rato volvió con la cafetera y sirvió a Earl y a los dos hombres. Luego cogió una copa y se dio la vuelta para servir un helado. Se agachó y, doblada por completo sobre el congelador, se puso a sacar helado con el cacillo. La falda blanca se le subió hacia arriba por las piernas, se le pegó a las caderas. Y dejó al descubierto una faja de color rosa y unos muslos rugosos y grisáceos y un tanto velludos, con una alambicada trama de venillas.

Los dos hombres de la barra, al lado de Earl, intercambiaron miradas. Uno de ellos alzó las cejas. El otro sonrió regocijado y siguió mirando por encima de su taza a Doreen, que ahora coronaba el helado con jarabe de chocolate. Cuando Doreen se puso a agitar el bote de crema batida, Earl se levantó, dejó el plato a medio comer en la barra y se dirigió hacia la puerta. Oyó que Doreen lo llamaba, pero siguió su camino.

Después de echar una ojeada a los niños fue al otro dormitorio y se quitó la ropa. Se subió las mantas, cerró los ojos y se puso a pensar. La sensación le comenzó en la cara, y luego le descendió hasta el estómago y las piernas. Abrió los ojos y movió la cabeza de acá para allá sobre la almohada. Luego se volvió sobre su lado y se durmió.

Por la mañana, después de mandar a los niños al colegio, Doreen entró en el dormitorio y subió la persiana. Earl ya se había despertado.

–Mírate al espejo –dijo Earl.

–¿Qué? –dijo ella–. ¿A qué te refieres?

–Tú mírate al espejo –dijo él.

–¿Y qué es lo que debo ver? –dijo ella. Pero se miró en el espejo del tocador y se apartó el pelo de los hombros.

–¿Y bien? –dijo él.

–¿Y bien qué? –dijo ella.

–Odio tener que decírtelo –dijo él–, pero creo que deberías ir pensando en seguir una dieta. Lo digo en serio. Sí, en serio. Creo que podrías perder unos kilos. No te enfades.

–¿Qué estás diciendo? –dijo ella.

–Lo que he dicho. Creo que no estaría mal que perdieras unos kilos. Unos cuantos, al menos.

–Nunca me has dicho nada –dijo Doreen. Se levantó el camisón por encima de las caderas y se volvió para mirarse el vientre en el espejo.

–Antes no pensaba que te hiciera falta –dijo Earl. Trataba de elegir cuidadosamente las palabras.

Con el camisón aún recogido sobre las caderas, Doreen dio la espalda al espejo y se miró por encima del hombro. Se alzó una nalga con la palma de la mano y la dejó caer.

Earl cerró los ojos.

–Puede que esté equivocado –dijo.

–Imagino que sí, que podría perder algo de peso. Pero me costará –dijo Doreen.

–Tienes razón, no será fácil –dijo Earl–. Pero te ayudaré.

–Quizá tengas razón –dijo Doreen. Dejó caer el camisón y miró a Earl. Y se quitó el camisón.

Hablaron de dietas. Hablaron de dietas de proteínas, de dietas de «sólo verduras», de la dieta del zumo de pomelo. Pero decidieron que no tenían el dinero necesario para los bistecs de la dieta de proteínas.

Luego Doreen dijo que tampoco le apetecía atiborrarse de verduras, y que, habida cuenta de que el zumo de pomelo no la entusiasmaba, tampoco veía mucho sentido en una dieta así.

–De acuerdo, olvídalo –dijo él.

–No, no. Tienes razón –dijo ella–. Haré algo.

–¿Qué tal si haces ejercicio? –dijo él.

–Para ejercicio ya tengo bastante con el que hago en el trabajo –dijo ella.

–Pues deja de comer –dijo Earl–. Unos días, al menos.

–De acuerdo –dijo Doreen–. Lo intentaré. Lo intentaré unos cuantos días. Me has convencido.

–Soy vendedor –dijo Earl.

Calculó el saldo de su cuenta corriente, cogió el coche, fue a un almacén de artículos con descuento y compró una báscula de baño. Observó detenidamente a la dependienta que registraba la venta en la caja.

En casa, hizo que Doreen se desvistiera por completo y se subiera a la báscula. Al ver sus varices, frunció el ceño. Pasó el dedo a lo largo de una que le ascendía por el muslo.

–¿Qué estás haciendo? –pregunto Doreen.

–Nada –dijo Earl.

Miró la báscula y escribió una cifra en un papel.

–Muy bien –dijo–. Muy bien.

Al día siguiente pasó casi toda la tarde fuera; tenía una entrevista. El empresario, un hombre corpulento que cojeaba mientras le mostraba los accesorios de fontanería del almacén, le preguntó si podía viajar.

–Por supuesto que puedo –dijo Earl.

El hombre asintió con la cabeza.

Earl sonrió.

Antes de abrir, oyó la televisión dentro de la casa. Cruzó la sala, pero los niños no levantaron la mirada. Doreen, vestida para el trabajo, comía huevos revueltos con bacon en la cocina.

—¿Qué estás haciendo? —dijo Earl.

Ella siguió masticando, con los carrillos llenos. Pero luego echó lo que tenía en la boca encima de una servilleta.

—No he podido aguantarme —dijo.

—Cafre —dijo Earl—. *¡Sigue, sigue comiendo! ¡Come!*

Se metió en el dormitorio, cerró la puerta y se echó sobre la colcha. Seguía oyendo la televisión. Se puso las manos debajo de la cabeza y miró al techo.

Doreen abrió la puerta.

—Voy a intentarlo de nuevo —dijo.

—Muy bien —dijo él.

Dos mañanas después, Doreen lo llamó al cuarto de baño.

—Mira —dijo.

Earl miró la báscula. Abrió un cajón y sacó el papel y volvió a leer el peso mientras sonreía complacido.

—Casi medio kilo —dijo Doreen.

—Algo es algo —dijo Earl, y le dio unas palmaditas en la cadera.

Leía los anuncios por palabras. Visitaba la oficina de empleo del estado. Cada tres o cuatro días cogía el coche e iba a alguna entrevista. Y por las noches contaba las propinas de Doreen. Alisaba sobre la mesa los billetes de a dólar, formaba montoncitos de dólar con los cuartos y las monedas de cinco y diez centavos. Mañana tras mañana, hacía que Doreen se subiera a la báscula.

Al cabo de dos semanas había perdido casi dos kilos.

—Pico —dijo Doreen—. Me muero de hambre durante el día, luego en el trabajo pico cosas. Por eso no pierdo más.

Pero a la semana siguiente había perdido dos kilos y medio. Y una semana después, casi cinco. La ropa le quedaba grande. Tuvo que recurrir al dinero del alquiler para comprarse otro uniforme.

–En el trabajo me dicen cosas –le dijo a Earl.

–¿Qué clase de cosas? –preguntó él.

–Que estoy pálida, por ejemplo –dijo ella–. Que no parezco yo. Temen que esté perdiendo demasiado peso.

–¿Qué tiene de malo perder peso? –dijo él–. No les hagas ni caso. Diles que se metan en sus cosas. Ellos no son tu marido. Tú no vives con ellos.

–Pero trabajo con ellos –dijo Doreen.

–Cierto –dijo Earl–. Pero no son tu marido.

Cada mañana entraba en el cuarto de baño detrás de ella y esperaba a que se subiera a la báscula. Se arrodillaba junto a ella con papel y lápiz. El papel estaba lleno de fechas, días de la semana, cifras. Leía lo que marcaba la báscula, consultaba el papel y asentía con la cabeza o fruncía los labios.

Ahora Doreen pasaba más tiempo en la cama. Volvía a acostarse en cuanto los niños se iban al colegio, y por la tarde descabezaba un sueño antes de salir para el trabajo. Earl ayudaba en las tareas de la casa, veía la televisión y dejaba que su mujer durmiera. Hacía todas las compras, y de cuando en cuando salía a alguna entrevista.

Una noche, después de acostar a los niños, apagó el televisor y salió a tomar unas copas. Cuando el bar hubo cerrado, fue en coche al restaurante de Doreen.

Se sentó en la barra y esperó. Al poco Doreen le vio y dijo:

–¿Los niños están bien?

Earl asintió con la cabeza.

Se tomó su tiempo para decidir lo que quería. No dejaba de mirar a su mujer, que iba de un lado para otro detrás de la barra. Por fin pidió una hamburguesa con queso. Doreen le entregó la nota al cocinero y fue a atender a otra persona.

Se acercó otra camarera con una cafetera y le llenó la taza.

–¿Cómo se llama tu amiga? –dijo, y movió la cabeza en dirección a su mujer.

–Se llama Doreen –dijo la camarera.

–Pues ha cambiado mucho desde la última vez que estuve aquí –dijo.

–No sabría decirle –dijo la camarera.

Comió la hamburguesa y se tomó el café. La gente seguía sentándose y levantándose de la barra. Era Doreen quien atendía a la mayoría, aunque de cuando en cuando la otra camarera venía a anotar algún pedido. Earl observaba a su mujer y escuchaba atentamente. Hubo de dejar su asiento un par de veces para ir al lavabo. Y en ambas se preguntó si se habría perdido algún comentario. Al volver la segunda vez, vio que le habían retirado la taza y que alguien ocupaba su sitio. Fue hasta un extremo de la barra y se sentó en un taburete, al lado de un hombre mayor que llevaba una camisa a rayas.

–¿Qué es lo que quieres? –le preguntó Doreen cuando volvió a verle–. ¿No deberías estar ya en casa?

–Ponme un café –dijo.

El hombre de al lado leía un periódico. Alzó la vista y miró cómo Doreen servía café a su marido. Y se quedó mirando cómo se alejaba. Luego volvió a su periódico.

Earl sorbió el café y esperó a que el hombre dijera algo. Lo observó por el rabillo del ojo. El hombre había terminado de comer y había apartado hacia un lado el plato. Encendió un cigarrillo, dobló el periódico, se lo puso delante y siguió leyendo.

Doreen volvió y retiró el plato sucio y le sirvió al hombre más café.

–¿Qué le parece la chica? –le preguntó Earl al hombre, haciendo un gesto hacia Doreen, que caminaba hacia el otro extremo de la barra–. ¿No le parece una preciosidad?

El hombre alzó la mirada. Miró a Doreen y luego a Earl, y volvió a su periódico.

—Bien, ¿qué dice? —dijo Earl—. Es una pregunta. ¿Tiene o no buen aspecto? Dígame.

El hombre movió con ruido el periódico.

Cuando vio que Doreen se acercaba desde el otro extremo de la barra, Earl le dio un codazo al hombre en el hombro y dijo:

—Le estoy hablando. Escuche. Mire qué culo. Y ahora fíjese. ¿Me pone por favor un helado de chocolate? —pidió en voz alta a Doreen.

Doreen se paró frente a él y suspiró. Luego se volvió y cogió una copa y el cacillo del helado. Se inclinó sobre el congelador, asomó el cuerpo hacia el interior y se puso a arañar helado con el cacillo. Earl miró al hombre y le dirigió un guiño cuando vio que la falda de Doreen empezaba a ascender por los muslos. Pero el hombre captó la mirada de la otra camarera. Se puso el periódico bajo el brazo y se metió la mano en el bolsillo.

La otra camarera vino directamente hasta Doreen.

—¿Quién es ese personaje? —dijo.

—¿Quién? —dijo Doreen, con la copa del helado en la mano.

—Ése —dijo la camarera, y señaló a Earl—. ¿Quién es ese tipo?

Earl esbozó su mejor sonrisa. Y la mantuvo. La mantuvo hasta que sintió que la cara se le desencajaba.

Pero la camarera se limitó a observarle, y Doreen empezó a sacudir la cabeza despacio. El hombre dejó unas monedas junto a la taza y se levantó, pero aguardó también a oír la respuesta. Todos ellos tenían los ojos fijos en Earl.

—Es un vendedor. Es mi marido —dijo Doreen al fin, encogiéndose de hombros.

Luego le puso delante el helado de chocolate sin terminar de preparar y se fue a hacerle la cuenta.

¿ES USTED MÉDICO?

Cuando oyó el teléfono, salió corriendo del estudio en pijama, bata y zapatillas. Sería su mujer, porque eran más de las diez. Cuando estaba de viaje, solía telefonear todos los días, tarde, después de tomar unas cuantas copas. Era compradora, y llevaba fuera toda la semana.

–Hola, cariño –dijo él–. Hola –repitió.

–¿Quién es? –preguntó una mujer.

–¿Cómo? ¿Quién es? –dijo él–. ¿Con qué número quiere hablar?

–Un momento –dijo la mujer–. Con el 273-80-63.

–Ése es mi número –dijo él–. ¿Quién se lo ha dado?

–No lo sé. Me lo he encontrado aquí, en un papel, al llegar del trabajo –dijo la mujer.

–¿Y quién lo ha anotado?

–No lo sé –dijo la mujer–. La canguro, supongo. Tiene que haber sido ella.

–Bien, no sé cómo lo habrá conseguido –dijo él–, pero ése es mi número, y no está en la guía. Le agradecería que lo rompiera y lo tirara a la papelera. ¿Oiga? ¿Me oye?

–Sí, le he oído –dijo la mujer.

–¿Algo más? –dijo él–. Es tarde y tengo cosas que hacer. –No había querido ser descortés, pero uno no podía correr riesgos. Se sentó en una silla, al lado del teléfono, y dijo—: No he querido ser brusco. Sólo que es tarde, y me preocupa cómo puede haber llegado a sus manos mi teléfono.

Se quitó la zapatilla y empezó a darse un masaje en el pie, esperando una respuesta.

—Tampoco yo lo sé —dijo ella—. Ya le he dicho que estaba aquí escrito, sin ninguna nota ni nada. Se lo preguntaré a Annette, la canguro, cuando la vea mañana. No he querido molestarle. Acabo de encontrar el papel. Desde que volví del trabajo he estado en la cocina.

—No se preocupe —dijo él—. Olvídelo. Tírelo o deshágase de él, y olvídelo. No ha sido nada, no se preocupe. —Se pasó el auricular al otro oído.

—Parece usted buena persona —dijo la mujer.

—¿Sí? Vaya, muy amable de su parte. —Sabía que debía colgar en aquel momento, pero era grato escuchar una voz, aunque fuera la propia, en la sala silenciosa.

—Oh, sí —dijo ella—. Estoy segura.

Él dejó el masaje del pie.

—¿Cómo se llama, si no le importa la pregunta? —dijo ella.

—Mi nombre es Arnold —dijo él.

—¿Y su nombre de pila? —dijo ella.

—Arnold es mi nombre de pila —dijo él.

—Oh, perdone —dijo ella—. Se llama Arnold. ¿Y su apellido, Arnold? ¿Cuál es su apellido?

—Creo que debo colgar —dijo él.

—Arnold, por el amor de Dios, yo soy Clara Holt: usted es Arnold *¿qué más?*

—Arnold Breit —dijo él, e inmediatamente añadió—: Clara Holt. Es bonito. Pero creo que debería colgar, Miss Holt. Espero una llamada.

—Lo siento, Arnold. No quería entretenerle —dijo ella.

—No importa —dijo él—. Me ha gustado hablar con usted.

—Muy amable de su parte decirme eso, Arnold.

–¿Le importaría esperar un segundo? –dijo él–. Tengo que mirar una cosa. –Fue al estudio a por un puro, y lo encendió con parsimonia. Luego se quitó las gafas y se miró en el espejo que colgaba sobre la chimenea. Al volver al teléfono sintió cierto temor ante la idea de que ella ya no estuviera al otro lado de la línea.

–¿Hola?

–Hola, Arnold –dijo ella.

–Pensé que quizá habría colgado.

–Oh, no –dijo ella.

–Sobre lo de que tenga usted mi teléfono... –dijo él–. No creo que haya ningún problema. No tiene más que tirarlo.

–Lo haré, Arnold –dijo ella.

–Bien, entonces tendré que decirle adiós.

–Sí, claro –dijo ella–. Diré buenas noches ahora mismo.

Él la oyó tomar aliento.

–Ya sé que es abusar, Arnold, ¿pero cree que podríamos vernos en alguna parte para charlar? ¿Sólo un ratito?

–Me temo que es imposible –dijo él.

–Sólo unos minutos, Arnold. El hecho de encontrar su número y demás..., Arnold, hay algo en eso que me parece muy intenso.

–Soy viejo –dijo él.

–Oh, no, no lo es –dijo ella.

–De veras, soy viejo –dijo él.

–¿No podríamos vernos en alguna parte, Arnold? Verá, no se lo he dicho todo. Hay algo más –dijo la mujer.

–¿A qué se refiere? –dijo él–. ¿Qué quiere decir exactamente? ¿Oiga? –La mujer había colgado.

Cuando estaba a punto de acostarse, llamó su mujer –algo achispada, según advirtió él–, y charlaron durante un rato, pero él no le contó lo de la llamada. Luego, mientras abría la cama, el teléfono volvió a sonar.

Levantó el auricular.

—Dígame —dijo—, Arnold Breit al habla.

—Arnold, siento que se nos cortara la comunicación. Como le estaba diciendo, creo que es importante que nos veamos.

Al día siguiente por la tarde, cuando metía la llave en la cerradura, oyó que el teléfono estaba sonando. Dejó caer la cartera y, sin quitarse el sombrero ni el abrigo ni los guantes, corrió hasta la mesa y cogió el auricular.

—Arnold, siento molestarte de nuevo —dijo la mujer—. Pero tiene que venir a mi casa esta noche, hacia las nueve o nueve y media. ¿Podrá hacer eso por mí, Arnold?

El corazón le dio un vuelco al oír que le llamaba por su nombre.

—No creo que deba —dijo.

—Por favor, Arnold —dijo ella—. Es importante. Si no, no se lo pediría. No puedo salir esta noche, porque Cheryl está muy resfriada y tengo miedo por el niño.

—¿Y su marido? —Aguardó la respuesta.

—No estoy casada —dijo ella—. Vendrá, ¿verdad?

—No puedo prometérselo —dijo él.

—Se lo ruego —dijo ella, y acto seguido le dio su dirección y colgó.

«*Se lo ruego*», repitió él, aún con el auricular en la mano. Se quitó despacio los guantes, y luego el abrigo. Presentía que debía tener cuidado. Fue a lavarse. Cuando se miró en el espejo del baño vio que tenía el sombrero puesto. Fue entonces cuando tomó la decisión de ir a verla. Se quitó el sombrero y se enjabonó la cara. Y se pasó revista a las uñas.

—¿Está seguro de que ésta es la calle? —preguntó al taxista.

—Ésta es la calle y ahí tiene el edificio —dijo el taxista.

—Siga, siga —dijo él—. Y déjeme al final de la manzana.

Pagó el taxi. En los últimos pisos la luz de las ventanas iluminaba los balcones. Vio macetas sobre los barandales, y aquí y allá algún mueble de jardín. Un hombre corpulento en chándal se asomó a uno de los balcones y lo observó mientras se acercaba a la puerta.

Apretó el botón donde ponía c. HOLT. Zumbó el abridor, Arnold reculó hasta la puerta y entró. Subió las escaleras despacio, descansando un poco en cada rellano. Recordó el hotel de Luxemburgo, los cinco tramos de escaleras que su mujer y él habían subido hacía tantos años. Sintió un súbito calor en un costado, y se imaginó el corazón, imaginó sus piernas doblándose bajo su peso, imaginó una ruidosa caída hasta el pie de las escaleras. Sacó el pañuelo y se enjugó la frente. Luego se quitó las gafas y limpió los cristales, a la espera de que se le calmara el corazón.

Miró hacia el fondo del pasillo. El edificio de apartamentos estaba muy silencioso. Se detuvo ante la puerta, se quitó el sombrero, llamó con suavidad. La puerta se entreabrió, y Arnold vio a una niña regordeta en pijama.

–¿Es usted Arnold Breit? –dijo la niña.

–Sí –dijo él–. ¿Está tu madre?

–Ha dicho que entre. Me ha dicho que le diga que ha ido a la farmacia a comprar jarabe para la tos y aspirinas.

Arnold entró y cerró la puerta.

–¿Cómo te llamas? Tu madre me lo dijo, pero se me ha olvidado. La niña no respondió, y él volvió a intentarlo.

–¿Cómo te llamas? Shirley, ¿no es eso?

–Cheryl –dijo ella–. Ce-hache-e-erre-i griega-ele.

–Sí, ahora me acuerdo. Bien, admitirás que me he acercado bastante. La niña se sentó en un puf que había al fondo de la sala y lo miró.

–Así que estás enferma –dijo él.

La niña negó con la cabeza.

–¿No estás enferma?

–No –dijo ella.

Arnold miró en torno. La sala estaba iluminada por una lámpara de pie dorada, que tenía un cenicero grande y un revistero sujetos a la barra. Junto a la pared opuesta había un televisor encendido, con el volumen muy bajo. Un estrecho pasillo conducía a las demás piezas del apartamento. La estufa estaba al máximo, y en el aire cargado había un olor a medicamentos. Sobre una mesita baja vio unas horquillas y unos rulos, y un albornoz rosa sobre el sofá.

Volvió a mirar a la niña. Luego alzó la mirada en dirección a la cocina, y dentro de ella a las puertas de cristal que daban al balcón. Estaban ligeramente entreabiertas, y al recordar al hombre corpulento del chándal sintió un escalofrío.

—Mamá ha salido un momento —dijo la niña, como si hubiera despertado de improviso.

Arnold se inclinó hacia delante sobre las puntas de los pies, y se quedó mirando a la niña.

—Será mejor que me vaya —dijo.

Una llave giró en la cerradura, se abrió la puerta y una mujer menuda, pálida y con pecas entró en el apartamento con una bolsa de papel.

—¡Arnold! ¡Cómo me alegra que haya venido!

Le dirigió una mirada rápida, inquieta, y fue hacia la cocina con la bolsa, sacudiendo la cabeza de un lado a otro de un modo extraño. La niña, sentada en el puf, lo observaba. Arnold cargó su peso sobre una pierna, y luego sobre la otra. Luego se puso el sombrero, y con el mismo movimiento, al ver reaparecer a la mujer, se descubrió.

—¿Es usted médico? —preguntó ella.

—No —dijo él, con un leve sobresalto—. No, no soy médico.

—Cheryl está enferma, ya ve. He salido a comprar unas cosas. ¿Por qué no le has cogido el abrigo? —le dijo a la niña—. ¿Querrá disculparla? No solemos recibir visitas.

—No puedo quedarme —dijo él—. No debería haber venido.

—Siéntese, por favor —dijo ella—. Así no podemos hablar. Déjeme darle a la niña su medicina. Luego podremos charlar.

–Tengo que marcharme, de verdad –dijo él–. Por el tono de su voz creí que se trataba de algo urgente. Pero debo irme. –Se miró las manos y se dio cuenta de que había estado gesticulando débilmente.

–Pondré agua y haré un té –le oyó decir, como si no le hubiera escuchado–. Luego le daré a Cheryl su medicina y podremos charlar.

Cogió a la niña por los hombros y se la llevó a la cocina. Arnold vio que la mujer cogía una cuchara, abría un frasco después de examinar la etiqueta, y vertía dos medidas.

–Ahora da las buenas noches a Mr. Breit, cariño, y vete a tu cuarto.

Arnold dirigió un gesto a la niña con la cabeza y siguió a la mujer hasta la cocina. No se sentó en la silla que le indicaba, sino en una que le permitía ver el balcón, el pasillo y la pequeña sala.

–¿Le importa si fumo un puro? –preguntó.

–No, no me importa –dijo la mujer–. No creo que me moleste, Arnold. Por favor, fume.

Pero Arnold decidió no hacerlo. Puso las manos sobre las rodillas y adoptó un semblante serio.

–Para mí todo esto es un misterio –dijo–. Algo fuera de lo común, se lo aseguro.

–Le entiendo, Arnold –dijo ella–. Seguramente querrá saber cómo llegó su número a mis manos.

–Sí, me gustaría mucho –dijo él.

Estaban sentados frente a frente, aguardando a que hirviera el agua. Arnold oyó la televisión. Paseó la mirada por la cocina, y luego volvió a mirar hacia el balcón. El agua empezó a hervir.

–Iba a decirme cómo consiguió mi teléfono –dijo.

–¿Cómo dice Arnold? Perdone –dijo la mujer.

Arnold se aclaró la garganta.

–Dígame cómo llegó a sus manos mi número de teléfono.

–Le pregunté a Annette. La canguro..., pero eso ya lo sabe, claro. Bueno, el caso es que me dijo que sonó el teléfono y que era alguien que preguntaba por mí. Dejó un teléfono, y resulta que el que tomó Annette es el de usted. Es todo lo que sé. –Movió a derecha e izquierda la taza que tenía enfrente–. Lo siento, pero no puedo decirle más.

–El agua hierve –dijo él.

La mujer sacó cucharillas, leche, azúcar. Vertió el agua hirviendo sobre las bolsitas de té.

Arnold se sirvió azúcar y removió el té de su taza.

–Usted dijo que era urgente que viniera.

–Oh, *eso...,* Arnold –dijo ella, apartando la mirada–. No sé qué es lo que me hizo decir eso. No sé en qué podría estar pensando.

–¿No es nada, entonces? –dijo él.

–No. Quiero decir *sí.* –La mujer negó con la cabeza–. Eso, lo que usted dice: nada.

–Ya –dijo él. Siguió removiendo el té–. Es extraño –dijo al cabo de un instante, casi para sí mismo–. Muy extraño. –Sonrió débilmente; luego apartó la taza hacia un lado y se tocó los labios con la servilleta.

–¿No irá a marcharse? –dijo ella.

–He de hacerlo –dijo él–. Espero una llamada en casa.

–No se vaya todavía, Arnold.

Retiró la silla hacia atrás y se levantó. Sus ojos eran color verde claro, engastados muy dentro de la cara pálida y orlados de lo que en un principio él tomó por un oscuro maquillaje. Horrorizado de sí mismo, sabiendo que se despreciaría luego por hacerlo, Arnold se levantó y le rodeó torpemente la cintura con los brazos. Ella se dejó besar, agitada y trémula, y durante un instante fugaz cerró los párpados.

–Es tarde –dijo él, soltándola y apartándose con pie inseguro–. Ha sido muy amable. Pero debo irme, Mrs. Holt. Gracias por el té.

–Volverá, ¿no, Arnold? –dijo ella.

Él negó con la cabeza.

La mujer lo siguió hasta la puerta, donde Arnold le tendió la mano. Arnold oyó de nuevo la televisión: estaba seguro de que habían subido el volumen. Entonces se acordó del otro niño, del *varón.* ¿Dónde estaba?

La mujer le cogió la mano, se la llevó con un gesto rápido a los labios.

–No debe olvidarme, Arnold.

–No –dijo él–. Clara. Clara Holt –dijo.

–Ha sido una agradable charla –dijo ella. Cogió con los dedos algo (un cabello, una hebra...) que vio adherido al cuello del traje de Arnold–, Estoy muy contenta de que haya venido, y tengo la certeza de que volverá. –Él la miró detenidamente, pero ahora ella tenía fija la mirada más allá de él, como si tratara de recordar algo–. Bien... Buenas noches, Arnold –dijo al cabo, y acto seguido cerró la puerta y por poco no le pilló el abrigo.

«Qué extraño», se dijo cuando empezó a bajar las escaleras. Al llegar a la acera aspiró profundamente y se detuvo un momento para volverse y mirar hacia el edificio. Pero no logró distinguir cuál de los balcones era el de ella. El hombre grande del chándal se asomó un poco a su barandal y volvió a mirarle.

Echó a andar con las manos hundidas en los bolsillos del abrigo. Cuando llegó a casa, el teléfono estaba sonando. Se quedó muy quieto en medio de la sala, con la llave entre los dedos, hasta que el timbre cesó. Luego, con delicadeza, se puso la mano en el pecho y sintió, bajo la ropa, los fuertes latidos de su corazón. Al rato fue hasta su dormitorio y entró.

Casi inmediatamente volvió a sonar el teléfono, y esta vez levantó el auricular.

–Arnold. Arnold Breit al habla –dijo.

–¿Arnold? ¡Madre mía, qué ceremonioso estás hoy! –dijo su mujer con voz fuerte, burlona–. Te llevo llamando desde las ocho. ¿Has estado por ahí de juerga, Arnold?

Él permaneció en silencio, calibrando su tono de voz.

–¿Sigues ahí, Arnold? –dijo su mujer–. No pareces el mismo.

EL PADRE

El bebé estaba en una canasta al lado de la cama, y llevaba puesto un pelele y un gorro blanco. La canasta de mimbre estaba recién pintada, acolchada con pequeños edredones azules y sujeta con cintas de color azul claro. Las tres hermanitas y la madre, que se acababa de levantar de la cama y aún no se había despertado del todo, y la abuela rodeaban todas al bebé y observaban cómo miraba con fijeza y de cuando en cuando se llevaba el puño a la boca. No sonreía ni reía, pero a veces parpadeaba y movía la lengua entre los labios cuando una de las niñas le pasaba la mano por la barbilla.

El padre estaba en la cocina y las oía jugar con el bebé.

–¿A quién quieres tú, pequeñín? –dijo Phyllis, y le hizo cosquillas en la barbilla.

–Nos quiere a todos –dijo Phyllis–, pero al que quiere de veras es a papá, ¡porque papá también es chico!

La abuela se sentó en el borde de la cama y dijo:

–¡Mirad su bracito! Tan gordo. ¡Y esos deditos! Igualitos que los de su madre.

–¿No es una preciosidad? –dijo la madre–. Tan sano, mi niñito. –Se inclinó sobre la cuna, besó al bebé en la frente y tocó la colcha que le tapaba el brazo–. Nosotros también le queremos.

—¿Pero a quién se parece, a quién se parece? —exclamó Alice, y todas ellas se acercaron a la canasta para ver a quién se parecía.

—Tiene los ojos bonitos —dijo Carol.

—*Todos* los bebés tienen los ojos bonitos —dijo Phyllis.

—Tiene los labios del abuelo —dijo la abuela—. Fijaos en esos labios.

—No sé... —dijo la madre—. No sabría decir.

—¡La nariz! ¡La nariz! —gritó Alice.

—¿Qué pasa con su nariz? —preguntó la madre.

—En la nariz se parece a alguien —dijo la niña.

—No, no sé... —dijo la madre—. No creo.

—Esos labios... —dijo entre dientes la abuela—. Esos deditos... —dijo, destapando la mano del bebé y extendiéndole los menudos dedos.

—¿A quién se parece este niño?

—No se parece a nadie —dijo Phyllis. Y todas se acercaron aún más a la canasta.

—¡Ya sé! ¡Ya sé! —dijo Carol—. ¡Se parece a papá! —Todas miraron al bebé de muy cerca.

—¿Pero a quién se parece su papá? —preguntó Phyllis.

—¿A quién se parece papá? —repitió Alice, y entonces todas ellas miraron a la vez hacia la cocina, donde el padre estaba en la mesa, de espaldas a ellas.

—¡Vaya, a nadie! —dijo Phyllis, y se puso a lloriquear un poco.

—Calla —dijo la abuela, apartando la mirada. Luego volvió a mirar al bebé.

—¡Papá no se parece a *nadie!* —dijo Alice.

—Pero tendrá que parecerse a *alguien* —dijo Phyllis, secándose los ojos con una de las cintas. Y todas salvo la abuela miraron al padre, que seguía sentado en la cocina.

Se había dado la vuelta en su silla y tenía la cara pálida y sin expresión.

NADIE DECÍA NADA

Los oía hablar en la cocina. No podía oír lo que decían, pero estaban discutiendo. Luego se callaron y ella empezó a llorar. Le di un codazo a George. Pensé que si se despertaba y les decía algo a lo mejor se sentían culpables y paraban. Pero George es tan estúpido... Se puso a dar patadas y a chillar.

–Deja de pincharme, bastardo –dijo–. ¡Me voy a chivar!

–Tonto de mierda –dije–. ¿Es que nunca te enteras de nada? Están regañando y mamá se ha puesto a llorar. Escucha.

George escuchó con la cabeza fuera de la almohada.

–Me tiene sin cuidado –dijo, y se volvió hacia la pared y siguió durmiendo. George es un estúpido de campeonato.

Luego oí que papá se iba a coger el autobús. Salió dando un portazo. Mamá me había dicho que papá quería deshacer la familia. Pero yo no había querido seguir escuchando.

Al rato mamá vino a llamarnos para ir al colegio. Su voz sonaba extraña..., no sé. Le dije que tenía dolor de estómago. Era la primera semana de octubre y aún no había faltado un solo día a clase, así que ¿qué podía decirme? Me miró, pero como si estuviera pensando en otra cosa. George estaba despierto, y escuchaba. Yo sabía que estaba despierto por la forma de moverse en la cama. Esperaba a ver lo que pasaba para jugar luego sus cartas.

—De acuerdo –dijo mamá, y meneó la cabeza–. No sé, la verdad. Quédate en casa, pues. Pero nada de televisión, no lo olvides.

George se incorporó.

—Yo también estoy enfermo –le dijo a mamá–. Me duele la cabeza. Éste ha estado pinchándome y dándome patadas toda la noche. No he podido pegar ojo.

—¡Basta! –dijo mamá–. ¡Vas a ir al colegio, George! No vas a quedarte regañando con tu hermano todo el santo día. Levántate y vístete. Lo digo en serio. No estoy para más peleas esta mañana.

George esperó a que mamá saliera del cuarto. Se deslizó hasta el suelo por el pie de la cama.

—Bastardo –dijo, y me arrancó las mantas de un tirón. Corrió a refugiarse dentro del baño.

—Te voy a matar –dije yo, pero no tan alto como para que mamá pudiera oírme.

Me quedé en la cama hasta que George se fue al colegio. Cuando mamá empezó a prepararse para ir al trabajo, le pregunté si podía hacerme la cama en el sofá. Le dije que quería estudiar. En la mesita de la sala tenía los libros de Edgar Rice Burroughs que me había regalado por mi cumpleaños. Y el libró de Sociales. Pero no me apetecía leer. Lo que quería es que se marchara para poder ver la televisión.

Accionó la cisterna del váter.

No pude esperar más. Encendí el televisor, pero sin volumen. Fui a la cocina, donde mamá había dejado el paquete de cigarrillos, y le cogí tres. Los metí en la alacena y volví al sofá y me puse a leer *La princesa de Marte*. Al salir del baño mamá echó una ojeada al televisor encendido, pero no dijo nada. Yo tenía el libro abierto. Se dio unos toques en el pelo delante del espejo y luego entró en la cocina. Cuando salió volví a poner los ojos en el libro.

—Llego tarde. Adiós, cariño. –No iba a sacar a relucir el tema de la tele. La noche anterior había dicho que ya no sabía lo que era ir al trabajo sin que le «pusieran los nervios de punta».

–No te hagas nada de comida. No tienes que encender la cocina para nada. Si tienes hambre, hay atún en la nevera. –Me miró–. Pero si estás mal del estómago, no creo que debas comer nada. Bueno, de todas formas no enciendas para nada la cocina. ¿Me oyes? Te tomas esa medicina, cariño, y a ver si esta noche tienes mejor el estómago. Puede que esta noche ya estemos todos mejor.

Estaba de pie en la puerta, con la mano en el tirador. Parecía como si quisiera añadir algo. Se había puesto la blusa blanca, el cinturón negro y ancho y la falda negra. Unas veces lo llamaba su conjunto, otras su uniforme. Hasta donde yo podía recordar, siempre lo tenía en una percha del armario o colgado en el tendedero o lo lavaba a mano por la noche o lo planchaba en la cocina.

Mamá trabajaba de miércoles a domingo.

–Adiós, mamá.

Esperé hasta que puso el coche en marcha y calentó un poco el motor. Escuché cómo se apartaba de la acera. Luego me levanté y subí el volumen de la tele y fui a coger los pitillos. Me fumé uno y me hice una paja mientras veía una serie de médicos y enfermeras. Luego cambié al otro canal. Luego apagué la tele. No tenía ganas de seguir viéndola.

Acabé el capítulo en que Tars Tarkas se enamora de una mujer verde, y a la mañana siguiente se encuentra con que el cuñado celoso le ha cortado la cabeza. Era como la quinta vez que lo leía. Luego fui al cuarto de mis padres y anduve curioseando un poco. No buscaba nada en especial, o a lo mejor buscaba otra vez condones, pero el caso es que por mucho que había registrado nunca había encontrado ninguno. Una vez encontré un tarro de vaselina al fondo del cajón. Sabía que algo tenía que ver con el asunto, pero no sabía qué. Examiné la etiqueta para ver si me daba alguna pista, si decía lo que la gente hacía, o cómo se ponía la vaselina, ese tipo de cosas. Pero no decía nada. *Vaselina pura,* eso era todo lo que ponía en la etiqueta de delante: pero con leerlo bastaba para que se te pusiera tiesa. *Ideal para guarderías,* decía en la parte de atrás. Traté de buscar la relación entre una *guardería* —con sus columpios y toboganes, sus cajones de arena y sus parques— y lo que se traían los adultos en la cama. Había abierto el tarro montones de veces, y había olido el contenido e intentado calcular cuánto se había usado desde la última vez. Así que ahora pasé por alto la vaselina. Me refiero a que no hice más que comprobar que seguía en su sitio. Registré unos cuantos cajones, pero sin idea de encontrar nada concreto. Miré debajo de la cama. No había nada en ninguna parte. Miré en el frasco del armario donde guardaban el dinero para el supermercado. No había nada de cambio; sólo un billete de cinco y otro de uno. Si cogía algo se darían cuenta. Al final pensé que sería mejor que me vistiera y fuera andando hasta Birch Creek. La temporada de la trucha seguiría abierta aún otra semana, aunque ya había dejado de pescar casi todo el mundo. Ahora todos esperaban cruzados de brazos a que abrieran la veda del ciervo y del faisán.

Saqué mi ropa vieja. Me puse unos calcetines de lana sobre los normales y me até sin prisa los cordones de las botas. Me preparé un par de emparedados de atún y unas cuantas galletas de dos pisos de mantequilla de cacahuete. Llené la cantimplora y me la acoplé junto con el cuchillo de caza al cinturón. Al salir por la puerta decidí dejar una nota. Escribí: «Me encuentro mejor, me voy a Birch Creek. Volveré pronto. A eso de las tres y cuarto.» Tenía unas cuatro horas. Estaría de vuelta un cuarto de hora antes de que George volviera del colegio. Antes de salir me comí uno de los emparedados de atún y me bebí un vaso de leche.

Hacía buen tiempo. Era otoño, pero todavía no hacía frío más que por la noche. Por la noche encendían los potes del humo en los huertos, y a la mañana te despertabas con un aro de hollín en las narices. Pero nadie decía nada. Decían que el humo impedía que se helaran las peras tiernas, así que había que hacerlo.

Para ir a Birch Creek hay que llegar hasta el cruce de nuestra calle con la Avenida Dieciséis. En la Dieciséis tuerces a la izquierda y subes la colina, pasas por el cementerio y bajas a Lennox, donde está ese restaurante chino. Desde el cruce aquel se ve el aeropuerto, y Birch Creek está más abajo, detrás del aeropuerto. En el cruce, la Dieciséis se convierte en View Road. Sigues View Road un rato y llegas al puente. Hay huertos a derecha e izquierda de la carretera. A veces, al pasar por los huertos, se ve a los faisanes corriendo por las hileras, pero allí no se puede cazar porque corres el riesgo de que un griego llamado Matsos te pegue un tiro. Entre una cosa y otra, calculo que se tardará en llegar tres cuartos de hora o algo menos.

Había recorrido ya la mitad de la Dieciséis cuando una mujer que iba en un coche rojo se arrimó al arcén y se paró un poco más adelante. Bajó la ventanilla del asiento de la derecha y me preguntó si me acercaba a alguna parte. Era delgada y tenía unos granitos alrededor de la boca. Llevaba rulos en el pelo. Pero no estaba mal. Debajo del jersey castaño tenía unas buenas tetas.

—¿Qué, haciendo novillos?

—Eso parece.

—¿Quieres que te lleve?

Asentí con la cabeza.

—Sube. Tengo algo de prisa.

Puse la caña de mosca y la nasa en el asiento trasero. Había muchas bolsas de comestibles de Mel's en el suelo y encima del asiento. Traté de pensar en algo que decir.

—Voy a pescar —dije. Me quité la gorra, levanté la cantimplora hacia un lado para poder sentarme y me acomodé junto a la ventanilla.

—Jamás lo habría adivinado —dijo la mujer, riendo. Se apartó del arcén y volvió a la calzada—. ¿Adónde vas? ¿A Birch Creek?

Volví a asentir. Miré mi gorra. Me la había comprado mi tío cuando fue a Seattle a ver un partido de hockey. No se me ocurría nada más que decir. Miré por la ventanilla y ahuequé los carrillos. Uno siempre se imagina que le coge en su coche ese tipo de mujer. Que vais a volveros locos el uno por el otro y que te va a llevar a su casa y te va a dejar que la jodas por todos los rincones de la casa. Al pensarlo se me empezó a poner dura. Me puse la gorra encima de los muslos y cerré los ojos y traté de pensar en el béisbol.

–Siempre digo que cualquier día me voy a decidir a pescar –dijo la mujer–. Dicen que es muy relajante. Soy muy nerviosa.

Abrí los ojos. Estábamos en el cruce. Quise decir: *¿Tiene de verdad cosas que hacer? ¿No quiere empezar esta misma mañana?* Pero me daba miedo mirarla.

–¿Te viene bien aquí? Ahora tengo que torcer. Siento tener prisa esta mañana –dijo la mujer.

–Sí, muy bien. Perfecto. –Saqué mis cosas. Me puse la gorra, y luego me la quité para decir–: Adiós. Gracias. Quizás el verano que viene... –No pude terminar.

–¿A lo de pescar, te refieres? Claro, seguro. –Me envió un gesto con dos dedos, de esos que hacen las mujeres.

Eché a andar y me puse a pensar en lo que hubiera debido decirle. Se me ocurrían montones de cosas. ¿Qué diablos me había pasado? Corté el aire con la caña y chillé dos o tres veces. Lo que tenía que hacer para poner en marcha la cosa era preguntarle si podíamos comer juntos. En mi casa no había nadie. De pronto estamos en mi cuarto, bajo las mantas. Me pregunta si se puede dejar puesto el suéter, y yo le digo que sí, que no me importa. También se deja las bragas. Está bien, digo yo. No me importa.

Una aguzanieves pasó muy bajo, sobre mi cabeza, y fue a posarse en el suelo. Yo estaba a pocos metros del puente. Oía correr el agua. Bajé corriendo por el terraplén, me bajé la cremallera y lancé una meada que llegó a casi dos metros de la orilla del arroyo. Seguro que era un récord.

Pasé un rato comiéndome el otro emparedado y las galletas con mantequilla de cacahuete. Me bebí la mitad del agua de la cantimplora. Y me
dispuse a pescar.

Me puse a pensar por dónde empezaba. Llevaba pescando allí tres
años, desde que nos mudamos a aquella zona. Papá solía llevarnos a George
y a mí en el coche, y se quedaba esperando, fumando y poniéndonos otros
aparejos si se nos enganchaban los que llevábamos. Siempre empezábamos
en el puente, y luego íbamos más abajo y siempre pescábamos algo. Había veces, a principio de temporada, en que pescábamos mucho. Preparé
el aparejo e hice unas cuantas lanzadas debajo del puente.

De cuando en cuando el anzuelo iba a parar junto a la orilla o detrás de una piedra grande. Pero no pasaba nada. Había un sitio donde
el agua estaba quieta y el fondo lleno de hojas amarillas, y al mirar vi
unos cuantos cangrejos que se movían con sus grandes y feas pinzas levantadas. Tiré un palo, y un faisán se alzó alborotado y se alejó unos tres
metros, y casi me hizo soltar la caña.

El arroyo era de caudal lento y no muy ancho. Podía cruzarlo por
casi todas partes sin que el agua me llegara por encima de las botas. Atra-
vesé unos pastos llenos de pisadas de vaca y llegué a ese sitio donde el
agua sale a chorro de una gran tubería. Sabía que debajo de la tubería
había un pequeño hoyo, así que tuve cuidado. Cuando estuve lo bastante cerca para lanzar el sedal me puse de rodillas. En cuanto el hilo tocó
el agua, picó uno, pero no logré pescarlo. Noté cómo se escapaba con el
cebo. Luego el sedal, ya flojo, empezó a retorcerse en el agua. Puse otra
hueva de salmón en el anzuelo y lo intenté varias veces más. Pero ya sabía que tenía gafe.

Subí por el terraplén de la orilla y pasé por debajo de una cerca en
cuyo poste ponía PROHIBIDO EL PASO. Una de las pistas del aeropuerto
empezaba en aquel punto. Me paré a mirar unas flores que crecían entre
las grietas de la calzada.

Se veía dónde los neumáticos habían arañado el asfalto, dejando aceitosas marcas de patinazos junto a las flores. Volví a entrar en el arroyo al otro lado, y pesqué un rato corriente abajo hasta que llegué al hoyo. Pensé que eso era todo lo lejos que debía aventurarme. La primera vez que estuve allí, hacía tres años, el agua retumbaba y llegaba hasta el borde de los terraplenes de la orilla. Y pasaba tan rápida que no pude pescar. Ahora el agua corría a unos dos metros por debajo de los bordes. Burbujeaba y brincaba por la pequeña pendiente que iba a dar al pozo, en el que apenas podía verse el fondo. Un poco más abajo, el fondo ascendía hasta hacerse otra vez poco profundo, como si nada hubiera pasado. La última vez que había estado allí pesqué dos peces de unos veinticinco centímetros, y por poco atrapo uno el doble de grande. Una trucha arco iris de verano, dijo papá cuando se lo conté. Dijo que suben durante la temporada de máximo caudal, a principios de la primavera, pero que la mayoría de ellas vuelve al río antes de que el caudal baje de nuevo.

Puse un par de plomos más en el sedal y los apreté con los dientes. Luego puse otra hueva de salmón y lancé el sedal hacia donde el agua caía al pozo después de un brusco declive. Dejé que la corriente se llevara hacia dentro el cebo. Noté cómo los plomos martilleaban contra las piedras: un golpecito distinto de cuando están picando. Luego el final del hilo se tensó y la corriente se llevó el cebo hasta el otro extremo del pozo, donde volví a verlo casi flotando.

Me sentaba fatal haber ido hasta allí para nada. Saqué todo el sedal y volví a lanzarlo. Dejé la caña sobre una rama y encendí el penúltimo pitillo. Me puse a mirar el valle y empecé a pensar en la mujer. Íbamos hacia su casa porque quería que le ayudara a llevar las bolsas del supermercado. Su marido estaba en el extranjero. La toqué y se puso a temblar. Estábamos besándonos en el sofá, y nos dábamos la lengua, y entonces ella se disculpó y dijo que tenía que ir al baño. La seguí. Vi que se bajaba las bragas y se sentaba en la taza. Yo la tenía bien tiesa, y ella me mandó un saludo con la mano. Justo cuando iba a bajarme la cremallera, oí como un chapoteo en el arroyo. Miré y vi que la punta de la caña se estaba moviendo.

No era muy grande ni gran luchador. Pero lo dejé cansarse todo lo que pude. Se quedó de costado y quieto entre la corriente. No supe qué pez era. Tenía un aspecto extraño. Tensé el sedal, levanté la caña y lo saqué a la orilla sobre la hierba, y allí se quedó, meneándose. Era una trucha. Pero era verde. No había visto una igual en mi vida. Tenía los lomos verdes, con manchas negras de trucha, cabeza verdosa y vientre también como verdoso. De color musgo, de ese tono de verde. Era como si llevara mucho tiempo envuelta en musgo y se le hubiera pegado ese color por todo el cuerpo. Era gorda, y me extrañaba que no hubiera peleado más. Me pregunté si no le pasaría algo. La seguí mirando un rato más, y luego la maté.

Arranqué un poco de hierba, que metí en la cesta, y puse la trucha encima.

Volví a lanzar el sedal unas cuantas veces, entonces calculé que serían ya las dos o las tres. Pensé que sería mejor volver al puente. Podría pescar un rato desde el puente antes de irme a casa. Y decidí no volver a pensar en la mujer hasta la noche. Pero entonces, pensando en la erección que tendría por la noche, se me puso otra vez dura. Pensé que sería mejor dejar de hacerlo tan a menudo. Hacía como un mes, un sábado, en cuanto se fueron todos, cogí la Biblia y prometí y juré no volver a hacérmelas. Pero lo de la Biblia me dio nuevas energías, y las promesas y juramentos duraron uno o dos días, hasta que me quedé otra vez solo.

En el camino de vuelta no me paré a pescar en ninguna parte. Cuando llegué al puente vi una bicicleta en la hierba. Miré por allí y vi a un chico como de la altura de George que iba corriendo junto a la orilla.

Eché a andar en dirección a él. Entonces se dio la vuelta y vino hacia mí, mirando hacia el agua.

—¡Eh! ¿Qué hay? —grité—. ¿Qué pasa?

Creo que no me oyó. Vi su caña y su bolsa de pesca en el terraplén de la orilla, y dejé mis cosas en el suelo. Corrí hacia donde estaba. Era como una rata o algo así. O sea, tenía dientes de conejo y los brazos delgadísimos y una camisa raída de manga larga que le quedaba pequeña.

—¡Dios, te juro que es el pez más grande que he visto en mi vida! —me gritó—. ¡Corre! ¡Mira! ¡Mira esto! ¡Ahí está!

Miré hacia donde apuntaba y el corazón me dio un vuelco.

Era del tamaño de mi brazo.

—¡Dios! ¡Pero míralo! —dijo el chico.

Seguí mirando. Estaba quieto en una sombra, bajo una rama que sobresalía del agua.

—Santo Dios —dije, dirigiéndome al pez—. ¿De dónde vienes?

—¿Qué hacemos? —dijo el chico—. Ojalá tuviese mi escopeta.

—Vamos a pescarlo —dije—. ¡Dios, míralo! Le haremos pasar por un trecho poco hondo.

—¿Vas a ayudarme, entonces? ¡Lo haremos entre los dos! —dijo el chico.

El gran pez se había desplazado un poco corriente abajo, y se quedó allí aleteando con suavidad en el agua clara.

—Muy bien, ¿qué hacemos? —dijo el chico.

—Yo puedo ir un poco más arriba y luego bajo por el arroyo para que empiece a moverse —dije—. Tú esperas en el trecho poco hondo, y cuando intente pasar te lías a patadas y le das un susto del demonio. Arréglatelas para llevarlo hasta la orilla. Como puedas. Y entonces lo agarras bien y me esperas.

—De acuerdo. ¡Mierda, mírale! ¡Mira, se va! ¿Adónde va? —gritó el chico.

Lo vi avanzar otra vez corriente arriba y pararse cerca de la orilla.

—No va a ninguna parte. No tiene adónde ir. ¿Lo ves? Está cagado de miedo. Sabe que estamos aquí. Lo que hace es ir despacio de un lado a otro a ver por dónde tira. Mira, se ha parado otra vez. No puede ir a ninguna parte. Y lo sabe. Sabe que vamos a echarle mano. Sabe que lo tiene crudo. Voy un poco más arriba y lo asusto para que vaya para abajo. Y tú lo atrapas cuando pase por allí.

–Ojalá tuviera la escopeta –dijo el chico–. Se iba a enterar.

Subí un trecho, y empecé a bajar chapoteando por el centro del arroyo. Yo iba mirando hacia delante. De pronto el pez se apartó como un rayo de la orilla, torció hacia la derecha, frente a mí, haciendo un gran remolino turbio, y salió disparado arroyo abajo.

–¡Ahí va! –grité–. ¡Eh, eh, que baja! –Pero el pez se dio media vuelta antes de llegar al trecho poco hondo, y enfiló otra vez hacia arriba. Chapoteé y grité, y él volvió a darse la vuelta–. ¡Ahí va! ¡Atrápalo, atrápalo! ¡Va hacia abajo!

Pero el muy imbécil se había buscado un palo, el tonto del culo, y cuando el pez llegó al trecho, el chico se lanzó hacia él con el palo en lugar de tratar de llevar al hijo de perra hasta la orilla, como tendría que haber hecho. El pez viró, enloquecido, y pasó como un rayo por el agua poco profunda. Y el chico tuvo que hacerlo. El tonto del culo se abalanzó sobre él y se cayó de bruces.

Se arrastró hasta la orilla chorreando.

–¡Le he dado! –gritó el chico–. Creo que está herido. Lo he llegado a tocar, pero no he podido agarrarlo.

–¡No has hecho nada de nada! –Me faltaba el aliento. Me alegraba de que el chico se hubiera caído–. Ni te has acercado siquiera, imbécil. ¿Qué diablos hacías con ese palo? Tenías que haberlo llevado a puntapiés hasta la orilla. Ahora seguramente está a más de un kilómetro. –Traté de escupir. Sacudí la cabeza–. No sé. Aún no lo hemos atrapado. Puede que no lo atrapemos –dije.

–¡Maldita sea! ¡Si le he dado! –gritó el chico–. ¿No lo has visto? Que sí, y lo he tocado con mis propias manos. ¿A qué distancia estabas? Además, ¿de quién es el pez? –Me miraba. El agua le caía por los pantalones, encima de los zapatos.

No dije nada más, pero me quedé pensando en lo que había dicho. Me encogí de hombros.

–Bien, de acuerdo. Creí que era de los dos. Esta vez vamos a cogerlo. Nada de fallos, ni tú ni yo –dije.

Bajamos chapoteando por el arroyo. Yo tenía agua dentro de las botas pero el chico estaba empapado hasta el cuello. Se mordía el labio con sus dientes de conejo para que no le castañetearan.

El pez no estaba más abajo del trecho poco profundo, ni tampoco en el siguiente tramo. Nos miramos el uno al otro, y empezamos a temernos que hubiera llegado a uno de los pozos hondos. Pero entonces el condenado se revolvió muy cerca de la orilla; hizo saltar barro dentro del agua con la cola, y salió otra vez disparado. Atravesó otro trecho poco profundo, con la enorme cola sobresaliéndole del agua. Lo vi avanzar despacio hasta cerca de la orilla y detenerse, con media cola fuera del agua, aleteando justo lo necesario para que no lo arrastrara la corriente.

–¿Lo ves? –dije. El chico miró. Le cogí el brazo y señalé con su dedo–. *Allí* mismo. Bueno, ahora escucha. Voy a ir hasta ese pequeño tramo que hay entre aquellas orillas. ¿Ves dónde digo? Tú espera aquí hasta que te haga una señal. Y entonces empiezas a bajar. ¿De acuerdo? Y esta vez no le dejes pasar si se da la vuelta, ¿de acuerdo?

–Sí –dijo el chico, y volvió a morderse el labio con aquellos dientes–. Esta vez lo atraparemos –dijo, con cara de estar muriéndose de frío.

Subí por la pendiente de la orilla y fui bajando, con mucho cuidado de no hacer ruido. Luego dejé la orilla y me metí otra vez en el agua. Seguí bajando, pero no veía al gran hijo de perra y el corazón me dio un brinco. Temí que se hubiera largado ya. Un poco más allá, corriente abajo, y el condenado llegaría a uno de los pozos hondos y ya no podríamos atraparlo.

–¿Sigue allí? –grité. Contuve la respiración.

El chico me hizo una seña con la mano.

—¡Preparado! —volví a gritar.

—¡Ahí va! —me gritó el chico.

Me temblaban las manos. El arroyo tenía como un metro de ancho y corría entre las orillas de tierra. El agua era poco profunda pero rápida. El chico bajaba por el centro del arroyo, con el agua hasta las rodillas, tirando piedras hacia el frente, gritando y chapoteando.

—¡Ahí va! —gritó. Agitó los brazos. Y entonces vi al pez: venía derecho hacia mí. Cuando me vio trató de dar la vuelta, pero era demasiado tarde. Me puse de rodillas tratando de agarrarlo dentro del agua fría. Logré atraparlo con manos y brazos y tiré hacia arriba para arrojarlo fuera del agua, y los dos caímos sobre la orilla. Lo apreté contra la camisa, y él no paraba de retorcerse y de colear, pero conseguí deslizar las manos por sus escurridizos lomos y llegarle a las agallas. Le metí los dedos por la hendidura, hasta llegar a la boca, y cerré la presa al otro lado de la mandíbula. Sabía que era mío. Seguía coleando y me costaba sujetarlo, pero ya era mío y no iba a soltarlo.

—¡Lo atrapamos! —gritó el chico al acercarse chapoteando—. ¡Lo atrapamos, santo Dios! ¡Vaya pieza! ¡Míralo! Dios mío, déjame cogerlo —gritaba el chico.

—Primero lo tenemos que matar —dije yo. Le pasé la otra mano por el cuello. Le tiré la cabeza hacia atrás todo lo que pude, vigilándole los dientes, y sentí el sordo crujido. Le recorrió un largo y lento temblor y se quedó quieto. Lo dejé sobre la orilla y lo miramos. Medía como mínimo sesenta centímetros de largo. Curiosamente era muy flaco, pero más grande que cualquiera de los peces que yo había pescado en toda mi vida. Volví a cogerlo por las mandíbulas.

—Eh —dijo el chico, pero dejó de hablar cuando vio lo que me disponía a hacer. Lo limpié de sangre en el agua y volví a dejar el pez en la orilla.

—Me muero de ganas de enseñárselo a mi padre —dijo el chico.

Estábamos empapados y tiritando. Seguimos mirándolo, tocándolo. Le abrimos la enorme boca y tocamos las filas de dientes. Tenía los lomos llenos de cicatrices, ronchas blanquecinas del tamaño de monedas de a cuarto, y como hinchadas. En la cabeza, alrededor de los ojos, tenía cortes, y también en el morro, seguramente por los golpes contra las rocas y las peleas con otros peces. Pero era muy delgado, demasiado delgado para su largura, y apenas se podía ver la franja rosada de los lomos, y tenía el vientre gris y flojo en lugar de blanco y duro. Pero me parecía estupendo.

—Creo que me tendré que ir en seguida —dije. Miré las nubes sobre las colinas, donde el sol ya se estaba poniendo—. Será mejor que me vaya a casa.

—Sí. Y yo. Estoy helado —dijo el chico—. Eh, déjame llevarlo —dijo.

—Vamos a coger un palo. Se lo ponemos de lado a lado de la boca y podemos llevarlo los dos —dije.

El chico encontró un palo. Se lo atravesamos por las agallas. Empujamos el pez hasta que quedó en el centro. Luego cogimos una punta cada uno y echamos a andar de vuelta a casa con el pez balanceándose en el palo.

—¿Qué vamos a hacer con él? —dijo el chico,

—No sé —dije yo—. Creo que lo atrapé yo —dije.

—Lo hicimos entre los dos. Además, yo lo vi primero.

—Eso sí —dije—. Bien, ¿quieres que lo echemos a cara o cruz, o qué?

Me tenté el bolsillo con la mano libre, pero no tenía ni un centavo. ¿Y, además, qué habría hecho en caso de perder?

Pero el chico dijo:

—No, a cara o cruz, no.

Dije:

—Muy bien. Por mí perfecto.

Miré al chico. Tenía el pelo en punta, los labios como grises. En caso de llegar a las manos, yo le podía. Pero no tenía ganas de pelea.

Llegamos a donde habíamos dejado las cosas, y cada uno recogió lo suyo con una mano, sin soltar en ningún momento su extremo del palo.

Luego subimos hasta donde estaba la bicicleta. Agarré con fuerza el palo por si el chico intentaba algo.

Entonces tuve una idea.

—Podríamos partirlo —dije.

—¿Qué quieres decir? —dijo el chico. Otra vez le castañeteaban los dientes. Noté cómo él también agarraba con fuerza su extremo del palo.

—Cortarlo por la mitad. Tengo un cuchillo. Lo cortamos por la mitad y nos llevamos una mitad cada uno. No sé, pero podríamos hacer eso, ¿eh?

Se tiró de un mechón de pelos y miró el pez.

—¿Y vas a hacerlo con ese cuchillo?

—¿Tienes tú uno? —dije.

El chico negó con la cabeza.

—Muy bien —dije.

Solté el palo. Dejé el pez encima de la hierba, junto a la bicicleta del chico. Saqué el cuchillo. Un avión rodó por la pista mientras yo calculaba una línea sobre el lomo.

—¿Aquí mismo? —dije. El chico asintió con la cabeza. El avión siguió rodando con estruendo y se alzó por encima de nuestras cabezas.

Empecé a cortar el pez. Al llegar a la entraña le di la vuelta y le saqué todas las tripas. Seguí cortando hasta que entre las dos mitades quedó sólo un colgajo de piel de la panza. Cogí las dos mitades con las manos y tiré de ellas hasta desgarrar el colgajo.

Le ofrecí al chico la mitad de la cola.

—No —dijo, meneando la cabeza—. Quiero la otra.

Yo dije:

—¡Son iguales! Maldita sea, míralas. Me voy a poner furioso de un momento a otro.

—No me importa —dijo el chico—. Si son iguales, me llevo ésa. Son iguales, ¿no es eso?

—Sí, son iguales —dije—. Pero me voy a quedar yo con ella. El pez lo he cortado yo.

–La quiero yo –dijo el chico–. Yo lo vi primero.

–¿Y con qué cuchillo lo hemos cortado? –dije yo.

–No quiero la cola –dijo el chico.

Miré a mi alrededor. No había coches en la carretera, no se veía a nadie pescando. Se oía el ronroneo de un avión. El sol se estaba poniendo. Estaba muerto de frío. El chico tiritaba como un demonio, y seguía esperando.

–Tengo una idea –dije. Abrí la cesta de la pesca y le enseñé la trucha–. ¿La ves? Es una trucha verde. Es la única trucha verde que he visto en mi vida. Así que si uno se lleva la cabeza el otro se lleva la cola y la trucha verde. ¿Te parece?

El chico miró la trucha, la sacó de la cesta y la sostuvo en la mano. Estudió las dos mitades del pez.

–Sí, creo que sí –dijo–. De acuerdo, creo que está bien. Llévate esa mitad. Lo mío tiene más carne.

–No me importa –dije–. Voy a lavar mi parte. ¿Por dónde vives? –dije.

–En Arthur Avenue. –Metió la trucha verde y su mitad del pez en una bolsa de lona sucia–. ¿Por qué?

–¿Dónde queda eso? ¿Está cerca de ese parque donde juegan a fútbol? –dije.

–Sí, pero pregunto que por qué –dijo. Parecía asustado.

–Vivo cerca de allí –dije–. Pensaba que podrías llevarme en el manillar. Podemos pedalear por turnos. Tengo un pitillo, y nos lo podemos fumar si no se me ha mojado.

Pero el chico se limitó a decir:

–Estoy helado.

Lavé en el arroyo mi mitad. Le sumergí en el agua la enorme cabeza y le abrí la boca. La corriente le entraba por la boca y le salía por el otro extremo de lo que quedaba de él.

–Estoy helado –dijo el chico.

Vi a George en su bici al fondo de la calle. Él no me vio. Rodeé la casa hasta la parte de atrás para quitarme las botas. Me descolgué la cesta para tenerla lista cuando quisiera levantar la tapa, y me dispuse a entrar en casa sonriendo de oreja a oreja.

Oí sus voces y miré por la ventana. Estaban sentados a la mesa. La cocina estaba llena de humo y vi que salía de un cazo que había sobre uno de los fuegos. Pero a ninguno de los dos parecía importarles un bledo.

—Lo que te digo es tan cierto como el evangelio —dijo él—. ¿Qué saben los niños? Ya lo verás.

Ella dijo:

—No voy a ver nada de nada. Si pensara eso preferiría verlos muertos.

Él dijo:

—¿Pero qué diablos te pasa? ¡Ten cuidado con lo que dices!

Ella se echó a llorar. Él aplastó el cigarrillo contra el cenicero y se levantó.

—Edna, ¿no ves que el cazo se está quemando? —dijo.

Ella miró hacia el cazo. Echó la silla hacia atrás y cogió el cazo por el mango y lo lanzó contra la pared de encima de la pila.

Él dijo:

—¿Pero es que te has vuelto loca? ¡Mira lo que has hecho! —Cogió un trapo de cocina y se puso a limpiar lo que había dentro del cazo.

Abrí la puerta trasera. Me puse a sonreír. Dije:

—No os vais a creer lo que he pescado en Birch Creek. Mirad. Mirad aquí dentro. Mirad esto. Mirad lo que he pescado.

Me temblaban las piernas. Apenas me tenía en pie. Le acerqué la cesta a ella.

—¡Oh, santo Dios! ¿Qué es eso? —dijo cuando por fin se avino a mirar—. ¡Una serpiente! ¿Qué es? Por favor, por favor quita eso de ahí antes de que me haga vomitar.

—¡Saca eso de aquí! —gritó él.

Dije:

—Pero mira, papá. Mira lo que es.

—No quiero mirar –dijo él.

Yo dije:

—Es una trucha arco iris gigante de Birch Creek. Una de esas de verano. ¡Mira! A que es fantástica. ¡Es un monstruo! ¡Tuve que perseguirla arroyo abajo y arriba como un loco! –Mi voz era la de un chiflado. Pero no podía parar–. Y había otra –seguí atropelladamente–. Una trucha verde. ¡Te lo juro! ¡Era verde! ¿Has visto alguna vez una trucha verde?

Miró dentro de la cesta y se quedó con la boca abierta.

Gritó:

—¡Quita esa porquería de mi vista! ¿Qué diablos te pasa? ¡Saca ahora mismo de la cocina esa piltrafa y tírala al cubo de la basura!

Salí a la parte de atrás. Miré en la cesta. Lo que había dentro lanzaba un brillo plateado bajo la luz del porche. Lo que había dentro llenaba toda la cesta.

Lo saqué. Lo levanté. Y me quedé con aquella mitad en la mano.

SESENTA ACRES

Había recibido la llamada hacía una hora, mientras comían. Dos hombres estaban disparando en la parte de Toppenish Creek, propiedad de Lee Waite, más abajo del puente de Cowiche Road. Era la tercera o cuarta vez aquel invierno que alguien andaba por aquel paraje, le recordó Joseph Eagle a Lee Waite. Joseph Eagle era un indio viejo que vivía de una asignación del gobierno en un pequeño terreno fuera de Cowiche Road, con una radio que escuchaba día y noche y un teléfono para cuando se ponía enfermo. Lee Waite quería que el viejo indio no le hablara para nada de ese terreno; que Joseph Eagle hiciera algo al respecto si le venía en gana, además de llamar por teléfono.

Fuera, en el porche, Lee Waite cargó el peso sobre una pierna y trató de quitarse una hebra de carne que se le había quedado entre las muelas. Era un hombre menudo y delgado, de cara enjuta y largo pelo negro. Si no hubiera sido por la llamada, habría echado una pequeña siesta. Frunció el ceño y se tomó su tiempo en ponerse el abrigo. De todas formas, para cuando llegara allí ya se habrían ido. Era así casi siempre. Los cazadores de Toppenish o Yakima podían cruzar la reserva como cualquiera, sólo que tenían prohibido cazar. Pero solían pasar por aquellos sesenta acres deshabitados e irresistibles de su propiedad dos, quizás tres veces, y al cabo, si se sentían osados, aparcaban entre los árboles cercanos a la carretera, y bajaban apresuradamente entre la cebada y la avena loca que les llegaban a la rodilla hasta el arroyo, y quizá cazaban algunos patos o quizá no, pero disparaban siempre multitud de cartuchos antes de largarse. Joseph Eagle, inválido en su silla de ruedas dentro de la casa, los veía muchas veces. O al menos eso le contaba a Lee Waite.

Se hurgó en la dentadura con la lengua y entrecerró los ojos a la media luz de la tarde avanzada de invierno. No tenía miedo. No era eso, se dijo a sí mismo. Sólo que no quería problemas.

El porche, pequeño y construido justo antes de la guerra, estaba en penumbra. El cristal de la única ventana había desaparecido años atrás, y Waite había clavado un saco de azúcar de remolacha para tapar el hueco. El saco colgaba junto al armario, grueso como una estera y helado, moviéndose ligeramente al penetrarle por los bordes el aire frío del exterior. Las paredes estaban atestadas de viejos yugos y arneses, y a un costado, sobre la ventana, había una hilera de herrumbrosas herramientas manuales. Acabó de limpiarse los dientes con la lengua, apretó la bombilla en el casquillo del techo y abrió el armario. Sacó la vieja escopeta de dos cañones del fondo, y buscó en el anaquel de arriba la caja de los cartuchos. Cogió un puñado. Los extremos de cobre estaban fríos al tacto, y Waite hizo rodar los cartuchos en su mano antes de metérselos en el bolsillo del viejo abrigo.

–¿No vas a cargarla, papá? –le preguntó Benny a su espalda.

Waite se volvió y vio a Benny y al pequeño Jack de pie en la puerta de la cocina. Desde la llamada no habían dejado de seguirle: querían saber si esta vez le iba a pegar un tiro a alguien. Aquello le preocupaba: que unos chiquillos hablaran de ese modo, como si disfrutaran con todo ello. Ahora estaban en la puerta, dejando que el aire frío entrara en la casa y mirando la gran escopeta que Waite se había puesto bajo el brazo.

–Meteos en casa, que es donde tenéis que estar –dijo.

Dejaron la puerta abierta y entraron corriendo en la casa, pasaron por donde estaban la madre de Waite y Nina, y se metieron en el dormitorio. Waite se fijó en Nina, que estaba a la mesa tratando de conseguir con zalamerías que la pequeña, que se echaba hacia atrás sacudiendo la cabeza, aceptara unos bocados de puré. Nina levantó la mirada, trató de sonreír.

Waite entró en la cocina, cerró la puerta y se quedó apoyado sobre ella. Nina estaba muy cansada, era evidente. Una línea de minúsculas gotas le brillaban en la parte superior del labio, y mientras Waite la miraba, ella se detuvo unos instantes para quitarse el pelo de la frente. Volvió a mirar a Waite, y luego a la pequeña. Los anteriores embarazos nunca la habían fastidiado tanto. Las otras veces apenas podía quedarse quieta, y solía brincar de la silla e ir de un lado a otro de la casa, por mucho que no hubiera demasiado que hacer aparte de coser o hacer la comida. Waite se tocó con los dedos la piel fláccida del cuello y miró furtivamente a su madre, que dormitaba desde el almuerzo en la silla junto a la estufa. La anciana entreabrió los ojos, lo miró y le dedicó un movimiento de cabeza. Tenía setenta años y estaba ajada y encogida, pero su pelo seguía siendo muy negro y le caía sobre los hombros en dos largas y apretadas trenzas. Lee Waite sabía que algo malo le ocurría, porque a veces se pasaba un par de días sin decir nada, sentada junto a la ventana del cuarto de al lado, mirando fijamente el valle. Waite no podía evitar entonces un estremecimiento; no sabía lo que significaban esos mínimos gestos y señales, esos silencios suyos.

—¿Por qué no dices nada? —le preguntó, sacudiendo la cabeza—. ¿Cómo voy a saber lo que quieres decirme, mamá, si no hablas?

Waite se quedó mirándola unos instantes, vio cómo se tiraba de las puntas de las trenzas, esperó a que dijera algo. Luego soltó un gruñido, cruzó la estancia por delante de ella, cogió el sombrero que colgaba de la pared y salió.

Hacía frío. La nieve de los tres días pasados —una capa granulosa de varios centímetros de espesor— lo cubría todo, daba al terreno un aspecto grumoso y un aire ridículo a las desnudas hileras de estacas de judías que había frente a la casa. El perro salió arrastrándose de debajo de la casa al oír la puerta, y echó a andar hacia el camión sin mirar atrás.

–¡Ven aquí! –le llamó Waite secamente, y su voz serpeó en el aire delgado.

Se agachó y le cogió el hocico frío y seco.

–Es mejor que te quedes aquí esta vez. Sí, sí.

Le zarandeó las orejas con la palma de la mano y miró en torno. No podía ver Satus Hill al otro lado del valle, porque el cielo estaba muy encapotado; sólo la ondulante lisura de los campos de remolacha azucarera, blancos a excepción de algunos retazos negros aquí y allá, donde la nieve no había cuajado. Alcanzaba a ver sólo una casa –la de Charley Treadwell, a lo lejos–, pero no distinguía ninguna luz encendida. Ni un solo sonido en torno; y por doquiera, un manto bajo de pesadas nubes comprimiéndolo todo. Había creído que hacía viento, pero el aire estaba quieto.

–Quédate aquí, ¿me oyes?

Echó a andar hacia el camión. Deseó otra vez no tener que ir. Había vuelto a soñar aquella noche; no podía recordar qué, pero sentía cierta inquietud desde que se había despertado. Rodó despacio hasta la verja, se bajó y quitó el gancho, salió con el camión, volvió a bajarse y colocó de nuevo el gancho. Ya no tenía caballos, pero mantener la verja cerrada era ya un viejo hábito adquirido.

La máquina niveladora venía hacia él por la carretera arañando el firme, chirriando con fiereza cada vez que la cuchilla hería la grava helada. Waite no tenía prisa, y esperó con paciencia los minutos largos que la máquina tardó en llegar hasta él. Uno de los hombres de la cabina se asomó con un cigarrillo en la mano y le dirigió un saludo al pasar. Pero Waite apartó la mirada. Una vez hubieron pasado, salió a la carretera. Cuando llegó a la altura de donde vivía Charley Treadwell, miró hacia la casa pero seguía sin luces y no estaba el coche. Recordó que Charley le había contado días atrás que el domingo anterior había tenido un altercado con un chico que había bajado por la tarde hasta su cerca y se había puesto a disparar a los patos del estanque que había al lado del establo. Los patos –decía Charley– iban al estanque todas las tardes.

Confiaban en él, dijo, como si eso importara algo. Había corrido desde el establo, donde estaba ordeñando las vacas, agitando los brazos y gritando, y el chico le había apuntado con la escopeta. Si al menos hubiera podido quitarle la escopeta, había dicho Charley mirando fijamente a Waite con su único ojo sano, al mismo tiempo que asentía despacio con la cabeza. Waite se agitó un poco en el asiento. No quería problemas de esa clase. Confiaba en que quienquiera que fuera se hubiera ido para cuando él llegase, como las otras veces.

Al pasar dejó a su izquierda Fort Simcoe, los tejados pintados de blanco de sus viejos edificios que se alzaban tras la empalizada reconstruida. Los portones estaban abiertos, y Lee Waite vio coches aparcados en el interior, y unas cuantas personas con abrigo, paseando. Nunca se molestaba en parar. Un día ya lejano la maestra había llevado allí a todos los chicos –una excursión campestre, según la había definido ella–, pero Waite se había quedado en casa aquel día. Bajó la ventanilla y se aclaró la garganta, y al pasar a la altura de la entrada carraspeó.

Torció y tomó la Lateral B, y al rato llegó a la casa de Joseph Eagle; tenía encendidas todas las luces, incluida la del porche. No se detuvo. Siguió bajando hasta llegar a Cowiche Road, allí se apeó del camión y se puso a escuchar. Empezaba ya a pensar que se habían marchado y que podía dar media vuelta y regresar a casa cuando le llegó a través de los campos una serie de disparos apagados y lejanos. Esperó unos instantes; luego cogió un trapo, dio la vuelta al camión y trató de quitar la nieve y el hielo de los bordes de la ventanilla. Antes de montar de nuevo pateó el suelo para sacudirse la nieve de los zapatos. Siguió un trecho hasta que vio el puente, y buscó las huellas que –sabía– se desviaban y se internaban bajo los árboles. Se detuvo detrás de un sedán gris y apagó el motor.

Se quedó sentado en la cabina, esperando, haciendo chirriar con el pie el pedal del freno y oyendo de cuando en cuando los disparos. Al cabo de unos minutos no pudo seguir quieto en el asiento; se bajó del camión y fue despacio hasta la parte delantera. No había estado allí desde hacía cuatro o cinco años. Se apoyó en el parachoques y se quedó mirando aquella tierra. No podía comprender dónde se había esfumado todo aquel tiempo.

Recordó cómo, de chico, anhelaba ser mayor. Solía bajar allí a menudo a poner trampas para ratones almizcleros en esa parte del arroyo, y dejar sedales por la noche para las truchas pardas. Waite miró a su alrededor, movió los pies dentro de los zapatos. Todo aquello había sido hacía mucho tiempo. Al ir haciéndose mayor había oído decir a su padre que quería que aquella tierra fuera para sus tres hijos. Pero los otros dos hermanos de Waite habían muerto. Y fue Lee quien al final se quedó con todo.

Recordó: muertes... Jimmy fue el primero. Recordó cómo le habían despertado unos golpes tremendos en la puerta: la oscuridad, el olor a resina de los faros encendidos, y el crepitar de una voz que llegaba desde su interior a través de un megáfono. Su padre que abre la puerta de par en par, y la enorme figura de un hombre con sombrero de *cowboy* y un rifle –el ayudante del *sheriff*– que llena el umbral. *¿Waite? Su hijo Jimmy ha sido apuñalado en Wapato, en un baile.* Todos se fueron en el camión, y Lee se quedó solo en casa. Encogido, en cuclillas, se había pasado el resto de la noche solo, frente a la estufa de leña, mirando cómo las sombras brincaban en la pared. Andando el tiempo, cuando tenía doce años, llegó otro hombre, un *sheriff* diferente, y se limitó a decir que sería mejor que lo acompañaran.

Se apartó del camión y caminó unos pasos hasta el límite del campo. Las cosas eran ahora diferentes, eso era todo lo que podía decirse al respecto. Tenía treinta y dos años, y Benny y el pequeño Jack estaban creciendo. Y había un bebé. Waite sacudió la cabeza. Cerró la mano en torno a uno de los altos tallos de algodoncillo. Lo partió y alzó la vista al oír un suave alboroto de patos sobre su cabeza. Se limpió la mano en el pantalón y los siguió con la mirada unos instantes. Vio cómo dejaban de mover las alas al unísono y describían un círculo sobre el arroyo. Entonces la banda se abrió, y Waite vio caer tres patos antes de oír los disparos.

Se dio la vuelta con brusquedad y echó a andar hacia el camión. Sacó la escopeta y cerró la portezuela sin ruido, con cuidado. Se internó bajo los árboles. Casi había oscurecido. Tosió una vez, y luego se quedó quieto, con los labios apretados.

Se acercaban con ruido a través de la maleza. Eran dos. Luego, zarandeando y haciendo chirriar la cerca, saltaron al otro lado y avanzaron por el campo. La nieve crujía bajo sus pies, y al llegar cerca del coche respiraban con dificultad.

—¡Dios, aquí hay un camión! —dijo uno de ellos, y dejó caer los patos que llevaba en la mano.

Era una voz de muchacho. Llevaba una pesada cazadora, y en los bolsillos de la caza Waite entrevió vagamente el voluminoso bulto de los patos.

—Estate tranquilo, ¿quieres? —El otro muchacho se puso a mover la cabeza de un lado a otro, tratando de ver algo—. ¡Vamos, rápido! No hay nada en el camión. ¡Sube al coche rápido!

—Quietos. Dejad las escopetas ahí delante, en el suelo. —Salió con cautela de los árboles y se plantó frente a ellos, alzando y bajando los cañones de la escopeta—. Quitaos las cazadoras y vaciadlas.

—¡Oh, Dios! ¡*Dios* Todopoderoso! —dijo uno de ellos.

El otro no dijo nada, pero se quitó la cazadora y empezó a sacar de ella los patos sin dejar de mirar a su alrededor.

Waite abrió la portezuela del coche, metió un brazo y buscó a tientas hasta encontrar los mandos de los faros. Los muchachos se llevaron una mano a los ojos para protegerse de la luz, y luego se volvieron de espaldas.

—¿De quién creéis que es esta tierra? —dijo Waite—. ¿Qué significa esto? ¡Cazar patos en mis tierras!

Uno de los muchachos se volvió con cautela, sin bajar la mano de los ojos.

—¿Qué va a hacer?

—¿Qué crees que voy a hacer? —dijo Waite. Su voz le sonó tan extraña, liviana, insustancial. Oía cómo unos patos se posaban en el arroyo y se comunicaban con otros que seguían en el aire—. ¿Qué pensáis que voy a hacer con vosotros? —dijo—. ¿Tú qué harías si atraparas a unos chicos entrando ilegalmente en tus tierras?

—Si dijeran que lo sentían y que era la primera vez, los dejaría marchar —respondió el muchacho.

—Yo haría lo mismo, señor, si dijeran que lo sentían —dijo el otro a continuación.

—¿De verdad? ¿Pensáis de veras que eso es lo que haríais? —Waite sabía que trataba de ganar tiempo.

Los muchachos no respondieron. Siguieron ante la luz deslumbrante de los faros, y luego volvieron a ponerse de espaldas.

—¿Cómo sé que no habéis estado aquí antes? —dijo Waite—. Las otras veces que he tenido que venir.

—Palabra de honor, señor. Nunca habíamos estado aquí. Pasábamos por aquí. Por el amor de Dios —dijo el muchacho, sollozando.

—Es la pura verdad —dijo el otro—. Cualquiera puede cometer un error una vez en la vida.

Había oscurecido; ante los faros caía una fina llovizna. Waite se subió el cuello y miró a los muchachos. Del arroyo, allá abajo, les llegó el estridente graznido de un pato salvaje macho. Waite miró aquí y allá las pavorosas formas de los árboles, y luego de nuevo a los muchachos.

—Es posible —dijo, y movió los pies. Sabía que no tardaría en dejar que se marcharan. ¿Qué otra cosa podía hacer? Los estaba echando de sus tierras: eso era lo que importaba.

–¿Cómo os llamáis? ¿Cómo te llamas tú? Tú. ¿Es tuyo el coche o no? ¿Cómo te llamas?

–Bob Roberts –respondió el muchacho al instante, y miró de reojo a su amigo.

–Williams, señor –dijo el otro–. Bill Williams, señor.

Waite deseaba entender que no eran más que unos chiquillos, que le estaban mintiendo porque tenían miedo. Seguían de espaldas a él, y Waite siguió mirándoles.

–¡Estáis mintiendo! –dijo, sorprendiéndose a sí mismo–. ¿Por qué me mentís? ¡Os metéis en mis tierras, me matáis los patos y encima sois unos embusteros!

Apoyó la escopeta sobre la portezuela del coche, para evitar que se movieran los cañones. Oía el rozar de las ramas en las copas. Pensó en Joseph Eagle sentado en su casa iluminada, con los pies sobre una caja, escuchando la radio.

–Muy bien, muy bien –dijo Waite–. ¡Mentirosos! Quedaos ahí quietos, mentirosos.

Caminó muy erguido hasta el camión y sacó un viejo saco de azúcar de remolacha, lo sacudió y, una vez abierto, hizo que los muchachos metieran en él todos los patos. Entonces, inexplicablemente, mientras esperaba allí de pie, sin moverse, le empezaron a temblar las rodillas.

–Vamos, podéis iros. ¡De prisa!

Mientras los muchachos se dirigían al coche, retrocedió unos pasos.

–Voy a volver a la carretera. Venid conmigo.

–Sí, señor –dijo uno de los muchachos, poniéndose al volante–. ¿Y si no consigo que arranque? Puede que la batería se haya descargado, ya sabe. No tenía mucha fuerza.

–No sé –dijo Waite. Miró a su alrededor–. Ya veo que tendré que empujaros.

El muchacho apagó las luces, pisó el acelerador y sacó el aire. El motor giró despacio pero acabó poniéndose en marcha, y el muchacho siguió pisando a fondo para calentar el motor antes de volver a encender las luces. Waite estudió las caras pálidas y frías que le miraban con fijeza, a la espera de una señal suya.

Lanzó el saco de los patos dentro del camión y dejó la escopeta sobre el asiento. Se subió a la cabina y condujo marcha atrás, con cuidado, hasta llegar a la carretera. Esperó a que salieran ellos, y luego los siguió hasta la Lateral B; se detuvo con el motor en marcha y vio cómo los pilotos traseros del coche se perdían rumbo a Toppenish. Los había echado de sus tierras. Eso era lo que importaba. Y sin embargo no entendía por qué tenía la sensación de que algo crucial le había sucedido, como un fracaso.

Pero no había sucedido nada.

Había retazos de niebla que venían del valle. Al parar para abrir la verja, no pudo ver gran cosa de la granja de Charley; sólo una débil luz en el porche que Waite no recordaba haber visto por la tarde. El perro, que esperaba tumbado sobre la panza al lado del establo, se levantó de un brinco y se puso a olfatear los patos del saco mientras Waite se los cargaba al hombro y echaba a andar hacia la casa. En el porche se detuvo el tiempo suficiente para guardar la escopeta. Dejó los patos en el suelo, junto al armario. Los limpiaría al día siguiente, o al otro.

–¿Lee? –llamó Nina.

Waite se quitó el sombrero, aflojó la bombilla, y antes de abrir la puerta permaneció un momento en la quieta oscuridad.

Nina estaba en la mesa de la cocina, con la cajita de costura sobre una silla contigua. Tenía una tela vaquera en la mano. Waite vio dos o tres camisas suyas encima de la mesa, al lado de unas tijeras. Llenó una taza de agua del grifo, y de la balda de encima de la pila cogió algunas piedras de colores que los chicos siempre estaban trayendo a casa. En la balda había también una piña seca y unas cuantas hojas de arce del verano pasado, grandes y de una textura de papel. Echó una ojeada a la despensa. Pero no tenía hambre. Y luego fue hasta la puerta y se apoyó sobre una de las jambas.

Era una casa pequeña. No había dónde meterse. Al fondo, en un cuarto, dormían todos los niños; y en el cuarto de enfrente, Nina y Waite y su madre, aunque a veces, en verano, Nina y Waite dormían fuera. No había sitio donde se pudiera estar a solas. Su madre seguía sentada junto a la estufa, con una manta sobre las piernas y los pequeños ojos abiertos, mirándole.

–Los chicos querían quedarse levantados hasta que llegaras –dijo Nina–, pero les dije que habías dicho que tenían que acostarse.

–Sí, muy bien –dijo él–. Tenían que irse a dormir, eso es.

–Tenía miedo –dijo ella.

–¿Miedo? –Trató de hacer como si le sorprendiera lo que había oído–. ¿Tú también tenías miedo, mamá?

La anciana no respondió. Sus dedos hurgaban aquí y allá por los costados de la manta, tirando de ellos para arroparse y protegerse de corrientes.

–¿Cómo te encuentras, Nina? ¿Un poco mejor esta noche? –Waite sacó una silla y se sentó junto a la mesa.

Su mujer asintió con la cabeza. Waite no dijo más; bajó la mirada y se puso a hacer muescas en la mesa con la uña del pulgar.

–¿Viste quiénes eran? –preguntó Nina.

–Eran dos chicos –dijo él–. Los dejé marchar.

Se levantó y fue hasta el otro lado de la estufa, escupió dentro de la caja de la leña y se quedó de pie, con los dedos encajados en los bolsillos traseros del pantalón. Detrás de la estufa, la madera de la pared estaba negra y desconchada, y arriba, sobresaliendo de una balda, vio la parda malla de una red de agallas enrollada sobre las púas de un arpón de salmones. ¿Pero qué era aquello? Lo miró con los párpados entornados.

–Los dejé ir –dijo–. Quizá fui muy blando con ellos.

–Hiciste lo que tenías que hacer –dijo Nina.

Waite miró a su madre por encima de la estufa. Pero no vio en ella seña alguna, sólo los negros ojos que le miraban fijamente.

–No sé –dijo. Trató de pensar en ello, pero ahora le parecía que, fuera lo que fuese, había sucedido hacía mucho tiempo.

–Debería haberles dado algo más que un susto, supongo. –Miró a Nina–. Son mis tierras –añadió–. Podría haberles matado.

–¿Matar a quién? –dijo su madre.

–A esos chicos que estaban en el terreno de Cowiche Road. Por los que llamó Joseph Eagle.

Desde donde estaba podía ver cómo se movían sobre el regazo los dedos de su madre, cómo se deslizaban por el dibujo en relieve de la manta. Se inclinó sobre la estufa, queriendo decir algo. Pero no sabía qué.

Se acercó despacio a la mesa y volvió a sentarse. Entonces se dio cuenta de que aún llevaba puesto el abrigo; se levantó, tardó unos minutos en desabrochárselo y lo dejó sobre la mesa. Corrió la silla y la acercó a las rodillas de Nina, cruzó los brazos premiosamente y se agarró las mangas de la camisa.

–Estaba pensando que podría alquilar esos terrenos a los clubs de caza. Así como están no nos sirven para nada, ¿no te parece? Si tuviéramos allí la casa, o si los terrenos estuvieran aquí, junto a la casa, sería diferente, ¿no crees?

Waite, en medio del silencio, oía el crujido de la leña de la estufa. Dejó las manos abiertas sobre la mesa y se sintió el pulso en los brazos.

–Podría alquilarlos a uno de los clubs de patos de Toppenish. O de Yakima. Cualquiera de ellos estaría encantado de poder disponer de unos terrenos como ésos, justo por donde pasan las aves migratorias. Son de los mejores del valle... Si les pudiera sacar algún provecho todo sería diferente. –Su voz, entonces, se apagó.

Nina se movió en su silla. Dijo:

–Si crees que nos conviene... Lo que tú decidas. No sé.

–Yo tampoco –dijo él. Su mirada recorrió el suelo, se alzó más allá de su madre y volvió a posarse sobre el arpón de salmones. Se levantó, sacudiendo la cabeza. Mientras cruzaba la exigua estancia, la anciana torció la cabeza y apoyó las mejillas sobre el respaldo de la silla, y sus ojos entrecerrados siguieron a su hijo. Waite alzó la mano hasta la balda astillada y bajó con esfuerzo el arpón y el amasijo de la red. Luego volvió por detrás de la silla de su madre. Vio la diminuta cabeza oscura, el pardo chal de lana que ceñía con suavidad los hombros encorvados. Hizo girar el arpón en sus manos y se puso a desenrollar la red.

—¿Cuánto te pagarían? —dijo Nina.

Waite cayó en la cuenta de que no tenía la menor idea. Y se sintió un tanto confuso. Dio un tirón a la red; luego volvió a colocar el arpón sobre la balda. Afuera, una rama arañó con violencia la pared de la casa.

—¿Lee?

No estaba seguro. Tendría que preguntar por ahí. Mike Chuck había alquilado treinta acres el pasado otoño por quinientos dólares. Jerome Shinpa alquilaba todos los años parte de sus tierras, pero Waite nunca le había preguntado cuánto le pagaban.

—Puede que mil dólares —dijo.

—¿Mil dólares? —dijo Nina.

Waite asintió con la cabeza. Y sintió alivio ante su asombro.

—Puede que sí. Quizá más. Tendré que enterarme. Tendré que preguntar a alguien cuánto me darían.

Era mucho dinero. Se puso a imaginar lo que sería tener mil dólares. Cerró los ojos y trató de pensar en ello.

—Eso no sería venderlas, ¿no? —preguntó Nina—. Si las alquilas siguen siendo tuyas, ¿no es eso?

—¡Sí, sí, siguen siendo mías! —Waite se acercó a ella y se inclinó sobre la mesa—. ¿No entiendes la diferencia, Nina? No se puede *comprar* terrenos de reserva. ¿Es que no lo sabes? Las alquilaría para que pudieran utilizarlas.

—Ya —dijo ella. Bajó la mirada y cogió la manga de una de sus camisas—. ¿Tendrán que devolvértelas? ¿Seguirán siendo tuyas?

—¿No lo entiendes? —dijo él. Asió el borde de la mesa—. ¡Se trata de un alquiler!

—¿Qué dirá mamá? —preguntó Nina—. ¿Le parecerá bien?

Miraron ambos a la anciana. Pero tenía los ojos cerrados y parecía dormida.

Mil dólares. Tal vez más. Waite no lo sabía. ¡Pero aun así: mil dólares! Se preguntó cómo lo harían, cómo informaría a la gente de que tenía tierras que alquilar. Aquel año ya era tarde para hacerlo, pero podría ponerse a preguntar por ahí cuando llegara la primavera. Cruzó los brazos y trató de pensar. Le empezaron a temblar las piernas y se apoyó contra la pared. Siguió allí un rato, y al cabo dejó que su peso resbalara con suavidad por la pared hasta quedar en cuclillas.

–No es más que un alquiler –dijo.

Miraba fijamente el suelo. Le pareció que se inclinaba en dirección a él, que se movía. Cerró los ojos y se llevó las manos a los oídos para serenarse. Y luego se le ocurrió ahuecar las manos: así le llegaría ese bramido como de viento que ruge dentro de una concha marina.

¿QUÉ HAY EN ALASKA?

Carl se marchó del trabajo a las tres. Salió de la estación y fue en su coche hasta una zapatería cercana a su apartamento. Puso el pie encima del escabel y dejó que el dependiente le soltara el cordón de su bota de trabajo.

–Quiero algo cómodo –dijo Carl–. De sport.

–Tengo lo que desea –dijo el dependiente.

El dependiente sacó tres pares de zapatos y Carl dijo que se llevaba los de color beige, que eran flexibles y le quedaban cómodos. Pagó y se puso la caja con las botas bajo el brazo. Al andar se iba mirando los zapatos nuevos. En el coche, camino de casa, sintió que movía el pie de un pedal a otro con absoluta libertad.

–Te has comprado unos zapatos –dijo Mary–. Déjame verlos.

–¿Te gustan? –dijo Carl.

–No me gusta el color, pero tienen que ser muy cómodos. Necesitabas zapatos.

Carl se miró otra vez los zapatos.

–Voy a bañarme –dijo.

–Cenaremos temprano –dijo Mary–. Helen y Jack quieren que vayamos a su casa esta noche. Helen le ha regalado a Jack una pipa de agua por su cumpleaños y están deseando probarla. –Mary le miró–. ¿Te viene bien?

–¿A qué hora?

–Sobre las siete.

–Muy bien –dijo Carl.

Mary volvió a mirar los zapatos y ahuecó las mejillas.

–Báñate –dijo.

Carl abrió el grifo y se quitó los zapatos y la ropa. Se quedó echado en la bañera durante un rato y luego se frotó las uñas con un cepillo para quitarse la grasa lubricante. Dejó caer las manos y luego se las llevó a los ojos.

Mary abrió la puerta del cuarto de baño.

–Te traigo una cerveza –dijo. El vaho la envolvió pasando a través de la puerta hacia la sala.

–Salgo en seguida –dijo Carl. Bebió un sorbo de cerveza.

Mary se sentó en el borde de la bañera y le puso una mano en el muslo.

–El reposo del guerrero –dijo.

–El reposo del guerrero –dijo él.

Mary le deslizó la mano por el vello mojado del muslo. Luego se puso a batir palmas.

–¡Eh, tengo algo que decirte! Hoy he tenido una entrevista, y creo que me van a ofrecer un trabajo... en *Fairbanks.*

–¿En Alaska? –dijo él.

Mary asintió con la cabeza.

–¿Qué te parece?

–Siempre he querido conocer Alaska. ¿Se trata de algo posible?

Mary volvió a asentir.

–Les he gustado. Han dicho que me contestarán la semana que viene.

–Estupendo. Alcánzame una toalla, ¿quieres? Voy a salir.

–Me voy a poner la mesa –dijo ella.

Tenía las yemas de la mano y los dedos de los pies blanquecinos y arrugados. Se secó despacio y se puso la ropa limpia y los zapatos nuevos. Se peinó, salió del cuarto de baño y fue a la cocina. Mientras ella ponía la mesa se tomó otra cerveza.

—He quedado en llevar unas gaseosas y algo para picar —dijo ella—. Tendremos que pasar por el supermercado.

—Gaseosas y cosas para picar. Muy bien —dijo él.

Cuando terminaron de cenar, Carl ayudó a Mary a recoger la mesa. Luego fueron en coche al supermercado y compraron la gaseosa y patatas fritas, bocaditos de maíz y galletitas saladas con sabor a cebolla. Al pagar en caja Carl añadió un puñado de barritas U-No.

—Ah, vale —dijo Mary cuando las vio.

Volvieron a casa y aparcaron; fueron andando hasta la casa de Jack y Helen, a una manzana de la suya.

Abrió Helen. Carl dejó la bolsa sobre la mesa del comedor. Mary se sentó en la mecedora y olfateó en el ambiente.

—Llegamos tarde —dijo—. Han empezado sin nosotros, Carl.

Helen rió.

—Nos hicimos uno cuando llegó Jack. Pero todavía no hemos encendido la pipa de agua. Os estábamos esperando. —Estaba de pie en medio del comedor, mirándoles y sonriendo—. Veamos lo que hay en esa bolsa —dijo—. ¡Oh, cielos! Oye, me parece que me como ahora mismo unos bocaditos de maíz. ¿Queréis vosotros, chicos?

—Acabamos de cenar —dijo Carl—. Picaremos algo dentro de un rato.

—El agua había dejado de correr y Carl oyó silbar a Jack en el baño.

—Nosotros tenemos unos cuantos polos helados y algunos m&m's —dijo Helen. Estaba junto a la mesa y metía la mano en una bolsa de patatas fritas—. Si Jack sale algún día del baño, nos preparará el narguile y podremos fumar. —Abrió la caja de galletitas saladas y se metió una en la boca—. Oye, son fantásticas.

—No sé lo que diría Emily Post de tus modales[1] —dijo Mary.

Helen se echó a reír. Sacudió la cabeza.

Jack salió del cuarto de baño.

—Hola a todo el mundo. Hola, Carl. ¿Qué es lo que os hace tanta gracia? —dijo, sonriendo—. Se os oía reír a carcajadas.

—Nos reíamos de Helen —dijo Carl.

—Es muy graciosa —dijo Jack—. ¡Lo que habéis traído! ¡Eh, chicos, listos para un vaso de gaseosa? Voy a preparar la pipa.

—Sí, ponme un vaso —dijo Mary—. ¿Tú quieres, Carl?

—Sí, ponme también un poco —dijo Carl.

—Carl está un poco apático esta noche —dijo Mary.

—¿Por qué dices eso? —dijo Carl. La miró—. Es la mejor manera de quitarme las ganas de hacer nada.

—Estaba tomándote el pelo —dijo Mary. Se acercó y se sentó a su lado en el sofá—. Estaba bromeando, cariño.

—Eh, Carl, no te pongas apático —dijo Jack—. Déjame que te enseñe mis regalos de cumpleaños. Helen, abre una de esas botellas de gaseosa mientras preparo la pipa. Estoy seco.

Helen llevó las patatas y las galletitas a la mesita baja. Luego sacó una botella de gaseosa y cuatro vasos.

—Parece como si estuviéramos organizando una fiesta —dijo Mary.

—Si no me matara de hambre todo el santo día, engordaría cinco kilos a la semana —dijo Helen.

—Te entiendo perfectamente —dijo Mary.

Jack salió del dormitorio con el narguile.

—¿Qué te parece? —le dijo a Carl. Puso el narguile encima de la mesita.

—Es una maravilla —dijo Carl. Lo levantó y se quedó mirándolo.

—Es un *hookah* —dijo Helen—. Así es como lo llamaban donde lo compré. Es de los pequeños, pero sirve igual. —Se echó a reír.

---

1. Emily Post: autora de un célebre libro sobre la etiqueta y las buenas maneras. (*N. del T.*)

–¿Dónde lo compraste? –dijo Mary.

–¿Qué? Ah, en esa tienda de Fourth Street. Ya sabes cuál –dijo Helen.

–Sí, ya sé –dijo Mary–. Tengo que ir a esa tienda algún día –dijo Mary. Cruzó las manos y miró a Jack.

–¿Cómo funciona? –preguntó Carl.

–Pones el hachís aquí –dijo Jack–, y enciendes esto. Luego aspiras por aquí y el humo se filtra a través del agua. Tienen muy buen sabor, y *coloca* de verdad.

–Me gustaría comprarle uno a Carl para Navidad –dijo Mary. Miró a Carl y sonrió, y le tocó el brazo.

–Me gustaría tener uno –dijo Carl. Estiró las piernas y se miró los zapatos a la luz del comedor.

–Toma, fuma –dijo Jack, lanzando una bocanada de humo fino y pasándole el tubo a Carl–. Y dime si no está bien.

Carl aspiró del tubo, retuvo el humo y le pasó la boquilla a Helen.

–Mary primero –dijo Helen–. Yo después de Mary. Tenéis que alcanzarnos, chicos.

–No voy a discutir –dijo Mary. Se metió la boquilla en la boca y dio dos chupadas rápidas. Carl miró las burbujas del narguile.

–Es estupendo –dijo Mary. Le pasó el tubo a Helen.

–Lo estrenamos anoche –dijo Helen, y rió ruidosamente.

–Esta mañana, cuando se levantó con los niños, aún estaba colocada –dijo Jack, y se echó a reír. Miró cómo Helen se llevaba el tubo a la boca.

–¿Cómo están los chicos? –preguntó Mary.

–Están bien –dijo Jack, y se metió la boquilla en la boca.

Carl bebió unos sorbos de gaseosa y miró las burbujas en la vasija del narguile. Le recordaban las burbujas que suben de una escafandra. Imaginó la laguna de un atolón y grandes bancos de peces espléndidos. Jack pasó la boquilla del narguile. Carl se levantó y se estiró.

–¿Adónde vas, cariño? –preguntó Mary.

–A ninguna parte –dijo Carl. Volvió a sentarse, sacudió la cabeza y sonrió–. Santo cielo.

Helen rió.

–¿Qué es lo que te hace tanta gracia? –dijo Carl al cabo de mucho, mucho rato.

–Dios, no lo sé –dijo Helen. Se secó los ojos y volvió a reír, y Mary y Jack rieron también.

Al rato Jack desenroscó la parte superior del narguile y sopló por unos tubos.

–A veces se obstruye –dijo.

–¿Qué querías decir con eso de que estaba apático? –le dijo Carl a Mary.

–¿Qué? –dijo Mary.

Carl se quedó mirándola y parpadeó.

–Dijiste que estaba apático. ¿Qué te hizo decir eso?

–No lo recuerdo ahora, pero cuando lo estás me doy cuenta –dijo Mary–. Pero no vengas ahora con nada negativo, ¿vale?

–Muy bien –dijo Carl–. Lo único que digo es que no entiendo por qué lo dijiste. Si antes de decírmelo no lo estaba, bastaba con lo que dijeras para ponerme como dices.

–El que se pica... –dijo Mary. Se inclinó sobre el brazo del sofá y rió hasta que se le saltaron las lágrimas.

–¿Qué habéis dicho? –dijo Jack. Miró a Carl y luego a Mary–. Me lo he perdido –dijo Jack.

–Tendría que haber puesto alguna salsa para estas patatas –dijo Helen.

–¿No quedaba otra botella de gaseosa? –dijo Jack.

–Nosotros hemos traído dos –dijo Carl.

–¿Nos hemos bebido las dos? –dijo Jack.

–¿Hemos bebido alguna? –dijo Helen, y rió–. No, yo sólo he abierto una. Creo que sólo he abierto una. No recuerdo haber abierto más que una –dijo Helen, y siguió riendo.

Carl le pasó el tubo a Mary. Mary le cogió la mano y guió la boquilla hasta metérsela en la boca. Carl se quedó mirando cómo el humo se escapaba de los labios de Mary, al cabo de muchísimo rato.

–¿Qué tal un poco de gaseosa? –dijo Jack.

Mary y Helen rieron.

–Eso, ¿qué tal? –dijo Mary.

–Bueno, ¿no nos íbamos a poner un vaso? –dijo Jack. Miró a Mary y sonrió.

Mary y Helen rieron.

–¿Qué es lo que tiene gracia? –dijo Jack. Miró a Helen y luego a Mary. Sacudió la cabeza–. No sé de qué va, chicos –dijo.

–Puede que nos vayamos a Alaska –dijo Carl.

–¿A Alaska? –dijo Jack–. ¿Qué hay en Alaska? ¿Qué haríais allí?

–Me gustaría poder ir a alguna parte –dijo Helen.

–¿Qué tiene de malo esto? –dijo Jack–. ¿Qué haríais allí, chicos? Lo digo en serio. Me gustaría saberlo.

Carl se metió una patata en la boca y bebió un trago de soda.

–No lo sé. ¿Qué has dicho?

Al rato Jack dijo:

–¿Qué hay en Alaska?

–No lo sé –dijo Carl–. Pregúntale a Mary. Mary lo sabe. Mary, ¿qué es lo que voy a hacer yo allí? Quizá cultive coles gigantes como esas del artículo que leíste.

–O calabazas –dijo Helen–. Planta calabazas.

–Te harías de oro –dijo Jack–. Nos mandas aquí las calabazas para la noche de Halloween. Yo te haré de distribuidor.

–Jack te hará de distribuidor –dijo Helen.

–Eso es –dijo Jack–. Y nos forramos.

–Nos hacemos ricos –dijo Mary.

Al rato Jack se levantó.

—Ya sé lo que me vendría bien ahora: un poco de gaseosa –dijo. Mary y Helen rieron.

—Vamos, adelante, reíros –dijo, sonriendo, Jack–. ¿Quién quiere un poco de gaseosa?

—¿Un poco de qué? –dijo Mary.

—De gaseosa –dijo Jack.

—Estabas ahí de pie como si fueras a pronunciar un discurso –dijo Mary.

—No lo había pensado –dijo Jack. Sacudió la cabeza y se echó a reír. Se sentó–. Es un hachís de primera –dijo.

—Tendríamos que haber conseguido más –dijo Helen.

—¿Más qué? –dijo Mary.

—Más dinero –dijo Jack.

—Nada de dinero –dijo Carl.

—¿No había unas barritas U-No en la bolsa? –dijo Helen.

—Trajimos unas cuantas –dijo Carl–. Las vi en el último momento.

—Las barritas U-No son estupendas –dijo Jack.

—Son cremosas –dijo Mary–. Se te deshacen en la boca.

—Tenemos unos m&m's y unos polos helados por si alguien quiere –dijo Jack.

Mary dijo:

—Yo quiero un polo. ¿Vas a la cocina?

—Sí, y voy a traer también gaseosa –dijo Jack–. Me acabo de acordar. ¿Queréis un vaso, chicos?

—Tú tráetelo todo y ya decidiremos –dijo Helen–. Trae también los m&m's.

—Sería más fácil traer aquí la cocina –dijo Jack.

—Cuando vivíamos en la ciudad –dijo Mary– la gente decía que se podía saber quién había *fumado* la noche anterior echando un vistazo a su cocina por la mañana. Teníamos una cocina muy pequeña cuando vivíamos en la ciudad –dijo.

—Nosotros también teníamos una cocina pequeñita –dijo Carl.

—Bueno, voy a ver lo que encuentro –dijo Jack.

—Te acompaño –dijo Mary.

Carl les vio ir a la cocina. Se recostó sobre el cojín y les siguió con la mirada. Luego se inclinó hacia delante muy despacio. Entornó los párpados. Vio a Jack alargar la mano y buscar algo en un estante de la alacena. Vio a Mary pegarse a Jack por detrás y pasarle los brazos alrededor de la cintura.

—¿Habláis en serio? –dijo Helen.

—Muy en serio –dijo Carl.

—De lo de Alaska –dijo Helen.

Carl se la quedó mirando.

—Creí que decías algo –dijo Helen.

Volvieron Jack y Mary. Jack traía una bolsa grande de m&m's y una botella de gaseosa. Mary chupaba un polo de naranja.

—¿Alguien quiere un bocadillo? –dijo Helen–. Tenemos de todo para hacer bocadillos.

—¿No es divertido? –dijo Mary–. Empezamos por los postres y seguimos con el plato fuerte.

—Es divertido –dijo Carl.

—¡Te pones sarcástico, cariño! –dijo Mary.

—¿Quién quiere gaseosa? –dijo Jack–. Marchando una ronda de gaseosa.

Carl alargó el vaso y Jack se lo llenó hasta el borde. Carl dejó el vaso encima de la mesita, que lo rechazó e hizo que la gaseosa se le derramara en el zapato.

—Maldita sea –dijo Carl–. ¿Qué os parece? Me la he echado encima del zapato.

—Helen, ¿tenemos algún trapo? Dale a Carl un trapo –dijo Jack.

—Eran los zapatos nuevos –dijo Mary–. Se los acababa de comprar.

—Parecen cómodos –dijo Helen al cabo de un buen rato, y le tendió a Carl un trapo.

—Eso es lo que yo le he dicho –dijo Mary.

Carl se quitó el zapato y frotó la piel con el trapo.

—Los he fastidiado —dijo—. Esta gaseosa no se va a ir jamás.

Mary y Jack y Helen se rieron.

—Eso me recuerda... Leí algo en el periódico —dijo Helen. Se apretó la punta de la nariz con un dedo y entornó los ojos—. Ahora no puedo recordar lo que era —dijo.

Carl volvió a ponerse los zapatos. Puso ambos pies bajo la lámpara y miró los dos zapatos juntos.

—¿Qué leíste? —dijo Jack.

—¿Qué? —dijo Helen.

—Has dicho que leíste algo en el periódico —dijo Jack. Helen rió.

—Estaba pensando en Alaska, y me acordé de que habían encontrado a un hombre prehistórico dentro de un bloque de hielo. Algo me lo ha traído a la cabeza.

—Eso no fue en Alaska —dijo Jack.

—Puede que no, pero me lo ha recordado —dijo Helen.

—¿Qué me decís de Alaska, chicos? —dijo Jack.

—En Alaska no hay nada —dijo Carl.

—Estás apático —dijo Mary.

—¿Qué es lo que vais a hacer en Alaska? —dijo Jack.

—No hay nada que hacer en Alaska —dijo Carl. Puso los pies debajo de la mesa. Luego los sacó y volvió a ponerlos bajo la luz—. ¿Quién quiere un par de zapatos nuevos? —dijo.

—¿Qué es ese ruido? —dijo Helen.

Escucharon. Estaban rascando la puerta.

—Parece Cindy —dijo Jack—. Creo que la dejaré entrar.

—Ya que te levantas, tráeme un polo —dijo Helen. Echó la cabeza hacia atrás y rió.

—Yo también quiero uno, cariño —dijo Mary—. ¿Qué he dicho? Quiero decir *Jack* —dijo Mary—. Perdona. Creí que estaba hablando con Carl.

—Polos para todo el mundo —dijo Jack—. ¿Quieres un polo, Carl?

—¿Qué?

—¿Quieres un polo de naranja?

—Uno de naranja —dijo Carl.

—Marchando cuatro polos —dijo Jack.

Al poco volvió con los polos y los repartió. Se sentó y oyeron otra vez los arañazos en la puerta.

—Sabía que me olvidaba de algo —dijo Jack. Se levantó y abrió la puerta principal.

—Santo cielo —dijo—. Lo que estoy viendo. Creo que hoy Cindy ha cenado fuera. Eh, chicos, mirad esto.

La gata entró en la sala con un ratón en la boca, se detuvo para mirarlos y luego siguió con el ratón por el pasillo.

—¿Habéis visto lo que acabo de ver? —dijo Mary—. Hablando de apatías.

Jack encendió la luz del pasillo. La gata dejó el pasillo y se metió con el ratón en el cuarto de baño.

—Se va a comer el ratón —dijo Jack.

—Que se lo coma en mi cuarto de baño ni pensarlo —dijo Helen—. Hazla salir de ahí dentro. Hay cosas de los niños en el baño.

—No va a querer salir de ahí —dijo Jack.

—¿Y qué pasa con el ratón? —dijo Mary.

—Qué diablos —dijo Jack—. Cindy tendrá que aprender a cazar si nos vamos a ir a Alaska.

—¿Alaska? —dijo Helen—. ¿Qué es toda esa monserga de Alaska?

—A mí no me preguntes —dijo Jack. Estaba cerca de la puerta del baño y miraba a la gata—. Mary y Carl dicen que se van a Alaska. Cindy tiene que aprender a cazar.

Mary apoyó la barbilla en las manos y se quedó mirando el pasillo.

—Se está comiendo el ratón —dijo Jack.

Helen se comió los últimos bocaditos de maíz.

—Te he dicho que no quiero que Cindy se coma el ratón en el baño. ¿Jack? —dijo.

—¿Qué?

—Te he dicho que la hagas salir del baño —dijo Helen.

—Por el amor de Dios —dijo Jack.

—Mirad —dijo Mary—. ¡Uf! —dijo Mary—. La condenada viene hacia aquí —dijo Mary.

—¿Qué está haciendo? —dijo Carl.

La gata se metió debajo de la mesa con el ratón a rastras. Se echó en el suelo y empezó a lamerlo. Lo sujetaba entre las garras y lo iba lamiendo despacio, de la cabeza a la cola.

—La gata está *fumada* —dijo Jack.

—Es para echarse a temblar —dijo Mary.

—Es la naturaleza —dijo Jack.

—Miradle los ojos —dijo Mary—. Mirad qué manera de mirarnos. Está *fumada,* tienes razón.

Jack se acercó al sofá y se sentó junto a Mary. Mary se corrió un poco hacia Carl para dejar sitio a Jack. Puso la mano sobre la rodilla de Carl.

Se quedaron mirando cómo la gata se comía el ratón.

—¿No le dais nunca de comer? —le dijo Mary a Helen.

Helen se echó a reír.

—¿Qué, chicos, listos para otra pipa? —dijo Jack.

—Tenemos que irnos —dijo Carl.

—¿Por qué tanta prisa? —dijo Jack.

—Quedaos un poco más —dijo Helen—. Todavía no tenéis que iros.

Carl miró a Mary, que estaba mirando a Jack. Jack miraba algo que había en la alfombra, al lado de sus pies.

Helen picaba los m&m's que tenía en la mano.

—Los que más me gustan son los verdes —dijo.

—Mañana por la mañana trabajo —dijo Carl.

—Vaya apatía que tienes encima —dijo Mary—. ¿Queréis oír a un apático, chicos? *Ahí* tenéis a un apático.

—¿Vienes? —dijo Carl.

–¿Alguien quiere un vaso de leche? –dijo Jack–. Hay leche por ahí.

–Estoy demasiado llena de gaseosa –dijo Mary.

–Ya no puedo más de tanta gaseosa –dijo Jack.

Helen rió. Cerró los ojos, luego los abrió y volvió a reír.

–Tenemos que irnos a casa –dijo Carl. Al rato se levantó y dijo–: ¿Traíamos abrigo? No, creo que no traíamos abrigo.

–¿Qué? No, creo que no traíamos abrigo –dijo Mary. Siguió sentada.

–Será mejor que nos vayamos –dijo Carl.

–Tienen que irse –dijo Helen.

Carl le pasó a Mary las manos por debajo de los hombros y la levantó del sofá.

–Adiós, chicos –dijo Mary. Se abrazó a Carl–. Estoy tan llena que apenas puedo moverme –dijo.

Helen rió.

–Helen siempre encuentra algún motivo de risa –dijo Jack, y esbozó una ancha sonrisa–. ¿De qué te ríes, Helen?

–No sé. De algo que ha dicho Mary –dijo Helen.

–¿Qué he dicho? –dijo Mary.

–No me acuerdo –dijo Helen.

–Tenemos que irnos –dijo Carl.

–Hasta la vista –dijo Jack–. Poco a poco.

Mary trató de reír.

–Vámonos –dijo Carl.

–Buenas noches a todos –dijo Jack–. Buenas noches, Carl –le oyó decir Carl muy, muy despacio.

Afuera, Mary se agarró al brazo de Carl y caminó con la cabeza baja. Avanzaban despacio por la acera. Carl iba escuchando el sonido que hacían sus zapatos al arrastrarse por el suelo. Oyó el ladrido agudo y aislado de un perro, y por encima de él, el rumor de un tráfico muy distante.

Mary alzó la cabeza.

—Cuando lleguemos a casa, Carl, quiero que me folles, que me hables, que me diviertas. Diviérteme, Carl. Esta noche necesito que me diviertan. —Se apretó contra su brazo.

Carl sentía la humedad en el zapato. Abrió la puerta y encendió la luz de un golpecito.

—Ven a la cama —dijo Mary.

—Ya voy —dijo Carl.

Fue a la cocina y bebió dos vasos de agua. Apagó la luz de la sala y siguió la pared a tientas hasta el dormitorio.

—¡Carl! —gritó Mary—. ¡Carl!

—¡Santo Dios, soy yo! —dijo él—. Estoy intentando encender la luz.

Encontró la lámpara. Mary se incorporó en la cama. Tenía los ojos brillantes. Carl quitó la alarma del despertador y empezó a desnudarse. Le temblaban las piernas.

—¿Queda algo para fumar? —dijo Mary.

—No, no tenemos nada —dijo Carl.

—Entonces ponme una copa. Tendremos algo de beber. No me digas que no tenemos nada de beber —dijo Mary.

—Sólo cerveza.

Se miraron.

—Pues bueno, una cerveza —dijo Mary.

—¿De verdad quieres una cerveza?

Mary asintió con la cabeza, despacio, y se mordió el labio.

Carl volvió con la cerveza. Mary estaba sentada con la almohada en el regazo. Carl le dio la lata de cerveza, se metió en la cama y se arropó con las mantas.

—Se me ha olvidado tomar la píldora —dijo Mary.

—¿Qué? —dijo Carl.

—Que se me ha olvidado la píldora.

Carl se levantó de la cama y le trajo la píldora. Mary abrió los ojos, sacó la lengua y dejó caer encima de ella la píldora. Se la tragó con un poco de cerveza, y él volvió a meterse en la cama.

–Toma. Se me cierran los ojos –dijo Mary.

Carl dejó la lata en el suelo y se quedó de costado mirando fijamente el hall a oscuras. Mary le puso el brazo sobre las costillas y luego le deslizó los dedos por el pecho.

–¿Qué hay en Alaska? –dijo Mary.

Carl se volvió boca abajo y se movió con cuidado hasta el borde de su lado de la cama. Un instante después Mary estaba roncando.

Justo antes de apagar la luz. Carl creyó ver algo en el hall. Se quedó mirando fijamente y creyó verlo de nuevo: unos ojos pequeños. Le dio un vuelco el corazón. Parpadeó y siguió mirando. Se inclinó fuera de la cama buscando algo que arrojar. Cogió uno de sus zapatos. Se incorporó hasta quedar erguido y sostuvo el zapato con ambas manos. Oyó a Mary roncar y apretó los dientes. Esperó. Esperó a que aquello se moviera una vez más, a que hiciera el más ligero ruido.

ESCUELA NOCTURNA

Mi matrimonio se acababa de venir abajo. Yo no encontraba trabajo. Tenía otra chica. Pero estaba fuera de la ciudad. Total que estaba en un bar tomándome una cerveza, y había dos mujeres sentadas unos taburetes más allá, y una de ellas empezó a hablarme.

–¿Tienes coche?

–Sí, pero no lo he traído –dije.

El coche lo tenía mi mujer. Yo estaba viviendo con mis padres. A veces les cogía el coche. Pero aquella noche había salido a pie.

La otra mujer me miró. Tenían las dos unos cuarenta años, quizá más. La primera le dijo a la segunda:

–¿Qué le has preguntado?

–Que si tenía coche.

–¿Así que tienes coche? –me dijo la segunda mujer.

–Se lo estaba explicando. Tengo coche. Pero no lo he traído –dije.

–Eso no nos sirve de gran cosa –dijo ella.

La primera mujer rió.

–Hemos tenido una idea genial y necesitamos un coche para ponerla en práctica. Qué pena. –Se volvió al camarero y le pidió otras dos cervezas.

Yo había estado haciendo durar la mía, pero ahora me bebí de un trago lo que quedaba pensando que a lo mejor me invitaban a otra. Pero no.

—¿Qué haces? —me preguntó la primera mujer.

—¿Ahora mismo? Nada —dije—. A veces, cuando puedo, voy a clase.

—Va a clase —le dijo a su amiga—. Es estudiante. ¿Y adónde vas a clase?

—Por ahí —dije.

—Te lo dije —dijo la mujer—. ¿No tiene pinta de estudiante?

—¿Y de qué son las clases? —dijo la segunda mujer.

—De todo —dije yo.

—Me refiero a qué piensas hacer —dijo—. ¿Cuál es tu gran meta en la vida? Todo el mundo tiene una gran meta en la vida.

Levanté el vaso en dirección al barman. Vino, lo cogió y me sirvió otra cerveza. Pagué con unas cuantas monedas; de los dos dólares con los que había empezado hacía un par de horas me quedaban sólo treinta centavos.

La mujer seguía esperando.

—Enseñar. Enseñar en un colegio —dije.

—Quiere ser profesor —dijo ella.

Bebía a sorbos mi cerveza. Alguien metió una moneda en la máquina de discos y empezó a sonar una canción que le gustaba a mi mujer. Miré a mi alrededor. Cerca de la entrada había dos hombres jugando al tejo. La puerta estaba abierta; afuera había oscurecido.

—Nosotras también somos estudiantes —dijo la primera mujer—. Vamos a la escuela.

—A clases nocturnas —dijo su amiga—. Tenemos clase de lectura los lunes por la noche.

La primera mujer dijo:

—¿Por qué no te vienes más cerca, profesor? Así no tendremos que chillar.

Cogí la cerveza y los cigarrillos y me corrí dos taburetes.

—Así está mejor —dijo ella—. Bien, decías que estabas estudiando...

—Sí, a veces. Pero no en este momento —dije.

—¿Dónde?

—En una escuela superior del estado.

—Eso está bien —dijo ella—. Ahora me acuerdo. —Miró a su amiga—. ¿Has oído hablar de un profesor que enseña allí que se llama Patterson? Da clases a adultos. Es el que nos da la clase de los lunes. Me recuerdas mucho a Patterson.

Las dos mujeres se miraron y rieron.

—No te lo tomes a mal —dijo la primera—. Es una broma entre nosotras. ¿Le decimos lo que pensábamos hacer, Edith? ¿Se lo decimos?

Edith no respondió. Se tomó un trago de cerveza y entornó los ojos al mirarse, al mirarnos a los tres, en el espejo del otro lado de la barra.

—Estábamos pensando —siguió diciendo la primera mujer— que si tuviéramos un coche iríamos a verle. A Patterson. ¿No es eso, Edith?

Edith rió para sí misma. Se acabó la cerveza y pidió una ronda, para mí también. Pagó con un billete de cinco dólares.

—A Patterson le gusta echar un trago —dijo Edith.

—Y que lo digas —dijo su amiga. Se volvió hacia mí—: Un día hablamos de eso en clase. Patterson decía que siempre bebe vino en las comidas, y uno o dos whiskies antes de cenar.

—¿De qué es la clase? —dije.

—La clase de lectura que nos da Patterson. A Patterson le gusta hablar de todo un poco.

—Estamos aprendiendo a leer —dijo Edith—. ¿Te lo puedes creer?

—A mí me gustaría leer a Hemingway y ese tipo de cosas —dijo la otra mujer—. Pero Patterson nos hace leer cuentos de los del *Reader's Digest*.

—Nos hace un examen todos los lunes —dijo Edith—. Pero Patterson es un tipo majo. No le importaría que pasáramos por su casa a tomar una copa. Aunque poco podría hacer si le importase. Sabemos cosas de él. De Patterson —dijo.

—Tenemos la noche libre —dijo su amiga—. Pero el coche de Edith está en el taller.

—Si tuviéramos coche, iríamos a verle —dijo Edith. Me miró—. Podrías decirle a Patterson que quieres ser profesor. Tendríais algo en común. –Me terminé la cerveza. No había comido nada en todo el día, sólo unos cacahuetes. Me costaba seguir escuchando, seguir hablando.

–Pon otras tres, Jerry, por favor –le dijo la primera mujer al barman.

–Gracias –dije.

–Te llevarías bien con Patterson –dijo Edith.

–Pues llámale –dije. Pensaba que hablaban por hablar.

–No, ni hablar –dijo ella–. Podría poner cualquier excusa. Nos presentamos allá, en su portal, y así tendrá que dejarnos pasar. –Dio unos sorbos de cerveza.

–¡Pues vámonos! –dijo la primera mujer–. ¿A qué esperamos? ¿Dónde has dicho que tienes el coche?

–Tengo un coche a unas manzanas de aquí –dije–. Pero no sé...

–¿Quieres venir o no quieres venir? –dijo Edith.

–Dice que sí –dijo su amiga–. Nos llevaremos seis latas de cerveza.

–No tengo más que treinta centavos –dije.

–¿Y quién necesita tu maldito dinero? –dijo Edith–. Necesitamos tu maldito coche. Jerry, pon otras tres. Y un cartón de seis para llevar.

–Éstas a la salud de Patterson –dijo la primera mujer cuando llegaron las cervezas–. Por Patterson y sus refinadas copas.

–Vamos a hacerle echar la papilla –dijo Edith.

–Bebe –dijo su amiga.

Íbamos por la acera, hacia el sur, hacia las afueras. Yo entre las dos mujeres. Eran cerca de las diez.

–Me tomaría una cerveza de ésas –dije.

–Pues cógela –dijo Edith.

Abrió la bolsa; metí la mano y saqué una lata.

–Creemos que estará en casa –dijo Edith.

–Patterson –dijo la otra–. No estamos seguras. Pero creemos que estará.

–¿Falta mucho? –dijo Edith.

Me paré, levanté la lata y me bebí media de un trago.

—La manzana siguiente —dije—. Estoy viviendo con mis padres. Es su casa.

—No hay nada malo en ello, supongo —dijo Edith—. Pero me parece que eres un poco mayorcito para eso.

—Eso no ha sido cortés, Edith —dijo su amiga.

—Bien, yo soy así —dijo Edith—. Tendrá que acostumbrarse, eso es todo. Soy así.

—Es así —dijo su amiga.

Apuré la cerveza y tiré la lata a unos matorrales.

—¿Y ahora cuánto falta? —dijo Edith.

—Ya estamos. Aquí es. A ver si puedo coger las llaves del coche —dije.

—Bien, date prisa —dijo Edith.

—Te esperamos fuera —dijo su amiga.

—¡Dios! —dijo Edith.

Abrí con la llave y bajé. Mi padre estaba en pijama, viendo la televisión. El apartamento estaba caldeado; me quedé unos segundos apoyado contra un lado de la puerta y me pasé la mano por los ojos.

—Me estaba tomando unas cervezas —dije—. ¿Qué estás viendo?

—Una de John Wayne —dijo mi padre—. Es muy buena. Siéntate a verla. Tu madre aún no ha llegado.

Mi madre trabajaba en el turno de tarde en Paul's, un restaurante *hofbrau*. Mi padre no trabajaba. Antes trabajaba en los bosques, pero tuvo un accidente. Le dieron una indemnización, pero ya no le quedaba casi nada. Cuando mi mujer me dejó, le pedí un préstamo de doscientos dólares, pero me lo negó. Cuando lo hacía se le saltaban las lágrimas, y me dijo que esperaba que no le guardara rencor. Yo le dije que no importaba, que no le guardaría rencor.

Sabía que esta vez también me diría que no. Pero me senté en el otro extremo del sofá y dije:

—He conocido a un par de mujeres que me piden que las lleve a casa en coche.

—¿Y qué les has dicho? —dijo él.

—Me están esperando en la escalera —dije.

—Pues déjalas que esperen —dijo él—. Ya aparecerá alguien. No querrás mezclarte en eso, ¿eh? —Sacudió la cabeza—. ¿No les habrás dicho cuál es nuestra casa? ¿No estarán de veras arriba? —Se movió en el sofá y volvió a mirar la televisión—. Además, tu madre se ha llevado las llaves.

—Asintió con la cabeza despacio, sin dejar de mirar la pantalla.

—No importa —dije—. No necesito el coche. No voy a ir a ninguna parte.

Me levanté y miré el recibidor, donde dormía en un catre. En una mesa, al lado del catre, había un cenicero, un despertador Lux y unos cuantos libros de bolsillo viejos. Solía irme a la cama hacia las doce de la noche, y me quedaba leyendo hasta que las líneas se hacían borrosas y me dormía con la luz encendida y el libro en las manos. En uno de los libros que estaba leyendo había una cosa que recordaba haberle contado a mi mujer. Me había impresionado terriblemente. Un hombre tiene una pesadilla y sueña que está soñando y que se despierta y ve a un hombre en la ventana de su dormitorio. El hombre que sueña está tan aterrorizado que no puede moverse, que no puede apenas respirar. El hombre de la ventana mira hacia el interior de su cuarto y luego empieza a forzar el marco de tela metálica. El hombre que sueña no puede moverse. Querría gritar, pero le falta el aliento. Entonces aparece la luna detrás de una nube, y el que sueña en la pesadilla reconoce al intruso. Es su mejor amigo, el mejor amigo del que sueña pero un perfecto desconocido para el que está teniendo la pesadilla.

Mientras se lo contaba a mi mujer se me subía la sangre a la cara y se me ponían los pelos de punta. Pero a ella no le interesaba.

—No es más que literatura —había dicho—. Ser traicionado por alguien de tu propia familia, *eso* sí que es una auténtica pesadilla.

Oía cómo zarandeaban la puerta de fuera. Oía pasos en la acera, por encima de mi ventana.

–¡Maldito hijo de puta! –le oí a Edith.

Me metí en el cuarto de baño y me quedé dentro un buen rato. Luego subí y salí a la calle. Había refrescado; me subí la cremallera de la cazadora. Eché a andar hacia Paul's. Si llegaba antes de que mi madre saliera del trabajo podría tomarme un sándwich de pavo. Luego podría irme hasta el quiosco de Kirby a ojear unas revistas. Y luego me iría a casa, me metería en la cama y leería alguno de los libros hasta que me venciera el sueño.

Las mujeres no estaban cuando salí, y seguro que tampoco estarían cuando volviera.

RECOLECTORES

Estaba sin trabajo. Pero esperaba recibir noticias del norte de un momento a otro. Me había echado en el sofá y escuchaba la lluvia. De cuando en cuando me levantaba y miraba a través de la cortina para ver si venía el cartero.

No había nadie en la acera. Nada.

No llevaba echado ni cinco minutos cuando oí pisadas en el porche. Alguien llegaba a la puerta, esperaba unos segundos y llamaba. Me quedé quieto. Sabía que no era el cartero, porque conocía sus pisadas. Nunca es mucha la prudencia cuando uno está sin trabajo y le llegan notificaciones por correo o por debajo de la puerta. Además vienen con ganas de hablar, en especial si no tienes teléfono.

Llamaron de nuevo a la puerta, esta vez más fuerte (mala señal). Me incorporé un poco y traté de ver el porche. Pero quienquiera que fuese estaba justo detrás de la puerta (otra mala señal). Yo sabía que el piso crujía, así que ni siquiera podía deslizarme hasta el otro cuarto a mirar por la ventana.

Volvieron a llamar y dije: ¿Quién es?

Soy Aubrey Bell, dijo un hombre. ¿Es usted Mr. Slater?

¿Qué quiere?, dije desde el sofá.

Traigo algo para Mrs. Slater. Ha ganado un premio. ¿Está en casa?

Mrs. Slater no vive aquí, dije.

¿Usted es Mr. Slater, entonces?, dijo el hombre. Mr. Slater..., dijo, y estornudó.

Me levanté del sofá. Descorrí el cerrojo y entreabrí la puerta. Era un tipo mayor, gordo y corpulento, con gabardina. La lluvia le resbalaba por la gabardina y caía sobre el enorme artilugio con forma de maleta que traía. Sonrió y dejó el trasto en el suelo. Me tendió la mano.

Aubrey Bell, dijo.

No le conozco, dije.

Mrs. Slater empezó. Mrs. Slater rellenó una postal. Se sacó unas postales de un bolsillo interior y las estuvo barajando unos segundos. Slater, leyó. ¿South Sixth East, doscientos cincuenta y cinco? Pues ha resultado ganadora.

Se quitó el sombrero, asintió con solemnidad y se sacudió la gabardina con el sombrero como si eso fuera todo, como si todo estuviera resuelto, el viaje cumplido, el tren en su destino.

Aguardó.

Mrs. Slater no vive aquí, dije. ¿Qué es lo que ha ganado?

Se lo tengo que mostrar, dijo él. ¿Puedo pasar?

No sé... Si no es más que un momento, dije. Estoy muy ocupado.

Estupendo, dijo él. En primer lugar me quitaré la gabardina. Y los chanclos. No quisiera dejarle mis pisadas en la alfombra. Veo que tiene usted alfombra, Mr...

A la vista de la alfombra sus ojos se iluminaron, y luego volvieron a apagarse. Lo recorrió un escalofrío. Después se quitó la gabardina. La sacudió hacia el exterior y la colgó por el cuello en el pomo de la puerta. Ahí está bien, dijo. Un tiempo de perros, sí señor. Se agachó y se soltó los chanclos de goma. Dejó la maleta dentro. Se sacó los chanclos y entró en la casa en zapatillas.

Cerré la puerta. Me vio mirándole las zapatillas, y dijo:

W. H. Auden iba en zapatillas cuando fue a China por primera vez, y no se las quitó en todo el viaje.

Me encogí de hombros. Eché otra mirada a la calle por ver si venía el cartero y cerré de nuevo la puerta.

Aubrey Bell se quedó mirando fijamente la alfombra. Hizo un gesto con los labios. Luego se echó a reír. Rió y sacudió la cabeza.

¿Qué le hace tanta gracia?, dije.

Nada. Santo Dios, dijo. Volvió a reír. Creo que estoy perdiendo el juicio. Creo que tengo fiebre. Se llevó una mano a la frente. Tenía el pelo enmarañado, y el sombrero le había dejado un surco alrededor de la cabeza.

¿Le parece que estoy caliente?, dijo. No sé. Puede que tenga fiebre. Seguía mirando la alfombra. ¿Tiene aspirinas?

¿Qué es lo que le pasa?, dije. Espero que no se me ponga enfermo aquí. Tengo cosas que hacer.

Negó con la cabeza. Se sentó en el sofá. Empezó a arañar la alfombra con la zapatilla.

Fui a la cocina, pasé agua a una taza, saqué dos aspirinas de un frasco.

Aquí tiene, dije. Creo que luego debe irse.

¿Habla en nombre de Mrs. Slater?, dijo como en un siseo. No, no, olvide lo que he dicho, olvídelo. Se secó la cara. Tragó las aspirinas. Sus ojos brincaron a un lado y a otro de la habitación desnuda. Luego se inclinó hacia delante con cierto esfuerzo y abrió los cierres de la maleta. La maleta se abrió de golpe y dejó al descubierto una serie de divisiones con tubos flexibles, cepillos, tubos rígidos y brillantes, y una especie de pesado artefacto azul montado sobre unas ruedecitas. Se quedó mirándolo todo como con sorpresa. Quedamente, como si estuviera en una iglesia, dijo: ¿Sabe usted lo que es esto?

Me acerqué. Yo diría que es una aspiradora. No tengo intención de comprar nada, dije. No se piense que le voy a comprar una aspiradora.

Quiero mostrarle algo, dijo él. Sacó una postal del bolsillo de la chaqueta. Mire esto, dijo. Me tendió la postal. Nadie ha dicho que quiera usted comprar nada. Pero mire la firma. ¿Es o no es la firma de Mrs. Slater?

Miré la postal. La levanté y la puse a la luz. Le di la vuelta, pero el dorso estaba en blanco. ¿Y qué?, dije.

La postal de Mrs. Slater fue sacada al azar de una cesta de postales. Entre cientos de postales como ésta. Y ha ganado una limpieza completa y gratis, con espuma detergente incluida. Mrs. Slater es una de las ganadoras. Sin compromisos. Y le voy a aspirar también el colchón, señor... Le sorprenderá ver lo que puede acumularse en un colchón con los meses, con los años. Todos los días, todas las noches de nuestra vida vamos dejando briznas de nosotros mismos, pizcas de esto y lo otro que se quedan ahí. ¿Y adónde van estas briznas y pizcas? Pues pasan a través de las sábanas y se incrustan en el colchón. ¡*Ahí* es adonde van! Y con las almohadas pasa exactamente lo mismo.

Había ido sacando tramos de tubo cromado y uniéndolos unos con otros. Acopló el tubo resultante al tubo flexible. Estaba de rodillas, y gruñía. Ajustó al extremo del tubo flexible una especie de pala plana y levantó el artefacto azul con ruedas.

Me dejó examinar el filtro que pensaba utilizar.

¿Tiene coche?, preguntó.

No, no tengo, dije. No tengo coche. Si lo tuviera le llevaría a alguna parte.

Qué lástima, dijo. Esta pequeña aspiradora viene provista de un cordón alargador de veinte metros. Si tuviera coche, se podría llevar la aspiradora rodando hasta la misma portezuela, y aspirar el piso de felpa y los asientos reclinables de lujo. Le sorprendería ver lo mucho de nosotros que perdemos, lo mucho de nosotros que se va acumulando en esos magníficos asientos a lo largo de los años.

Bell, dije, creo que será mejor que recoja sus cosas y se vaya. Y se lo digo sin la menor hostilidad por mi parte.

Pero él buscaba un enchufe. Encontró uno al lado del sofá. El aparato empezó a traquetear como si tuviera una canica dentro, o algo suelto, y luego el ruido amainó hasta convertirse en un zumbido.

Rilke pasó toda su vida adulta de castillo en castillo. Mecenas, dijo en voz alta por encima del zumbido de la aspiradora. Muy raras veces montaba en automóvil. Prefería los trenes. Y fíjese en Voltaire en Cirey con Madame Châtelet. Y en su mascarilla mortuoria. Qué serenidad. Levantó la mano derecha como si pensara que yo iba a disentir. No, no, me equivoco, ¿no es eso? No lo diga. Pero quién sabe. Acto seguido se dio la vuelta e hizo rodar la aspiradora hasta el otro cuarto.

Había una cama, una ventana. Las mantas estaban hechas un ovillo en el suelo. Encima del colchón, una almohada y una sábana. Quitó la funda de la almohada y luego, con suma ligereza, la sábana del colchón. Se quedó mirando el colchón y me dirigió una mirada por el rabillo del ojo. Fui a la cocina y cogí una silla. Me senté en el umbral y me puse a observarlo. En primer lugar comprobó la succión aplicándose la boquilla aspiradora contra la palma de la mano. Se agachó a girar un disco del aparato. Para una tarea como ésta hay que darle la máxima potencia, dijo. Volvió a probar la succión; luego estiró el tubo flexible hasta la cabecera de la cama y empezó a pasar la boquilla aspiradora por encima del colchón. La boquilla se adhería y tiraba del colchón. El zumbido del aparato se hacía más fuerte. Dio tres pasadas al colchón y apagó el aparato. Apretó una pequeña palanca y la tapa se abrió hacia arriba. Sacó el filtro. Este filtro es sólo para demostración ante el cliente. En el uso normal, todo esto, esta *materia*, iría a parar a la bolsa, aquí. Cogió una pizca de aquella suciedad entre los dedos. Debía de haber como una taza de ella.

Tenía en la cara aquella expresión suya...

No es mi colchón, dije. Me incliné hacia delante en la silla y traté de mostrar interés por lo que hacía.

Ahora la almohada, dijo. Puso el filtro usado sobre el alféizar y miró por la ventana unos instantes. Se volvió. Quiero que sostenga este extremo de la almohada, dijo.

Me levanté y cogí la almohada por las puntas de un extremo. Me dio la sensación de que estaba cogiendo algo por las orejas.

¿Así?, dije.

Asintió con la cabeza. Fue hasta la otra habitación y vino con otro filtro.

¿Cuánto cuestan estos filtros?, dije.

Casi nada, dijo. Son de papel y un poco de plástico. No pueden costar mucho.

Puso en marcha con el pie el aparato, y yo así con fuerza la almohada mientras la boquilla se hundía en ella y se movía de extremo a extremo una, dos, tres veces. Apagó la aspiradora, quitó el filtro, lo mantuvo en alto sin decir media palabra. Luego lo puso sobre el alféizar, junto al otro. Luego abrió la puerta del armario ropero, pero dentro sólo había una caja de raticida.

Oí pisadas en el porche. La tapa del buzón se alzó y luego volvió a cerrarse. Nos miramos.

Hizo rodar la aspiradora y lo seguí hasta la otra habitación. Vimos que la carta descansaba sobre el anverso en la alfombra, junto a la puerta.

Hice ademán de ir hacia ella, me volví y dije: ¿Qué más? Se está haciendo tarde. Con la alfombra esta no merece la pena perder el tiempo. No es más que una alfombra de cuatro por cinco, de algodón y con base antideslizante, comprada en Rug City. No vale la pena perder el tiempo con ella.

¿Tiene un cenicero lleno?, dijo. ¿O una planta en un tiesto o algo parecido? Serviría también un puñado de tierra.

Encontré un cenicero. Lo cogió, esparció el contenido sobre la alfombra, pisó la ceniza y las colillas con la zapatilla. Volvió a arrodillarse y colocó un filtro nuevo. Se quitó la chaqueta y la tiró sobre el sofá. Sudaba por las axilas. La grasa le desbordaba el cinturón. Desenroscó la boquilla y ajustó al tubo flexible otro dispositivo. Giró el disco regulador de la potencia. Puso en marcha el aparato y empezó a pasar la aspiradora de un lado a otro de la maltrecha alfombra. Dos veces hice ademán de ir a coger la carta. Pero él parecía que se me anticipaba, que me cortaba el paso, por así decir, con sus tubos y su pasar y repasar la alfombra...

Llevé la silla de nuevo a la cocina y me senté a ver cómo trabajaba. Al rato apagó la máquina, abrió la tapa y me trajo en silencio el filtro, rebosante de polvo, pelos y pequeñas partículas granulosas. Miré aquel filtro, y luego me levanté y lo eché al cubo de la basura.

Se puso a trabajar sin descanso. Nada de explicaciones. Entró en la cocina con una botella que contenía unos dedos de líquido verde. Puso la botella bajo el grifo y la llenó hasta arriba.

Sabrá que no puedo pagarle ni un centavo. No podría pagarle ni un dólar aunque mi vida dependiera de ello. Tendrá que contabilizarme como incobrable. Está perdiendo el tiempo conmigo, dije.

Quería dejarlo todo claro, sin malentendidos.

Él siguió con lo suyo. Ajustó otro dispositivo al tubo flexible, y se las arregló no sé cómo para acoplar la botella a tal dispositivo. Se movía despacio por la alfombra, y de cuando en cuando soltaba pequeños chorros de color esmeralda. Pasó la escobilla por toda la alfombra, levantando aquí y allá retazos de espuma.

Yo ya había dicho todo lo que tenía que decirle. Seguí sentado en la cocina, relajado ya, viéndole trabajar. De vez en cuando miraba la lluvia por la ventana. Empezaba a oscurecer. El hombre apagó la aspiradora. Estaba en un rincón, cerca de la puerta principal.

¿Le apetece un café?, dije.

Respiraba con fuerza. Se enjugó la cara.

Puse agua a hervir, y para cuando hube preparado dos tazas y lo tuve todo listo él había desmontado y metido en la maleta todos sus trastos. Entonces fue y cogió la carta. Leyó el nombre del destinatario y miró con detenimiento el del remitente. Dobló la carta en dos y se la metió en el bolsillo del pantalón. Yo seguí mirándole. Eso fue todo lo que hice. El café empezó a enfriarse.

Es para un tal Mr. Slater. Me ocuparé de ello. Dijo: Creo que no tomaré café. Será mejor que no pise la alfombra. Acabo de darle la espuma detergente.

Es cierto, dije. Luego dije: ¿Está seguro de que la carta es para él?

Se llegó al sofá a por su chaqueta. Se la puso y abrió la puerta principal. Seguía lloviendo. Se calzó los chanclos, se los ajustó, se puso la gabardina y volvió a mirar hacia el interior. ¿Quiere verla?, dijo. ¿No me cree?

No, sólo que me extraña, dije.

Bien, será mejor que me vaya, dijo. Pero siguió allí de pie. ¿Quiere o no quiere la aspiradora?

Miró la enorme maleta, ya cerrada y lista para seguir viaje. No, dije, creo que no. Voy a dejar esta casa pronto. Lo único que haría sería estorbarme.

Muy bien, dijo, y cerró la puerta.

¿QUÉ HACE USTED EN SAN FRANCISCO?

El asunto no tiene nada que ver conmigo. Tiene que ver con una pareja joven con tres niños que se mudó a una casa de mi ruta a principios del verano pasado. He vuelto a pensar en ello al coger el periódico del domingo pasado y ver la fotografía de un joven al que habían detenido en San Francisco por matar a su mujer y al amante con un bate de béisbol. No era el mismo joven, claro que no, aunque se parecían en que los dos llevaban barba. Pero el caso era lo bastante similar como para darme que pensar.

Mi nombre es Henry Robinson. Soy cartero, funcionario federal, y llevo siéndolo desde 1947. He vivido en el Oeste toda mi vida, con excepción del paréntesis de mis tres años de soldado durante la guerra. Llevo divorciado veinte años, y tengo dos hijos a los que casi no he visto desde entonces. No soy un hombre frívolo, pero tampoco —creo— un hombre serio. Soy de la opinión de que hoy en día un hombre ha de ser un poco de ambas cosas. El hombre que no trabaja dispone de mucho tiempo, demasiado tiempo para pensar en sí mismo y en sus problemas.

Estoy convencido de que en parte era ése el problema del joven que vivió aquí: que no trabajaba. Pero también le echaría la culpa a ella. A la mujer. Ella fomentaba esa situación.

Beatniks, así creo que les habrían llamado ustedes si los hubieran visto. El hombre llevaba una barba castaña en la punta del mentón, y tenía aspecto de necesitar una buena cena y un buen cigarro puro de sobremesa. La mujer era atractiva, con aquel pelo largo y oscuro y aquel cutis blanco, no voy a discutirlo. Pero lo que digo y mantengo es que no era ni buena esposa ni buena madre. Era pintora. Él no sé lo que era: lo más probable es que fuera algo relacionado con la pintura. Ninguno de los dos trabajaba. Pero pagaban el alquiler e iban tirando, al menos durante aquel verano.

La primera vez que los vi fue un sábado por la mañana, sobre las once u once y cuarto. Llevaba recorridas como tres cuartas partes de mi ruta cuando di la vuelta a su manzana y vi un Ford sedán del 56 aparcado en el jardín, con un gran remolque abierto detrás. Sólo hay tres casas en Pine, y la suya era la última. Las otras eran la de los Murchinson, que llevaban en Arcata algo menos de un año, y la de los Grant, que llevaban como dos años. Murchinson trabajaba en Simpson Redwood, y Gene Grant era cocinero del turno de mañana en Denny's. Esas dos casas; luego una parcela vacía y luego la última casa, que antes había sido la casa de los Cole.

El joven estaba en el jardín, detrás del remolque, y ella salía en aquel momento de la casa con un cigarrillo en los labios, unos vaqueros blancos ceñidos y una camiseta blanca de hombre. Al verme se paró y se quedó mirando cómo me acercaba. Cuando llegué a la altura de su buzón aflojé el paso y les saludé con la cabeza.

–¿Se están instalando sin problemas? –pregunté.

–No tardaremos gran cosa –dijo la mujer. Se retiró de la frente un mechón de pelo y siguió fumando.

–Estupendo –dije–. Bienvenidos a Arcata.

Me sentí un poco turbado después de decir aquello. No sé por qué, pero las contadas veces que estuve cerca de aquella mujer me sentí como violento. Fue una de las cosas que me predispusieron en contra de ella desde el principio.

Me dirigió una débil sonrisa, y me disponía a seguir mi camino cuando el hombre –Marston era su nombre– salió de detrás del remolque y se acercó con una gran caja de cartón llena de juguetes. Bien, Arcata no es ni una población pequeña ni una población grande, aunque supongo que se acerca más a lo primero. No es el sitio mejor del mundo. Arcata, no, de ningún modo, pero aquí la mayoría de la gente trabaja en los aserraderos o tiene algo que ver con la industria pesquera, o está empleada en alguno de los comercios del centro. La gente de aquí no está acostumbrada a ver hombres con barba, ni tampoco hombres que no trabajan.

–Hola –dije. Le tendí la mano en cuanto dejó la caja sobre el parachoques delantero–. Soy Henry Robinson. ¿Acaban de llegar, muchachos?

–Ayer por la tarde –dijo el joven.

–¡Menudo viaje! Tardamos catorce horas en venir de San Francisco –dijo la mujer desde el porche–. Arrastrando ese maldito remolque.

–¡Madre mía! –dije, y sacudí la cabeza–. ¿San Francisco? Pues estuve en San Francisco, déjeme pensar... en abril o marzo de este año.

–¿Sí? ¿De veras? –dijo ella–. ¿Y qué hacía usted en San Francisco?

–Oh, nada. En realidad, nada. Suelo ir una o dos veces al año. Voy a Fisherman's Wharf y a ver jugar a los Giants. Y poca cosa más.

Se hizo un pequeño silencio, y Marston se puso a mirar algo que estaba removiendo con el pie en el césped. Eché a andar. Los chiquillos eligieron ese momento para salir corriendo de la casa, gritando y cruzando el porche como centellas. Cuando la puerta de tela metálica se abrió con estrépito, pensé que Marston iba a darse un susto. Pero siguió allí de pie, con los brazos cruzados, frío como un témpano, sin ni siquiera pestañear. No tenía buen aspecto, no señor. Se movía con rápidos, ligeros y bruscos movimientos cada vez que se ponía a hacer algo. Y sus ojos... Se posaban en ti y de repente se iban a otra parte, y luego volvían a mirarte.

Eran tres niños: dos chiquillas de pelo rizado, de unos cuatro o cinco años, y un mocoso más pequeño.

–Qué chicos más monos –dije–. Bien, tengo que seguir. Querrán cambiar el nombre del buzón, imagino.

–Sí, claro –dijo el joven–. Claro que sí. Me ocuparé de eso mañana o pasado. Pero no esperamos recibir ningún correo de momento.

–Nunca se sabe –dije–. Nunca se sabe lo que puede aparecer en este viejo buzón. No vendrá mal prepararse. –Me puse en movimiento–. A propósito, si busca trabajo en los aserraderos, le puedo decir con quién tiene que hablar. El capataz de Simpson Redwood es amigo mío. Seguramente tendrá algo... –Mi voz, al ver que no tenían el más mínimo interés, se había ido apagando.

–No, gracias –dijo Marston.

–No busca trabajo –dijo ella.

–Bien, adiós, entonces.

–Hasta la vista –dijo Marston.

Pero ella no añadió ni una palabra.

Eso fue un sábado, como he dicho. La víspera del Día de los Caídos. Tuvimos el lunes libre y no volví por allí hasta el martes. No puedo decir que me extrañara ver que el remolque seguía en el jardín. Pero lo que me sorprendió fue que no lo hubiera descargado todavía. Calculo que como una cuarta parte de las cosas había quedado camino del porche delantero –una silla tapizada y una silla cromada de cocina y una gran caja de cartón con las tapas de arriba arrancadas–, otro cuarto debía de haber llegado al interior de la casa, y el resto de las cosas seguía en el remolque. Los niños, con unos bastones, aporreaban los costados del remolque al subirse y bajarse por encima del portón abatible de la cola. A mamá y papá no se les veía por ninguna parte.

El jueves vi a Marston otra vez en el jardín, y le recordé lo del cambio de nombre del buzón.

–Sí, voy a tener que decidirme a hacerlo –dijo.

–Lleva tiempo –dije yo–. Hay millones de cosas que hacer cuando uno está de mudanza. La familia que vivía aquí, los Cole, se mudaron dos días antes de que ustedes llegaran. Cole iba a trabajar a Eureka. En el Departamento de Caza y Pesca.

Marston se acarició la barba y apartó la mirada como si pensara en otra cosa.

—Ya nos veremos —dije.

—Hasta la vista —dijo.

Bien, el caso es que nunca llegó a cambiar el nombre del buzón. Días después podía yo llegar con una carta para aquella dirección y él me decía algo como:

—¿Marston? Sí, es para nosotros... Tendré que cambiar el nombre del buzón uno de estos días. Compraré un bote de pintura y pintaré encima de ese otro nombre... Cole. —Y no dejaba de mover los ojos de un lado para otro. Luego me miraba como por el rabillo del ojo y meneaba el mentón una o dos veces. Pero no cambió nunca el nombre del buzón, y al cabo de cierto tiempo me encogí de hombros y me olvidé del asunto.

Uno oye rumores. Una de las veces oí que era un ex presidiario en libertad condicional que había venido a Arcata para escapar del ambiente malsano de San Francisco. Según esta versión, la mujer era su esposa, pero ninguno de los niños era suyo. Otra versión sostenía que había cometido un crimen y que había venido en busca de un lugar donde ocultarse. Pero no eran muchos los partidarios de ella. La verdad es que a Marston no se lo imaginaba uno cometiendo un delito verdaderamente serio. La historia que parecía gozar de más credibilidad, o al menos la más extendida, era de todas la más horrible. La mujer era una adicta a las drogas, y el marido la había traído a Arcata para tratar de apartarla de ese hábito. Y como prueba de esta teoría siempre se traía a colación la visita de Sallie Wilson (Sallie Wilson, la de Welcome Wagon). Fue una tarde a verlos, y contó luego que —no mentía— algo raro pasaba con ellos, sobre todo con la mujer. Estaba, por ejemplo, escuchando –en apariencia toda oídos– a Sallie hablar por los codos, y al minuto siguiente se levantaba y dejaba a Sallie sentada y se ponía a pintar como si Sallie no estuviera en la sala. Y luego estaba, por ejemplo, mimando y besando a los niños, y de repente se ponía a chillarles sin motivo alguno. En fin, y no había más que ver su *mirada* cuando te le acercabas, contaba Sallie. Pero Sallie lleva años entrometiéndose y fisgoneando con la tapadera del Welcome Wagon.

–No se sabe –decía yo cuando sacaba a relucir el tema–. ¿Cómo se va a saber? Si al menos él se pusiera a trabajar...

El caso es que, en mi opinión, lo que pasaba era que se habían metido en un buen lío en San Francisco, fuera cual fuese el tipo de lío, y que habían decidido poner tierra de por medio. Aunque es difícil decir por qué eligieron precisamente Arcata para instalarse, pues de lo que no había duda era de que no venían a buscar trabajo.

Las primeras semanas no recibieron correo propiamente dicho, sólo unas cuantas circulares de Sears y de Western Auto y compañías parecidas. Luego empezaron a llegar algunas cartas, puede que una o un par de ellas a la semana. A veces, cuando yo llegaba, veía a uno o a otro cerca de la casa, y otras veces no. Pero los niños siempre estaban allí corriendo, saltando y entrando en la casa o jugando en la parcela vacía de al lado. No es que antes fuera un modelo de casa, la verdad, pero a poco de vivir ellos allí empezaron a proliferar las malas hierbas, y el escaso césped se puso amarillo y se marchitó. Resulta odioso ver ese tipo de cosas. Comprendo que el viejo Jessup apareciera por allí una o dos veces para hacer que abrieran el agua de riego, pero ellos dijeron que no podían comprar una manguera. Así que Jessup les dejó una. Al poco empecé a ver a los niños jugando con la manguera en el campo, y eso fue todo. Un par de veces vi un deportivo blanco delante de la casa, un coche que no era de esta zona.

Sólo en una ocasión tuve que tratar con la mujer de forma directa. Traía yo una carta sin los cinco centavos de franqueo, y subí hasta la puerta principal. Me hizo pasar una de las niñas, y se fue corriendo a buscar a su mamá. Había montones de muebles desparejados y viejos, y ropa como tirada a la buena de dios, pero no podía decirse que la casa estuviera sucia. No estaba ordenada, pero tampoco sucia. En la sala, contra una de las paredes, había un sofá viejo y una silla. Al pie de la ventana se veía una librería de ladrillo y tablas, atestada de pequeños libros de bolsillo. En un rincón había un montón de lienzos con la cara vuelta, y otra tela descansaba sobre un caballete cubierto por una sábana.

Me cambié la bolsa de sitio y aguanté el tipo, pero empezaba a pensar que ojalá hubiera puesto los cinco centavos de mi bolsillo. Eché una mirada al caballete, y estaba a punto de acercarme con disimulo y levantar la sábana cuando oí unos pasos.

—¿Qué desea? —dijo la mujer, presentándose en el recibidor en actitud nada amistosa.

Me toqué el borde de la gorra y dije:

—Traigo una carta para ustedes sin los cinco centavos de franqueo, si no es molestia...

—Déjeme ver. ¿Quién la envía? ¡Vaya, es de Jer! Ese chalado. Mandarnos una carta sin sello... ¡Lee! —llamó—. Hay una carta de Jerry. —Apareció Marston, pero no parecía muy contento. Cargué mi peso sobre una pierna, luego sobre la otra, esperando.

—Cinco centavos —dijo la mujer—. Los pagaré, siendo cosa de Jerry. Aquí tiene. Y adiós.

Las cosas iban de este modo, o sea de ningún modo en absoluto. No diré que la gente de Arcata llegara a acostumbrarse a ellos: no eran el tipo de personas a las que uno llega a acostumbrarse. Pero al cabo de cierto tiempo nadie parecía fijarse en ellos. La gente puede que le mirara la barba si lo veían empujando el carro de la compra en Safeway, pero eso era todo. Ya no se oían más cuchicheos.

Y un buen día desaparecieron. En direcciones diferentes. Me enteré luego de que la semana anterior ella se había ido con alguien –un hombre–, y que unos días después él se había llevado a los niños a Redding, a casa de su madre. Durante seis días seguidos, desde un jueves hasta el miércoles siguiente, el correo siguió en el buzón sin que nadie lo tocara. Las persianas estaban todas echadas y nadie sabía con certeza si se habían o no marchado para siempre. Pero aquel miércoles volví a ver el Ford aparcado en el jardín, y aunque las persianas seguían bajadas, el correo ya no estaba.

A partir del día siguiente Marston me esperaba junto al buzón para recoger las cartas o sentado en los escalones del porche fumando un cigarrillo. Esperando, se veía a simple vista. Cuando me veía llegar, se levantaba, se sacudía el fondillo de los pantalones y venía hasta el buzón. Si coincidía que había alguna carta para él, lo veía escudriñarla. Raras veces intercambiábamos alguna palabra; nos limitábamos a mover la cabeza si nuestros ojos se encontraban, lo cual no era frecuente. El muchacho estaba sufriendo –cualquiera podía verlo–, y yo quería ayudarlo de alguna forma. Pero yo no sabía exactamente qué decir.

Fue una mañana –aproximadamente una semana después de su vuelta– cuando, al verlo pasearse arriba y abajo delante del buzón, me decidí a decirle algo. Aún no sabía qué, pero estaba seguro de que iba a decirle algo. Cuando me acerqué, me estaba dando la espalda. Y al llegar a donde estaba, se dio la vuelta de pronto y vi tal mirada en su semblante que se me helaron las palabras en la boca. Me paré en seco con su carta en la mano. Se me acercó un par de pasos y le tendí la carta sin decir ni pío. Se quedó mirándola como alelado.

–Para el inquilino –dijo.

Era una circular de Los Ángeles anunciando una modalidad de seguro hospitalario. Había entregado como mínimo setenta y cinco idénticas aquella mañana. Marston la dobló por la mitad y echó a andar en dirección a la casa.

Al día siguiente lo encontré allí como de costumbre. Tenía otra vez la expresión de siempre en el semblante; parecía con más control de sí mismo que el día anterior. Esta vez yo barruntaba que le traía lo que estaba esperando. Me había fijado en ello en Correos aquella mañana, mientras ordenaba por grupos la correspondencia. Era un sencillo sobre blanco con el anverso ocupado casi por completo por una letra femenina y sobrecargada. El matasellos era de Portland, y en el remite figuraban las iniciales J. D. y una calle de Portland.

–Buenos días –dije, tendiéndole la carta.

La cogió sin decir nada y se puso pálido como el papel. Se tambaleó unos segundos y empezó a andar hacia la casa mientras sostenía la carta en alto, a la luz.

Dije en voz alta:

–No es una buena chica, muchacho. Lo supe en cuanto la vi. ¿Por qué no la olvida? ¿Por qué no se pone a trabajar y la olvida? ¿Qué tiene usted en contra del trabajo? Fue el trabajo, el trabajar día y noche, lo que me ayudó a olvidar cuando yo estaba en su caso y había guerra allá, donde yo estaba...

A partir de entonces ya no esperó allí fuera mi llegada, y sólo se quedó en la casa cinco días más. Pero lo veía cada mañana, esperándome como de costumbre, sólo que apostado en una ventana y mirándome a través de la cortina. No salía hasta que yo pasaba de largo. Yo oía la puerta de tela metálica, y si miraba hacia atrás veía que él no parecía tener ninguna prisa en llegar hasta el buzón.

La última vez que lo vi estaba en la ventana, y se le veía tranquilo y reposado. Las cortinas estaban echadas, las persianas levantadas, y me imaginé que estaba recogiendo sus cosas para marcharse. Pero la expresión de su cara me decía que esta vez no me estaba esperando. Miraba más allá de mí, por encima de mí, yo diría, por encima de los tejados y los árboles, hacia el sur. Y siguió mirando fijamente en aquella dirección incluso cuando llegué a la altura de su casa y pasé de largo por la acera. Miré hacia atrás. Vi que seguía en la ventana. Y sentí aquello con tanta fuerza que no pude evitar volverme y mirar yo también en aquella dirección. Pero, como bien podrán imaginar, no vi sino los viejos bosques madereros, las montañas, el cielo.

Y al día siguiente se había ido. No dejó seña ninguna. A veces llega algo para él o para su mujer, o para ambos. Si es correo de primera clase, lo retenemos un día, y luego lo mandamos a la dirección del remitente. No llega gran cosa. Y no me importa. Todo es trabajo, al fin y al cabo, y estoy contento de tenerlo.

LA ESPOSA DEL ESTUDIANTE

Había estado leyéndole cosas de Rilke, un poeta que él admiraba, cuando ella se quedó dormida con la cabeza sobre su almohada. Le gustaba leer en alto, y leía bien: una voz segura que ora se hacía grave y sombría, ora se alzaba o se inflamaba. Cuando leía nunca apartaba la vista de la página, y sólo se detenía para alargar la mano hasta la mesilla a coger un cigarrillo. Era una voz rica que la sumía en sueños de caravanas que partían de ciudades amuralladas, y de hombres barbados con largas túnicas. Le había escuchado durante unos minutos, y había cerrado los ojos y se había dormido.

Él siguió leyendo en voz alta. Los niños llevaban horas dormidos, y afuera, de cuando en cuando, se oía el sonido de unos neumáticos sobre el asfalto mojado. Al rato dejó el libro y se volvió en la cama para alcanzar la lámpara. Ella abrió de pronto los ojos, como asustada, y parpadeó dos o tres veces. Sus párpados le parecieron extrañamente oscuros y carnosos al moverse de arriba abajo sobre aquellos ojos fijos y vidriosos. Se quedó mirándola, y luego preguntó:

–¿Estás soñando?

Ella asintió con la cabeza, levantó la mano y se tocó con los dedos los rulos de plástico de ambos lados de la cabeza. Mañana, viernes, era el día que dedicaba a los niños de cuatro a siete años de los apartamentos Woodlawn. Siguió mirándola apoyado sobre un codo, y al mismo tiempo trató de poner bien la colcha con la mano libre. Ella tenía un rostro de piel suave y prominentes pómulos; los pómulos –según insistía a veces a los amigos– le venían de su padre, que tenía una cuarta parte de sangre Nez Perce.

Luego ella dijo:

–Mike, hazme un sándwich pequeño de cualquier cosa. Pon mantequilla y lechuga, y el pan con sal.

Él no hizo ni dijo nada porque quería dormir. Pero cuando abrió los ojos vio que ella seguía despierta, mirándole.

–¿Es que no te puedes dormir, Nan? –dijo, en tono solemne–. Es tarde.

–Antes querría comer algo –dijo ella–. Me duelen las piernas y los brazos, no sé por qué. Y tengo hambre.

Él se quejó con ruido mientras se levantaba de la cama.

Le preparó el sándwich y se lo llevó en un platillo. Ella se incorporó y sonrió al verle entrar en el dormitorio; luego se acomodó una almohada a la espalda y cogió el platillo. Parecía –pensó él– una enferma de hospital, con su camisón blanco.

–Qué sueño más extraño he tenido.

–¿Qué soñabas? –dijo él, metiéndose en la cama y dándose la vuelta hacia su lado, de espaldas a ella. Se quedó mirando fijamente la mesilla, esperando. Luego cerró los ojos despacio.

–¿De verdad quieres que te lo cuente? –dijo ella.

–Sí, claro –dijo él.

Ella se recostó cómodamente sobre la almohada y se quitó una miga del labio.

–Bien. Era como uno de esos sueños largos donde suceden cosas y cosas, ya sabes, donde se van dando todo tipo de relaciones, pero ahora no puedo recordarlo punto por punto. Al despertar lo tenía todo muy claro, pero ahora empieza a desdibujarse. ¿Cuánto hace que duermo, Mike? Bueno, imagino que no importa demasiado. De todas formas, creo que estábamos pasando la noche en alguna parte. No sé dónde estaban los niños, pero el caso es que tú y yo estábamos solos en un pequeño hotel o algo por el estilo. Al pie de un lago que no conocíamos. Había otra pareja algo mayor que nosotros que quería invitarnos a ir en su motora. –Rió al recordarlo, y se inclinó hacia delante apartándose de la almohada–. Lo siguiente que recuerdo es que estábamos ya en el embarcadero. Pero resulta que sólo tenían un asiento en la motora, una especie de banco en la proa en el que no cabían más que tres personas. Tú y yo empezamos a discutir sobre cuál de los dos se iba a sacrificar y se sentaría en la popa. Tú decías que tú, y yo decía que yo. Pero al final fui yo la que se sentó toda apretujada en la popa. El sitio era tan estrecho que me dolían las piernas, y además tenía miedo de que el agua fuera a entrarme por la borda. Y entonces me desperté.

–Un sueño interesante –acertó a decir él, y, adormilado como estaba, sintió que debía añadir algo–. ¿Te acuerdas de Bonnie Travis? ¿La mujer de Fred Travis? Decía que solía tener sueños en *color.*

Ella miró el sándwich que tenía en la mano y pegó un bocado. Cuando lo acabó de tragar, se pasó la lengua por debajo de los labios, y mientras sostenía el platillo sobre el regazo echó las manos atrás y mulló la almohada. Luego sonrió y se recostó otra vez sobre la almohada.

–¿Te acuerdas de la vez que pasamos la noche en el Tilton River, Mike? ¿Que pescaste aquel pez enorme a la mañana siguiente? –Le puso una mano sobre el hombro–. ¿Te acuerdas? –dijo.

Ella sí se acordaba. Después de haber pensado en ello raras veces durante los últimos años, últimamente había empezado a recordarlo. Fue un mes o dos después de casarse, durante un fin de semana que pasaron fuera. Aquella noche se sentaron junto a una pequeña fogata –habían puesto una sandía en el agua helada del río–, y ella preparó una cena a base de huevos fritos, carne y judías de lata, y huevos fritos, tortitas y carne de lata a la mañana siguiente, en la misma sartén ennegrecida. Había quemado la sartén dos veces, y no consiguieron en ningún momento hacer hervir el agua del café, pero fue una de las veces en que mejor se lo pasaron. Recordó que aquella noche también le había leído en voz alta: poemas de Elizabeth Browning y unas cuantas cuartetas del *Rubaiyat*. Se pusieron tantas mantas encima aquella noche que apenas había podido girar los pies de tanto peso. A la mañana siguiente él consiguió que picara una trucha enorme, y los que pasaban por la carretera que bordeaba el río se paraban para ver cómo la sacaba con la caña.

–¿Eh? ¿Te acuerdas o no? –dijo, dándole unas palmaditas en el hombro–. ¿Mike?

–Sí, me acuerdo –dijo él. Se movió un poco en su sitio y abrió los ojos. No lo recordaba muy bien, se dijo. De lo que sí se acordaba era de un pelo esmeradamente peinado y de ruidosas e inmaduras ideas sobre la vida y el arte, y era algo que no quería recordar–. Eso fue hace mucho tiempo, Nan –dijo.

–Acabábamos de terminar la secundaria. Aún ibas a la universidad –dijo ella.

Él aguardó, y al cabo se alzó sobre un brazo y volvió la cabeza para mirarla por encima del hombro.

–¿Te terminas el sándwich, Nan?

Ella seguía incorporada en la cama. Asintió con la cabeza y le tendió el platillo.

–Apago la luz –dijo él.

–Si quieres... –dijo ella.

Él volvió a deslizarse dentro de la cama y estiró un pie hasta tocar los de ella. Se quedó inmóvil unos instantes, y Luego trató de relajarse.

–Mike, no estás dormido, ¿verdad?

–No –dijo él–. En absoluto.

–Bien, pues no te duermas antes que yo –dijo ella–. No quiero quedarme despierta yo sola.

Él no respondió, pero se acercó un poco más a ella sin dejar su lado de la cama. Cuando ella le puso un brazo encima y le posó la palma de la mano sobre el pecho, él le cogió los dedos y se los apretó ligeramente. Pero un instante después la mano se le cayó sola sobre la cama; suspiró.

–¿Mike? ¿Cariño? Me gustaría que me dieras un masaje en las piernas. Me duelen –dijo.

–Dios –dijo él, bajito–. Estaba completamente dormido.

–Quisiera que me dieras un masaje en las piernas, y que me hables. Los hombros también me duelen. Pero más las piernas.

Él se dio la vuelta y empezó a friccionarle las piernas; luego se quedó dormido de nuevo con una mano en la cadera de ella.

–¿Mike?

–¿Qué, Nan? Dime qué es lo que quieres.

–Me gustaría que me dieras masajes por todo el cuerpo –dijo ella, echándose boca arriba–. Esta noche me duelen las piernas, y los brazos.

–Levantó las rodillas para hacer como una carpa con las mantas.

Él abrió los ojos fugazmente en la oscuridad y los volvió a cerrar.

–Los dolores del crecimiento, ¿eh?

–Oh, Dios, sí –dijo ella, moviendo los dedos de los pies, feliz de haberle hecho decir algo–. A los diez u once años ya era tan alta como ahora. ¡Tendrías que haberme visto! En aquel tiempo crecí tan rápido que me dolían las piernas y los brazos todo el tiempo. ¿Tú no?

–¿Yo no qué?

–¿No notabas nunca cómo crecías?

–No, que yo recuerde.

Al cabo él se incorporó sobre un codo, encendió una cerilla y miró el despertador. Apoyó la cabeza sobre el lado fresco de la almohada después de darle la vuelta.

Ella dijo:

–Estás dormido, Mike. Me gustaría que tuvieras ganas de hablar.

–De acuerdo –dijo él sin moverse.

–Abrázame y haz que me duerma. No puedo dormirme –dijo ella.

Él se dio la vuelta hacia ella, que se había girado hacia la pared en su lado de la cama, y le pasó un brazo por el hombro.

–¿Mike?

Él le dio unos golpecitos en un pie con los dedos del suyo.

–¿Por qué no me dices todas las cosas que te gustan y las cosas que no te gustan?

–No se me ocurre ninguna en este momento –dijo él–. Dime tú las tuyas, si quieres –dijo.

–Si prometes decirme luego las *tuyas*. ¿Me lo prometes?

Él volvió a darle unos golpecitos en el pie.

–Bien... –dijo ella, y se puso boca arriba, complacida–. Me gusta la buena comida, los bistecs con patatas cocidas y doradas a la sartén, ese tipo de cosas. Me gustan los buenos libros y las buenas revistas; viajar en tren de noche, ir en avión, al menos cuando he tenido la oportunidad. –Se detuvo–. Claro que no lo he dicho por orden de preferencia. Tendría que pensarlo si tuviera que decirlas por orden de preferencia. Pero me gusta eso, volar en avión. Hay un momento, cuando despegas, en que sientes que te da igual lo que suceda. –Le puso una pierna encima del tobillo–. Me gusta quedarme levantada por la noche hasta muy tarde y luego quedarme en la cama toda la mañana. Me gustaría que pudiéramos hacerlo continuamente, no sólo de tiempo en tiempo. Y me gusta el sexo. Me gusta que de vez en cuando me toquen cuando no lo espero. Me gusta ir al cine, y luego beber cerveza con los amigos. Me gusta tener amigos. Me gusta mucho Janice Hendricks. Me gustaría ir a bailar por lo menos una vez a la semana. Me gustaría tener siempre ropa bonita. Me gustaría poder comprarles a los niños ropa bonita cada vez que la necesitan, en lugar de tener que esperar. Laurie necesita un conjunto nuevo, y en seguida, para Pascua. Y me gustaría comprarle a Gary un trajecito o algo. Ya es mayorcito. Me gustaría que tú también pudieras comprarte un traje nuevo. La verdad es que lo necesitas más que él. Y me gustaría que tuviéramos una casa propia. Dejar de andar de aquí para allá todos los años, o un año sí y otro no. Lo que más me gustaría –siguió– es que los dos pudiéramos llevar una vida cómoda y honrada, sin tener que preocuparnos del dinero y de las facturas y cosas de ese tipo. Estás dormido –dijo.

–Que no –dijo él.

–No se me ocurre nada más. Ahora tú. Dime las cosas que te gustan.

–No sé. Montones de cosas –masculló él.

–Bien, pues dímelas. Estamos hablando, ¿no?

–Me gustaría que me dejaras en paz, Nan. –Se dio la vuelta de nuevo hacia su lado de la cama y dejó caer el brazo fuera. Ella se volvió también, y se apretó contra él.

–¿Mike?

–Dios –dijo. Y Luego–: Está bien. Déjame estirar los pies un minuto y en seguida me despierto.

Al poco ella dijo:

–¿Mike? ¿Estás dormido? –Le sacudió con suavidad el hombro, pero no obtuvo respuesta. Se quedó acurrucada contra su cuerpo, tratando de dormir. Al principio permaneció en calma, sin moverse, hecha un ovillo contra él y respirando muy suave, muy acompasadamente. Pero no lograba conciliar el sueño.

Aunque trataba de no oírla, la respiración de él empezó a hacerle sentirse incómoda. Había en ella un sonido que le brotaba del interior de la nariz. Trató de regular su propia respiración a fin de aspirar y espirar al unísono con él. Pero no sirvió de nada. Aquel sonido nasal hacía que todo fuera inútil. Se dio la vuelta otra vez y pegó el trasero contra el de él, estiró un brazo hacia el borde y puso las yemas de sus dedos con cuidado contra la pared fría. Se habían salido las mantas en el pie de la cama, y cada vez que movía las piernas le entraba corriente de aire. Oyó que dos personas subían las escaleras hacia el apartamento de al lado. Antes de abrir la puerta, una de ellas lanzó una risa gutural. Luego oyó que arrastraban una silla por el suelo. Se dio la vuelta otra vez. Los de al lado accionaron la cisterna del váter, y luego volvió a sonar. De nuevo se dio la vuelta en la cama, y esta vez se acostó sobre la espalda y trató de relajarse. Recordó un artículo que había leído en una revista: si todos los huesos y músculos y articulaciones del cuerpo consiguieran al mismo tiempo una relajación perfecta, el sueño –casi con seguridad– acabaría por llegar. Aspiró honda, largamente, cerró los ojos y permaneció en una inmovilidad perfecta, con los brazos extendidos a ambos lados. Trató de relajarse. Trató de imaginar que sus piernas se hallaban en suspenso, bañadas como en una bruma. Se acostó sobre el vientre. Cerró los ojos; luego volvió a abrirlos. Pensó en los dedos de la mano que descansaban sobre la sábana, junto a sus labios. Alzó un dedo y lo bajó hasta la sábana. Se tocó el símbolo de su atadura nupcial con el pulgar. Volvió a ponerse de lado, y después de nuevo boca arriba. Y entonces empezó a sentir miedo y, en un momento insensato de profundo anhelo, se puso a rezar para que le llegara el sueño.

Por favor, Dios, haz que me duerma.

Intentó dormirse.

–Mike –susurró.

No obtuvo respuesta.

En el cuarto contiguo oyó que uno de los niños se golpeaba en la cabeza al volverse en la cama. Escuchó con atención durante un rato, pero no volvió a oír sonido alguno. Se puso la mano bajo el pecho izquierdo y sintió que los latidos del corazón le penetraban en los dedos. Se volvió a echar boca abajo y empezó a llorar, con la cabeza fuera de la almohada y la boca contra la sábana. Lloró. Y luego se deslizó hasta el pie de la cama y se levantó.

Se lavó manos y cara en el cuarto de baño. Se cepilló los dientes. Mientras se lavaba los dientes se miró la cara en el espejo. En la sala puso más fuerte la calefacción. Luego se sentó en la mesa de la cocina, con los pies subidos a la silla y arropados por el camisón. Volvió a llorar. Cogió un cigarrillo del paquete que había encima de la mesa y lo encendió. Al cabo de un rato volvió al dormitorio y cogió la bata.

Fue a ver a los niños. Subió las mantas de su hijo hasta taparle los hombros. Volvió a la sala y se sentó en el sillón. Hojeó una revista e intentó leer. Miró por encima las fotografías e intentó de nuevo leer. De cuando en cuando pasaba un coche por la calle, y ella levantaba la vista. Y se quedaba esperando, escuchando. Y luego volvía a mirar la revista. En el revistero, junto al sillón, había un montón de revistas. Las miró todas por encima.

125

Cuando empezó a clarear, se levantó. Fue hasta la ventana. El cielo sin nubes, sobre las colinas, empezaba a volverse blanco. A medida que miraba, los árboles y la hilera de edificios de apartamentos de dos plantas, iban tomando forma al otro lado de la calle. El cielo se hacía cada vez más blanco, la luz se expandía con rapidez por todas partes desde el otro lado de las colinas. Salvo las veces en que había tenido que mantenerse en vela por uno u otro de los niños (que no contaban, puesto que nunca se había puesto a mirar al exterior, limitándose a volver apresuradamente a la cama o a la cocina), no había visto amanecer más que cuando era niña. Pero sabía que ningún amanecer había sido como aquél. Ni las fotografías que había visto ni los libros que había leído le habían enseñado que un amanecer fuese algo tan terrible como aquello.

Aguardó, y luego fue hasta la puerta y quitó el cerrojo y salió al porche. Se arropó la bata en torno al cuello. El aire era húmedo y frío. Las cosas se hacían gradualmente más visibles y nítidas. Dejó que sus ojos lo percibieran todo, hasta que se fijaron allá al frente, en el parpadeo rojo que coronaba la antena de radio de la cima de la colina.

Atravesó el apartamento en penumbra y volvió al dormitorio. Él estaba hecho un ovillo en el centro de la cama, con las mantas amontonadas sobre los hombros, y la cabeza medio sepultada bajo la almohada. Parecía sumido sin remedio en su pesado sueño, con los brazos echados sobre el lado de ella y las mandíbulas apretadas. Mientras le miraba, el dormitorio se iba iluminando progresivamente, y las sábanas de color pálido fueron haciéndose ante sus ojos más y más blancas.

Se humedeció los labios con un chasquido pegajoso y se dejó caer hasta quedar de rodillas. Puso las manos abiertas sobre la cama.

–Dios –dijo–. Dios, ¿querrás ayudarnos, Dios mío? –dijo.

PÓNGASE USTED EN MI LUGAR

Estaba pasando la aspiradora cuando sonó el teléfono. Había ido haciendo todo el apartamento y ahora estaba en la sala, utilizando el accesorio de la boquilla para llegar a los pelos de gato que había entre los cojines. Se detuvo y escuchó: luego apagó la aspiradora. Fue a coger el teléfono.

–¿Sí? –dijo–. Myers al aparato.

–Myers –dijo ella–. ¿Cómo estás? ¿Qué haces?

–Nada –dijo él–. Hola, Paula.

–Va a haber una fiesta en la oficina luego –dijo ella–. Estás invitado. Te invita Carl.

–No creo que pueda ir –dijo Myers.

–Carl me acaba de decir: llama a tu hombre por teléfono. Haz que se venga a tomar una copa. Hazle salir de su torre de marfil, que regrese al mundo real durante un rato. Carl es un tipo curioso cuando bebe. ¿Myers?

–Te he oído –dijo Myers.

Myers había trabajado para Carl. Carl siempre hablaba de irse a París a escribir una novela, y cuando Myers dejó el trabajo para escribir una novela, Carl le dijo que estaría atento para cuando apareciera el nombre de Myers en las listas de bestsellers.

—No puedo ir —dijo Myers.

—Nos hemos enterado de algo horrible esta mañana —continuó Paula como si no le hubiera oído—. ¿Te acuerdas de Larry Gudinas? Aún trabajaba aquí cuando tú venías por la oficina. Estuvo echando una mano en los libros de ciencia durante un tiempo. Luego lo pusieron en trabajo de campo, y luego lo despidieron. Nos hemos enterado esta mañana de que se ha suicidado. Se ha pegado un tiro en la boca. ¿Te imaginas? ¿Myers?

—Te he oído —dijo Myers. Trató de recordar a Larry Gudinas y visualizó a un hombre alto y encorvado, con gafas de montura metálica, llamativas corbatas y unas entradas imparables.

Imaginó la sacudida, el brinco de la cabeza hacia atrás.

—Caramba —dijo Myers—. Lo siento.

—Vente a la oficina, ¿me oyes, cariño? —dijo Paula—. Estamos todos charlando y tomando una copa; escuchamos canciones navideñas. Venga, ven —dijo.

Myers, al otro lado de la línea, oía todo lo que le decía Paula.

—No me apetece —dijo—. ¿Paula? —Vio unos cuantos copos de nieve que se desplazaban de lado a lado de la ventana. Pasó los dedos por el cristal, y luego, mientras esperaba, se puso a escribir su nombre en él.

—¿Qué? Sí, te he oído —dijo ella—. Está bien —dijo Paula—. ¿Por qué no nos vemos en Voyles y tomamos una copa, entonces? ¿Myers?

—De acuerdo —dijo él—. En Voyles. De acuerdo.

—Todo el mundo se va a sentir decepcionado al ver que no vienes —dijo ella—. En especial Carl. Carl te admira, ¿sabes? Te admira de veras. Me lo ha dicho. Admira tu valor. Me dijo que si tuviera tu valor habría dejado todo esto hace años. Que hace falta valor para hacer lo que hiciste. ¿Myers?

—Estoy aquí —dijo Myers—. Creo que podré poner el coche en marcha. Si no consigo ponerlo en marcha, te doy un telefonazo.

—De acuerdo —dijo ella—. Quedamos en Voyles. Si no me llamas, salgo en cinco minutos.

—Saluda a Carl de mi parte —dijo Myers.

—Lo haré —dijo Paula—. Está hablando de ti.

Myers guardó la aspiradora. Bajó los dos tramos de escaleras y fue hasta su coche, que ocupaba la plaza del fondo y estaba cubierto de nieve. Se puso al volante, apretó unas cuantas veces el pedal y dio a la llave de contacto. El motor arrancó. Siguió pisando a fondo.

Durante el trayecto miró a la gente que se apresuraba por las aceras cargadas de paquetes. Echó una ojeada al cielo gris, lleno de copos de nieve, y a los altos edificios que tenían nieve en las grietas y en los derrames de las ventanas. Trató de captarlo todo con los ojos, de retenerlo para más tarde. Acababa de terminar una historia y aún no había dado comienzo a la siguiente, y se sentía despreciable. Llegó a Voyles, un pequeño bar situado en una esquina, junto a una tienda de ropa de hombre. Aparcó en la parte de atrás y entró en el bar. Se sentó un rato a la barra y luego cogió su bebida y fue a sentarse a una mesita, al lado de la puerta.

Cuando Paula entró en el bar y dijo «Feliz Navidad», él se levantó y le dio un beso en la mejilla. Y le ofreció una silla.

—¿Un escocés? —dijo.

—Un escocés —dijo ella. Y luego, a la chica que vino a atenderles—: Un escocés con hielo.

Paula cogió y apuró el vaso de Myers.

—Tráigame otro a mí también —le dijo Myers a la chica—. No me gusta este bar —dijo luego, cuando la chica se hubo ido.

—¿Qué tiene de malo este bar? —dijo Paula—. Siempre venimos aquí.

—No me gusta, eso es todo —dijo él—. Nos tomamos la copa y nos vamos a otra parte.

—Como quieras —dijo ella.

La chica se acercó con las bebidas. Myers pagó. Brindaron. Myers la miraba fijamente.

—Carl te manda saludos —dijo ella.

Myers asintió con la cabeza.

Paula bebió unos sorbos de whisky.

—¿Cómo te ha ido el día?

Myers se encogió de hombros.

—¿Qué has hecho? —dijo ella.

—Nada —dijo él—. He pasado la aspiradora.

Paula le tocó la mano.

—Todo el mundo me ha dicho que te salude de su parte.

Se terminaron el whisky.

—Tengo una idea —dijo ella—. ¿Por qué no pasamos un rato a ver a los Morgan? Todavía no los conocemos, santo cielo, y ya hace meses que han vuelto. Podríamos pasar por su casa a saludarles: «Hola, somos los Myers.» Además nos mandaron una postal. Nos decían que pasáramos a verlos en vacaciones. Nos *invitaron*. No quiero ir a casa —dijo por último, y buscó un cigarrillo en su bolso.

Myers recordó haber encendido la estufa y apagado las luces antes de salir. Y luego pensó en los copos de nieve que cruzaban despacio por la ventana.

—¿Y qué me dices de aquella carta insultante diciéndonos que les habían contado que teníamos un gato en la casa? —dijo Myers.

—Se habrán olvidado ya del asunto —dijo ella—. De todos modos, no era nada grave. ¡Oh, venga, Myers! Vamos a hacerles una visita.

—Antes tendríamos que llamar... en caso de que lo hiciéramos —dijo él.

—No —dijo ella—. Es parte del juego. Vayamos sin llamar. Llegamos y llamamos a la puerta y decimos: «Hola, vivíamos aquí.» ¿De acuerdo, Myers?

—Creo que antes deberíamos llamar.

—Son vacaciones —dijo ella, levantándose—. Venga, querido.

Le cogió del brazo y salieron a la nieve. Sugirió ir en su coche. El de Myers lo recogerían luego. Myers le abrió la portezuela del conductor y dio la vuelta al coche para ocupar el otro asiento.

Le invadió una suerte de turbación cuando vio las ventanas iluminadas, la nieve en el tejado, y la rubia en el camino de entrada. Las cortinas estaban descorridas, y un árbol de Navidad parpadeaba hacia ellos desde la ventana.

Se apearon del coche. Myers cogió por el codo a Paula al pasar por encima de un montón de nieve, y echaron a andar hacia el porche delantero. Habían avanzado apenas unos pasos cuando un perro de tupidas greñas salió como un rayo de la esquina del garaje y se echó encima de Myers.

—Oh, Dios —dijo él, agachándose, reculando, levantando las manos. Resbaló, con los faldones del abrigo ondeando al aire, y cayó sobre el césped helado con la certeza aterradora de que el animal arremetería contra su garganta. El perro gruñó una vez y se puso a olisquearle el abrigo.

Paula cogió un puñado de nieve y lo lanzó contra el perro. La luz del porche se encendió, se abrió la puerta y un hombre gritó:

—¡Buzzy!

Myers se levantó del suelo y se sacudió la nieve de la ropa.

—¿Qué pasa? —dijo el hombre desde el umbral—. ¿Quién es? Buzzy, ven aquí, muchacho. ¡Ven aquí!

—Somos los Myers —dijo Paula—. Venimos a desearles feliz Navidad.

—¿Los Myers? —dijo el hombre del umbral—. ¡Fuera de aquí, Buzzy! Vete al garaje. ¡Vamos, vamos! Son los Myers —le dijo luego a la mujer que estaba a su espalda tratando de mirar por encima de su hombro.

—Los Myers —dijo la mujer—. Bueno, diles que pasen. Invítales a pasar, por el amor de Dios. —Salió al porche y dijo—: Entren, por favor. Hace un frío que pela. Soy Hilda Morgan, y éste es Edgar. Mucho gusto en conocerles. Entren, por favor.

Se dieron un rápido apretón de manos en el porche. Myers y Paula pasaron al interior y Morgan cerró la puerta.

–Déjenme los abrigos. Quítenselos, por favor –dijo Edgar Morgan–. ¿Está usted bien? –le dijo a Myers, mirándole atentamente. Myers asintió con la cabeza–. Sabía que ese perro estaba loco, pero nunca había hecho nada parecido. Lo he visto todo. Estaba mirando por la ventana en ese preciso instante.

El comentario le sonó extraño a Myers, y miró al dueño de la casa. Edgar Morgan era un cuarentón casi calvo del todo; llevaba unos pantalones y un suéter, y unas zapatillas de piel.

–Se llama Buzzy –declaró Hilda Morgan, e hizo una mueca–. Es el perro de Edgar. Yo me niego a tener un perro en casa, pero Edgar compró este animal y prometió tenerlo siempre fuera.

–Duerme en el garaje –dijo Edgar Morgan–. No hace más que pedir que le dejen entrar, pero no podemos permitírselo, ya entienden. –Morgan soltó una risita–. Pero siéntense, siéntense. Si es que encuentran dónde en todo este desorden. Hilda, cariño, quita alguna cosa del sofá para que Mr. y Mrs. Myers puedan sentarse.

Hilda Morgan retiró del sofá paquetes, papeles de envolver, unas tijeras, una caja de cintas, lazos... Lo puso todo en el suelo.

Myers reparó en que Morgan le miraba de nuevo fijamente, y esta vez sin sonreír.

Paula dijo:

–Myers, tienes algo en el pelo, cariño.

Myers se pasó la mano por detrás de la cabeza y se quitó una ramita y se la metió en el bolsillo.

–Ese perro... –dijo Morgan, y volvió a reír–. Estábamos tomándonos un ponche caliente y envolviendo unos regalos de última hora. ¿Quieren que hagamos un brindis por las fiestas? ¿Qué quieren tomar?

–Cualquier cosa –dijo Paula.

–Cualquier cosa –dijo Myers–. No quisiéramos molestar.

–Tonterías –dijo Morgan–. Sentíamos... mucha curiosidad por ustedes, los Myers. ¿Tomará un ponche, Mr. Myers?

–Muy bien –dijo Myers.

–¿Y Mrs. Myers? –dijo Morgan.

Paula asintió con la cabeza.

–Dos ponches, entonces –dijo Morgan–. Cariño, nosotros también, ¿verdad? –le dijo a su mujer–. La ocasión lo exige.

Cogió la taza de su esposa y fue a la cocina. Myers oyó cerrarse de golpe la puerta de un armario y luego una palabra ahogada que sonó como un juramento. Myers pestañeó. Miró a Hilda Morgan, que se estaba acomodando en una silla, a un costado del sofá.

–Siéntense aquí, los dos –dijo Hilda Morgan. Dio unos golpecitos en el brazo del sofá–. Aquí, junto al fuego. Mr. Morgan lo atizará en cuanto vuelva. –Se sentaron. Hilda Morgan enlazó las manos sobre el regazo y se inclinó un poco hacia delante, estudiando la cara de Myers.

La sala seguía como Myers la recordaba, con excepción de tres pequeñas litografías enmarcadas que colgaban de la pared, a espaldas de Mrs. Morgan. En una de ellas, un hombre con levita y chaleco se tocaba ligeramente el sombrero delante de unas señoritas con sombrillas. Eso ocurría en un lugar con gran afluencia de gente y caballos y carruajes.

–¿Qué les pareció Alemania? –dijo Paula. Estaba sentada en el borde del sofá, con el bolso sobre las rodillas.

–Nos encantó Alemania –dijo Edgar Morgan, que volvía en aquel momento de la cocina con una bandeja con cuatro grandes tazas. Myers reconoció las tazas.

–¿Ha estado usted en Alemania, Mrs. Myers? –preguntó Morgan.

–Queremos ir –dijo Paula–. ¿No es cierto, Myers? Quizá el año que viene, el verano que viene. O el otro. En cuanto vayamos algo más sobrados de dinero. Quizás en cuanto Myers venda algo. Myers escribe.

–Pienso que un viaje a Europa le vendría muy bien a un escritor –dijo Edgar Morgan. Puso las tazas sobre unos posavasos–. Por favor, sírvanse. –Se sentó en una silla, enfrente de su esposa, y miró a Myers–. Decía en la carta que había dejado su empleo para escribir.

–Cierto –dijo Myers, y bebió un sorbo de ponche.

–Escribe algo casi todos los días –dijo Paula.

–¿De veras? –dijo Morgan–. Sorprendente. ¿Y qué ha escrito hoy, si me permite la pregunta?

–Nada –dijo Myers.

–Estamos en fiestas –dijo Paula.

–Estará orgullosa de él, Mrs. Myers –dijo Hilda Morgan.

–Lo estoy –dijo Paula.

–Me alegro por usted –dijo Hilda Morgan.

–El otro día oí algo que quizá pueda interesarle –dijo Edgar Morgan. Sacó tabaco y empezó a llenar la pipa. Myers encendió un cigarrillo y miró a su alrededor en busca de un cenicero; luego dejó caer la cerilla detrás del sofá.

–Es una historia horrible, en realidad. Pero tal vez le sirva, Mr. Myers. –Morgan encendió una cerilla y se dio fuego a la pipa–. El granito de arena y todo eso, ya sabe –dijo Morgan, y se echó a reír y sacudió la cerilla–. El tipo era de mi edad, poco más o menos. Durante un par de años fue colega mío. Nos conocíamos un poco, y teníamos buenos amigos comunes. Un día se marchó, aceptó un puesto allá en la universidad del estado. Bien, ya sabe lo que sucede a veces... El tipo tuvo un idilio con una de sus alumnas.

Mrs. Morgan emitió un ruido de desaprobación con la lengua. Cogió un pequeño paquete envuelto en papel verde y se puso a pegarle encima un lazo rojo.

–Según se cuenta, fue un idilio ardiente que duró varios meses –siguió Morgan–. Hasta hace muy poco, de hecho. Hasta la semana pasada, para ser exactos. Esa noche le comunicó a su esposa, con la que llevaba veinte años, que quería el divorcio. Imagine cómo se lo tuvo que tomar la pobre mujer, al oír aquello de buenas a primeras, como quien dice. Se organizó una buena trifulca. Metió baza toda la familia. La mujer le ordenó que se fuera inmediatamente. Pero cuando el hombre estaba a punto de irse, su hijo le tiró una lata de sopa de tomate que le alcanzó en la frente. El golpe le produjo una conmoción cerebral, y le mandaron al hospital. Y su estado es grave.

Morgan dio unas chupadas a su pipa y observó a Myers.

—Jamás había oído nada parecido —dijo Mrs. Morgan—. Edgar, es repugnante.

—Es horrible —dijo Paula.

Myers se sonrió burlonamente.

—*Ahí tiene* materia para un cuento, Mr. Myers —dijo Morgan, captando su sonrisa y entrecerrando los ojos—. Piense en la historia que podría usted urdir si lograra penetrar en la cabeza de ese hombre.

—O en la de ella —dijo Mrs. Morgan—. En la de la mujer. Piense en *su* historia. Ser engañada de tal modo después de veinte años de matrimonio. Piense en cómo se tuvo que sentir.

—Pero imaginen por lo que está pasando el pobre *chico* —dijo Paula—. Imagínenlo. Un hijo que por poco mata a su padre.

—Sí, todo eso es cierto —dijo Morgan—. Pero hay algo a lo que creo que ninguno ha prestado atención. Piensen un momento en lo que voy a decir. ¿Me escucha, Mr. Myers? Dígame lo que opina de *esto*. Póngase en el lugar de esa alumna de dieciocho años que se enamora de un hombre casado. Piense en *ella* unos instantes, y verá las posibilidades que tiene esa historia.

Morgan asintió con la cabeza y se echó hacia atrás en la silla con expresión satisfecha.

—Me temo que no siento por ella la menor simpatía —dijo Mrs. Morgan—. Imagino la clase de chica que es. Ya sabemos cómo son esas jovencitas que echan el anzuelo a hombres mayores. Y él tampoco me inspira ninguna simpatía. Él, el hombre, el donjuán; no, ninguna simpatía. Me temo que mis simpatías, en este caso, son todas para la mujer y el hijo.

—Haría falta un Tolstói para contar la historia, para contarla *bien*

–dijo Morgan–. Un Tolstói, ni más ni menos. El ponche aún está caliente, Mr. Myers.

–Tenemos que irnos –dijo Myers.

Se levantó y tiró la colilla al fuego.

–No se vayan todavía –dijo Mrs. Morgan–. Aún no hemos tenido tiempo de conocernos. No saben cuánto hemos... especulado acerca de ustedes. Ahora nos hemos reunido al fin. Quédense un rato más. Ha sido una sorpresa agradable.

–Le agradecemos la postal y la nota –dijo Paula.

–¿La postal? –dijo Mr. Morgan.

Myers tomó asiento.

–Nosotros decidimos no mandar ninguna postal este año –dijo Paula–. No me puse cuando debía, y nos pareció que no valía la pena hacerlo en el último momento.

–¿Tomará otro ponche, Mrs. Myers? –dijo Morgan, de pie ante ella, con la mano en su taza–. Servirá de ejemplo para su esposo.

–Estaba muy bueno –dijo Paula–. Hace entrar en calor.

–Muy bien –dijo Morgan–. Te hace entrar en calor. Exacto. Cariño, ¿has oído a Mrs. Myers? Te hace entrar en calor. Estupendo. ¿Mr. Myers? –dijo Morgan, y aguardó–. ¿Nos acompañará también?

–De acuerdo –dijo Myers, y dejó que Morgan recogiera su taza.

El perro empezó a gimotear y a arañar la puerta.

–Ese perro... No sé qué mosca le ha picado –dijo Morgan. Fue a la cocina, y esta vez Myers oyó claramente cómo Morgan maldecía al dar con la olla de hervir el agua contra uno de los quemadores.

Mrs. Morgan se puso a tararear una melodía. Cogió un paquete a medio envolver, cortó un trozo de cinta adhesiva y empezó a pegar el envoltorio.

Myers encendió un cigarrillo. Dejó la cerilla en su posavasos. Miró el reloj.

Mrs. Morgan levantó la cabeza.

–Me parece que están cantando –dijo. Se quedó quieta, escuchando. Se levantó de la silla y fue hasta la ventana de la sala–. ¡Están cantando! ¡Edgar! –llamó.

Myers y Paula se acercaron a la ventana.

–Llevo años sin ver a esos grupos que cantan villancicos –dijo Mrs. Morgan.

–¿Qué pasa? –dijo Morgan. Traía la bandeja con las tazas–. ¿Qué pasa? ¿Sucede algo?

–Nada, cariño. Que cantan villancicos. Allí están, míralos. En la acera de enfrente –dijo Mrs. Morgan.

–Mrs. Myers –dijo Morgan acercando la bandeja–. Mr. Myers. Cariño...

–Gracias –dijo Paula.

–*Muchas gracias*[1] –dijo Myers.

Morgan dejó la bandeja en la mesa y volvió a la ventana con su taza. Unos chiquillos se habían agrupado en el paseo, delante de la casa de enfrente. Eran chicos y chicas pequeños y un muchacho algo mayor y más alto con bufanda y abrigo. Myers vio las caras en la ventana de la casa de enfrente –la de los Ardrey–, y cuando terminaron de cantar sus villancicos, Jack Ardrey salió a la puerta y le dio algo al chico mayor. El grupo siguió por la acera, haciendo fluctuar las linternas en la oscuridad, y se detuvo frente a otra casa.

–No van a pasar por aquí –dijo Mrs. Morgan al rato.

–¿Qué? ¿Por qué no van a venir a nuestra casa? –dijo Morgan, y se volvió a su mujer–. ¡Qué tonterías dices! ¿Por qué no van a pasar por aquí?

–Sé que no van a hacerlo –dijo Mrs. Morgan.

–Y yo digo que sí –dijo Morgan–. Mrs. Myers, ¿van a pasar esos chicos por aquí o no? ¿Qué dice usted? ¿Volverán para bendecir esta casa? Lo dejaremos en sus manos.

1. En español en el original. *(N. del T.)*

Paula se pegó al cristal de la ventana. Pero el grupo se alejaba ya por la acera en dirección contraria. Y Paula guardó silencio.

–Bien, de nuevo los ánimos calmados –dijo Morgan, y fue a sentarse en su silla. Frunció el ceño y se puso a llenar la pipa.

Myers y Paula volvieron al sillón. Mrs. Morgan se retiró al fin de la ventana. Se sentó. Sonrió y miró dentro de su taza. Luego dejó la taza sobre la mesa y se echó a llorar.

Morgan le tendió un pañuelo. Miró a Myers. Instantes después Morgan se puso a tamborilear con la mano en el brazo del sillón. Myers movió los pies. Paula buscó en su bolso un cigarrillo.

–¿Ves lo que has hecho? –dijo Morgan, fijando los ojos en algo que había sobre la alfombra, junto al pie de Myers.

Myers hizo acopio de ánimo para levantarse.

–Edgar, sírveles otra bebida –dijo Mrs. Morgan mientras se pasaba la mano por los ojos. Utilizó el pañuelo para sonarse–. Quiero que oigan lo de Mrs. Attenborough. Mr. Myers es escritor. Creo que la historia podría interesarle. Esperaremos a que vuelvas para contarla.

Morgan retiró las tazas. Las llevó a la cocina. Myers oyó un estrépito de platos, de puertas de armario que se cerraban. Mrs. Morgan miró a Myers y esbozó una leve sonrisa.

–Tenemos que irnos –dijo Myers–. Tenemos que irnos. Paula, coge el abrigo.

–No, no. Insistimos, Mr. Myers –dijo Mrs. Morgan–. Queremos que oiga lo de Mrs. Attenborough, la pobre Mrs. Attenborough. También a usted le interesará, Mrs. Myers. Tendrá ocasión de ver cómo la mente de su marido se pone a trabajar sobre un material en bruto.

Morgan volvió de la cocina y distribuyó las tazas de ponche. Y se sentó en seguida.

–Cuéntales lo de Mrs. Attenborough, cariño –dijo Mrs. Morgan.

—Ese perro por poco me arranca la pierna –dijo Myers, y se asombró al instante de sus propias palabras. Dejó la taza encima de la mesa.

—Oh, vamos, no ha sido para tanto –dijo Morgan–. Lo he visto todo.

—Los escritores, ya se sabe –le dijo a Paula Mrs. Morgan–. Les encanta exagerar.

—El poder de la pluma y todo eso –dijo Morgan.

—Eso es –dijo Mrs. Morgan–. Convierta su pluma en reja de arado, Mr. Myers.

—Que sea Mrs. Morgan quien cuente lo de Mrs. Attenborough –dijo Morgan, sin hacer el menor caso a Myers, que se ponía en pie en aquel momento–. Mrs. Morgan tuvo que ver directamente en el asunto. Yo ya he contado lo del tipo descalabrado por una lata de sopa. –Morgan soltó una risita–. Dejaremos que esto lo cuente Mrs. Morgan.

—Cuéntalo tú, querido. Y usted, Mr. Myers, escuche con atención –dijo Mrs. Morgan.

—Nos tenemos que ir –dijo Myers–. Paula, vámonos.

—Qué sinceridad la suya –dijo Mrs. Morgan.

—Sí, exacto –dijo Myers. Luego dijo–: Paula, ¿vienes?

—Quiero que escuchen la historia –dijo Morgan, alzando la voz–. Ofenderá usted a Mrs. Morgan, nos ofenderá a los dos si no la escucha. –Morgan apretó la pipa entre los dedos.

—Myers, por favor –dijo, inquieta, Paula–. Quiero oírla. Y luego nos vamos. ¿Myers? Por favor, cariño, siéntate un minuto.

Myers la miró. Paula movió los dedos, como haciéndole una seña. Myers vaciló, y al cabo se sentó a su lado.

Mrs. Morgan comenzó:

—Una tarde, en Múnich, Edgar y yo fuimos al Dortmunder Museum. Había una exposición sobre la Bauhaus aquel otoño, y Edgar dijo que al diablo con todo, que nos tomáramos el día libre. Estaba con sus trabajos de investigación, ya saben, y dijo que al diablo, que nos tomábamos el día libre. Cogimos un tranvía y atravesamos Múnich hasta llegar al museo. Dedicamos varias horas a ver la exposición y a visitar de nuevo algunas de las salas de pintura, en homenaje a algunos grandes maestros por los que Edgar y yo sentimos una especial devoción. Justo antes de marcharnos, entré en el aseo de señoras. Y me dejé el bolso. Dentro llevaba el cheque mensual de Edgar que nos acababa de llegar de los Estados Unidos el día anterior, y ciento veinte dólares en metálico que íbamos a ingresar junto con el cheque. También llevaba mi carnet de identidad. No eché a faltar el bolso hasta llegar a casa. Edgar llamó inmediatamente al museo. Hablaba con la dirección cuando vi que un taxi se paraba ante nuestra casa. Se apeó una mujer bien vestida, de pelo blanco. Era una mujer corpulenta, y llevaba dos bolsos. Avisé a Edgar y fui a la puerta. La mujer se presentó como Mrs. Attenborough, me entregó el bolso y explicó que también ella había estado en el museo aquella tarde, y que estando en el aseo de señoras había visto el bolso en la papelera. Como es lógico, lo había abierto para averiguar quién era la propietaria. Y encontró el carnet de identidad y lo demás, donde figuraba nuestra dirección en Múnich. Dejó inmediatamente el museo y cogió un taxi para entregar el bolso personalmente. El cheque de Edgar seguía allí, pero no el dinero, los ciento veinte dólares. Me sentí, no obstante, muy agradecida por haber recuperado lo demás. Eran casi las cuatro, y le pedimos a la mujer que se quedara a tomar el té. Se sentó, y al poco empezó a contarnos cosas de su vida. Había nacido y se había criado en Australia, se había casado joven, había tenido tres hijos –todos varones–, había enviudado y seguía viviendo en Australia con dos de sus hijos. Criaban ovejas y poseían más de veinte mil acres de tierra para pastos, y en ciertas épocas del año empleaban a multitud de pastores y esquiladores. Estaba de paso en Múnich camino de Australia, y venía de Inglaterra de visitar a su hijo menor, que era abogado. Volvía a Australia cuando la conocimos –dijo Mrs. Morgan–. Y aprovechaba la ocasión para ver algo de mundo. Le quedaban aún muchos lugares por visitar.

–Ve al grano, querida –dijo Morgan.

–Sí. Y esto es lo que sucedió entonces, Mr. Myers. Iré directamente al clímax, como dicen ustedes los escritores. De pronto, después de una agradable charla como de una hora, después de que aquella mujer nos hubiera hablado de su vida y de su existencia aventurera en las antípodas, se levantó para irse. Estaba pasándome la taza cuando la boca se le quedó completamente abierta, se le cayó la taza al suelo y se desplomó sobre el sofá, muerta. Muerta. Allí, en nuestra sala de estar. Fue el momento más terrible de toda nuestra vida.

Morgan asintió con gesto solemne.

–Dios –dijo Paula.

–El destino la envió a morir en el sofá de nuestra sala, en Alemania –dijo Mrs. Morgan.

Myers se echó a reír.

–¿El destino... la envió... a... morir... en su... sala? –consiguió decir con voz entrecortada.

–¿Le parece gracioso, señor? –dijo Morgan–. ¿Lo encuentra divertido?

Myers asintió con la cabeza. Siguió riendo. Se enjugó los ojos con la manga de la camisa.

–Lo siento de veras –dijo–. No puedo evitarlo. Esa frase: *El destino la envió a morir en el sofá de nuestra sala, en Alemania...* Lo siento. ¿Y qué pasó después? –consiguió decir–. Me gustaría saber lo que ocurrió después.

–No sabíamos qué hacer, Mr. Myers –dijo Mrs. Morgan–. La conmoción fue terrible. Edgar le tomó el pulso, pero no detectó señal alguna de vida. Incluso había empezado a cambiar de color. La cara y las manos se le estaban volviendo *grises*. Edgar fue al teléfono a llamar a alguien. Luego dijo: «Abre el bolso, a ver si averiguas dónde se hospeda.» Evitando en todo momento mirar el cadáver de aquella desdichada, cogí el bolso. Imaginen mi total sorpresa y desconcierto, mi absoluto desconcierto, cuando lo primero que vi dentro del bolso fue mis ciento veinte dólares, aún sujetos por el clip. Nunca en mi vida me había sentido tan perpleja.

–Y decepcionada –dijo Morgan–. No te olvides de eso. Fue una profunda decepción.

Myers dejó escapar unas risitas.

–Si fuera usted un escritor de verdad, como afirma, Mr. Myers, no se reiría –dijo Morgan, poniéndose en pie–. ¡No osaría reírse! Trataría de entender. Sondearía en las profundidades del corazón de aquella pobre mujer y trataría de entender. ¡Pero usted no tiene nada de escritor, señor!

Myers siguió riendo.

Morgan dio un puñetazo en la mesita, y las tazas se tambalearon sobre los posavasos.

–La historia que importa está aquí, en esta casa, en esta misma sala, ¡y ya es hora de que se cuente! La historia que importa está *aquí,* Mr. Myers –dijo Morgan.

Se paseó de un lado a otro sobre el brillante papel de envolver, que se había desenrollado y extendido por la alfombra. Se detuvo para mirar airadamente a Myers, que se agarraba la frente sacudido por las carcajadas.

–¡Considere la hipótesis siguiente, Mr. Myers! –gritó Morgan–. *¡Considérela!* Un amigo, llamémosle Mr. X, tiene amistad con... con Mr. Y y Mrs. Y, y también con Mr. y Mrs. Z. Los Y y los Z no se conocen, por desgracia. Y digo *por desgracia* porque, de haberse conocido, esta historia no podría contarse porque jamás habría sucedido. Bien, Mr. X se entera de que Mr. y Mrs. Y van a pasar un año en Alemania y necesitan a alguien que ocupe la casa durante ese tiempo. Los Z están buscando alojamiento, y Mr. X les dice que sabe del sitio adecuado. Pero previamente a que Mr. X pueda poner en contacto a los Z con los Y, los Y tienen que salir para Alemania antes de lo previsto. Mr. X, debido a su amistad, queda a cargo de alquilar la casa a quien estime conveniente, incluidos los señores Y, quiero decir Z. Pues bien, los... Z se mudan a la casa y se llevan con ellos a un gato, del cual los Y tienen noticia más tarde por el propio Mr. X. Los Z meten el gato en la casa *pese* a los términos del contrato de arrendamiento, que prohíben expresamente que en la casa habiten gatos u otros animales a causa del asma de Mrs. Y. La genuina historia, Mr. Myers, está en la situación que acabo de describir. Mr. y Mrs. Y... quiero decir Z se mudan a la casa de los Y, *invaden,* a decir verdad, la casa de los Y. Dormir en la cama de los Y es una cosa, pero abrir el ropero particular de los Y y usar su ropa blanca, destrozando todo lo que encontraron dentro, eso iba en contra del espíritu y la letra del contrato. Y *esta* misma pareja, los Z, abrieron cajas de utensilios de cocina en los que ponía «No abrir». Y rompieron piezas de la vajilla pese a que en el contrato constaba expresamente, *expresamente,* que los inquilinos no debían utilizar las pertenencias de los propietarios, las cosas personales, y hago hincapié en lo de *«personales»,* de los Y.

Morgan tenía los labios blancos. Siguió paseándose de aquí para allá encima del papel de envolver, deteniéndose de cuando en cuando para mirar a Myers y lanzar ligeros soplidos por la boca.

–Y las cosas del baño, querido. No olvides las cosas del baño –dijo Mrs. Morgan–. Ya es falta de tacto utilizar las mantas y sábanas de los Y, pero si encima entran a saco en el *cuarto de baño* y siguen con otras cosas privadas almacenadas en el desván, eso es pasarse de la raya.

–Ahí tiene la auténtica historia, Mr. Myers –dijo Morgan. Trató de llenar la pipa, pero le temblaban las manos, y el tabaco cayó y se esparció por la alfombra–. Ésa es la historia verídica aún por escribir y que merece ser escrita.

–Y no necesita un Tolstói que la cuente –dijo Mrs. Morgan.

–No, no se necesita un Tolstói –dijo Morgan.

Myers reía. Él y Paula se levantaron del sofá a un tiempo, y se dirigieron hacia la puerta.

–Buenas noches –dijo Myers con regocijo.

Morgan estaba a su espalda.

–Si usted fuera un escritor de verdad, señor, convertiría esta historia en palabras y no se haría tanto el sueco al respecto.

Myers se limitó a reír de nuevo. Tocó el pomo de la puerta.

—Y otra cosa —dijo Morgan—. No tenía intención de sacarlo a relucir, pero, a la vista de su comportamiento de esta noche, quiero decirle que he echado en falta mis dos volúmenes de *Jazz at the Philharmonic*. Eran unos discos de gran valor sentimental para mí. Los compré en 1955. ¡Y ahora insisto en que me diga qué ha sido de ellos!

—Para ser justos, Edgar —dijo Mrs. Morgan mientras ayudaba a Paula a ponerse el abrigo—, después de hacer inventario de los discos, admitiste que no podías recordar cuándo habías visto por última vez esos discos.

—Pero ahora estoy seguro —dijo Morgan—. Tengo la certeza de que los vi antes de irnos a Alemania, y ahora, ahora quiero que este *escritor* me diga exactamente cuál es su paradero. ¿Mr. Myers?

Pero Myers estaba ya fuera de la casa, y, con Paula de la mano, se apresuraba hacia el coche. Sorprendieron a Buzzy. El perro soltó un gañido, al parecer de miedo, y se apartó hacia un lado de un brinco.

—¡Insisto en *saberlo!* —gritó Morgan a sus espaldas—. ¡Estoy esperando, señor!

Myers dejó a Paula en su asiento, se puso al volante y puso el coche en marcha. Volvió a mirar a la pareja del porche. Mrs. Morgan saludó con la mano, y luego ambos se volvieron y entraron en la casa y cerraron la puerta.

Myers arrancó y se apartó del bordillo.

—Esta gente está loca —dijo Paula.

Myers le dio unas palmaditas en la mano.

—Daban miedo —dijo Paula.

Myers no contestó. Le dio la impresión de que la voz de Paula le llegaba de muy lejos. Siguió conduciendo. La nieve golpeaba contra el parabrisas. Siguió silencioso, mirando la carretera. Se hallaba en el final mismo de una historia.

JERRY Y MOLLY Y SAM

En opinión de Al, sólo había una solución. Tenía que deshacerse del perro sin que Betty y los niños se enteraran. Por la noche. Tenía que hacerse por la noche. Llevaría a Suzy en el coche —a algún sitio, ya lo decidiría más tarde–, abriría la portezuela, la empujaría, y volvería a casa. Cuanto antes mejor. Sintió alivio por haberse decidido. Cualquier cosa que hiciera —se convencía por momentos– era mejor que no hacer nada.

Era domingo. Se levantó de la mesa de la cocina, donde había tomado a solas un tardío desayuno, y se quedó de pie junto a la pila, con las manos en los bolsillos. Nada iba bien últimamente. Ya tenía bastante con lo que lidiar para tener que preocuparse encima por la asquerosa perra. En Aerojet estaban despidiendo gente, cuando lo que deberían hacer en realidad era contratar más personal. A mediados de verano se estaban adjudicando contratos de Defensa por todo el país y, sin embargo, Aerojet hablaba de reducciones de personal. *Estaba* reduciendo personal, de hecho, y cada día un poco más. Él no se hallaba más a salvo que cualquiera, pese a llevar en la firma más de dos años, casi tres. Se llevaba bien con la gente idónea, muy cierto, pero ni la antigüedad ni la amistad significaban mucho en los tiempos que corrían. Si te llegaba la hora, te llegaba, y no podías hacer nada para evitarlo. Estaban dispuestos a despedir gente; la despedían, de hecho. Cincuenta, cien personas de golpe.

Nadie estaba a salvo, desde el capataz y los supervisores hasta el último peón. Y tres meses atrás, justo antes de que empezaran los despidos, se había dejado convencer por Betty para mudarse a aquella cómoda casa de doscientos dólares mensuales. Arrendamiento con opción a compra. ¡Mierda!

En realidad, Al no había querido dejar la otra casa. Se sentía cómodo en ella. Pero ¿quién iba a saber que dos semanas después de mudarse empezarían los despidos? ¿Quién podía saber algo en los tiempos que corrían? Por ejemplo, ahí estaba Jill. Jill trabajaba en Weinstock's, en contabilidad. Era una buena chica, y decía que amaba a Al. Se sentía sola, eso es lo que le dijo a Al la primera noche. No tenía por costumbre hacerlo, eso de dejarse encandilar por hombres casados, y así se lo hizo saber también la primera noche. Al la había conocido unos tres meses antes, cuando estaba deprimido y muerto de miedo ante los primeros rumores de despidos. La conoció en el Town and Country, un bar no muy distante de su nuevo hogar. Bailaron un poco y Al la llevó a casa, y en el coche, delante de su apartamento, se besaron y toquetearon y demás. Aquella noche Al no había subido con ella, aunque estaba seguro de que habría podido hacerlo. Subió con ella al apartamento la noche siguiente.

Y ahora él tenía un *affair,* santo cielo, y no sabía qué hacer al respecto. No quería continuar, pero tampoco quería romper. Uno no lo echa todo por la borda en medio de una tormenta. Al iba a la deriva, y sabía que iba a la deriva, y no podía siquiera adivinar adónde le llevaría finalmente todo aquello. Pero empezaba a tener la sensación de que todo se le iba de las manos. Todo. Hacía poco, además, después de unos cuantos días de estreñimiento, se había sorprendido pensando en la vejez (siempre había asociado estreñimiento con vejez). Luego estaba el asunto del pequeño claro en el pelo, y el hecho de haber empezado a preguntarse qué nuevo tipo de peinado podía probar. ¿Qué iba a hacer con su vida? Ésa era la pregunta.

Tenía treinta y un años.

Todas estas cosas con las que lidiar y un día Sandy, la hermana pequeña de su mujer, les regala a los niños, a Alex y Mary, aquella perra cruzada. Llevaba ya con ellos cuatro meses. Deseaba no haberla visto jamás a aquella perra, ni a la propia Sandy, para el caso. ¡La muy puta! Siempre venía con alguna mierda que acababa costando dinero; con cualquier fruslería que se estropeaba después de uno o dos días y tenía que mandarse a arreglar, con algo que no hacía sino conseguir que los niños chillaran y discutieran y se zurraran de lo lindo. ¡Dios! Para luego ir por detrás y sacarle, por medio de Betty, veinticinco dólares. La sola idea de todos los cheques de veinticinco o cincuenta dólares –de aquel de ochenta y cinco dólares de hacía apenas unos meses para pagar la letra del coche, de *su* coche: santo cielo–, cuando él ni siquiera sabía si iba a tener un techo sobre su cabeza en un futuro inmediato, hacía que le entraran ganas de *matar* a la perra de mierda.

¡Sandy! ¡Betty y Alex y Mary! ¡Jill! ¡Y *Suzy,* la maldita perra!

Éste era Al.

Tenía que empezar por alguna parte. Poner las cosas en orden, solucionar en lo posible todo aquello. Ya era hora de *hacer* algo, hora de pensar con la cabeza, para variar. Y Al pretendía empezar aquella misma noche.

Engatusaría a la perra y la metería en el coche sin que nadie se diera cuenta, y luego, con cualquier pretexto, saldría de casa. Pero le resultaba odioso imaginarse cómo Betty bajaría los ojos al ver que se vestía, cómo luego, instantes antes de que saliera por la puerta, le preguntaría adónde iba, cuánto iba a tardar, etcétera, con aquella voz resignada que hacía que él se sintiera aún peor. Al nunca había podido acostumbrarse al hecho de mentir. Además, odiaba tener que utilizar la pequeña parcela de reserva que pudiera tener con Betty para decirle una mentira acerca de algo distinto de lo que ella sospechaba. Una mentira, por así decir, malgastada. Pero no podía decirle la verdad, no podía decir que *no* iba a tomarse una copa, que *no* iba a llamar a alguien, sino que iba a deshacerse de la maldita perra, sentando así las bases para poner en orden su hogar.

Se pasó la mano por la cara, trató de apartar todo aquello de su mente por espacio de un instante. Sacó del frigorífico una lata de Lucky fría y le quitó la tapa de aluminio. Su vida se había convertido en un laberinto: una mentira encima de otra hasta el punto de que ya no estaba seguro de poder desenredar la maraña en caso necesario.

«Esa maldita perra», se decía en voz alta.

—¡No tiene ni pizca de sentido común! —era la expresión que Al solía utilizar. Era una arpía además. En cuanto la puerta trasera se quedaba abierta y no había nadie en la casa, se las arreglaba para abrir la mampara de tela metálica y entraba hasta la sala y se meaba en la alfombra. Había dejado ya como mínimo media docena de manchas en forma de mapa. Pero su sitio favorito era el cuarto de la limpieza, donde podía hurgar en la ropa sucia, de forma que todos los calzoncillos y las bragas tenían la entrepierna y posaderas mordisqueadas. Y había mordisqueado también el cable de la antena del exterior de la casa, y en cierta ocasión Al, al entrar con el coche en el jardín, la había encontrado echada sobre el césped con uno de sus Florsheims en la boca.

—Está loca —decía Al—. Y me está volviendo loco a mí. No soy lo bastante rápido como para ir reponiendo todo lo que destroza. La muy hija de puta. ¡Cualquier día de éstos la voy a matar!

Betty la soportaba durante períodos más largos; mientras tanto, parecía que no se inmutaba, pero de pronto se abalanzaba contra ella con los puños apretados, la llamaba zorra, bastarda, y la emprendía a gritos con los niños para que no la dejasen entrar en su cuarto, en la sala, etcétera. Betty se comportaba del mismo modo con los niños. Les seguía la corriente hasta determinado punto, les pasaba por alto tales y cuales cosas, pero de pronto se volvía contra ellos como una fiera y les daba de bofetadas y gritaba:

—¡Basta! ¡Basta! ¡Ya no aguanto más!

Pero luego Betty, a propósito de la perra, decía:

–Es el primer perro que tienen. Acuérdate del cariño que le tenías a tu primer perro.

–El mío era inteligente –decía Al–. ¡Era un setter irlandés!

Transcurrió la tarde. Betty y los niños volvieron de alguna parte en el coche, y todos ellos se pusieron a comer sándwiches y patatas fritas en el patio. Al se quedó dormido sobre el césped, y cuando despertó casi había anochecido.

Se dio una ducha, se afeitó, se puso unos pantalones y una camisa limpia. Se sentía descansado pero indolente. Se terminó de vestir y pensó en Jill. Pensó en Betty y en Alex y en Mary y en Sandy y en Suzy. La cabeza le daba vueltas.

–Vamos a cenar en seguida –dijo Betty, que se había acercado hasta la puerta del cuarto de baño y le miraba fijamente.

–Muy bien. Yo no tengo hambre. Hace demasiado calor para comer –dijo Al, con los dedos ocupados en el cuello de la camisa–. Creo que voy a irme a Carl's, a jugar unas partidas de billar y tomar un par de cervezas.

Betty dijo:

–Ya.

Al dijo:

–¡Jesús!

Ella dijo:

–Vete, vete. No me importa.

Él dijo:

–No voy a tardar mucho.

Ella dijo:

–Vete, te digo. Te he dicho que no me importa.

En el garaje, Al dijo:

–¡Al diablo con todos! –Y mandó de un puntapié el rastrillo hasta el otro lado del suelo de cemento. Luego encendió un cigarrillo y trató de dominarse. Recogió el rastrillo y lo puso en su sitio. Se decía entre dientes: «Orden, orden», cuando la perra se acercó al garaje, olisqueó por la puerta y miró hacia dentro.

—Ven. Ven aquí, Suzy. Ven, bonita —le dijo.

La perra movió el rabo, pero se quedó donde estaba.

Al fue al armario que había encima de la cortadora de césped y sacó una lata de comida para perro, luego dos y finalmente tres.

—Esta noche, Suzy, todo lo que quieras. Lo que seas capaz de comerte —le tentó, abriendo ambos extremos de una de las latas y empujando el contenido dentro de su bol de la comida.

Anduvo vagando en el coche durante casi una hora, sin decidirse adónde ir. Si la dejaba en cualquier barrio y llamaban a la perrera, no pasaría ni un par de días sin que la tuviera de vuelta en casa. La perrera del condado era el primer lugar al que Betty llamaría. Recordó haber leído historias de perros perdidos que recorrían cientos de kilómetros para volver a casa. Recordó esos telefilms de crímenes en los que alguien veía la matrícula de un coche, y el corazón le dio un vuelco. Así, expuesto a la luz pública, sin tener en cuenta todas las circunstancias del caso, el hecho de ser sorprendido abandonando a un perro resultaba vergonzoso. Tenía que encontrar el sitio adecuado.

Llegó a las cercanías del American River. El perro, además, necesitaba salir más, sentir el aire sobre el lomo, poder nadar y chapotear en el río cuando le viniera en gana. Era una pena tener a un perro encerrado todo el día. Pero el dique parecía excesivamente desierto; ni una casa por los alrededores. En realidad lo que pretendía era que alguien encontrara a Suzy y se quedara con ella. Pensaba en una casa de dos pisos, vieja y grande, con niños felices, educados y sensatos que necesitaran un perro, que necesitaran desesperadamente un perro. Pero no había viejas casas de dos pisos a la vista, ni una sola.

Volvió a la autopista. No había sido capaz de mirar a Suzy desde que se las había arreglado para hacer que subiera al coche. La perra iba echada tranquilamente sobre el asiento trasero. Pero cuando Al salió de la autopista y paró el coche, se incorporó hasta quedar sentada y empezó a gemir mirando en torno.

Se detuvo en un bar. Antes de entrar bajó las ventanillas. Permaneció en el bar aproximadamente una hora, bebiendo cerveza y jugando al tejo. Se preguntó una y otra vez si no debería haber dejado también las portezuelas entreabiertas. Cuando salió, Suzy se incorporó en el asiento, echó atrás los belfos y enseñó los dientes.

Subió al coche y se puso en marcha de nuevo.

Entonces se le ocurrió un lugar. El barrio donde vivían antes, rebosante de niños y situado justo al otro lado de la línea que separaba los condados, en Yolo County. Era el sitio ideal. Si recogían a la perra, la llevarían a la perrera de Woodland, no a la de Sacramento. No tendría más que meterse por una de las calles de su antiguo barrio, parar el coche, echar fuera un puñado de la bazofia que Suzy comía, abrir la portezuela, ayudar a Suzy un poco con un empujoncito, y afuera con ella mientras él salía pitando. ¡Y listo! Asunto terminado.

Pisó el acelerador para alejarse a toda prisa.

Había porches encendidos, y en tres o cuatro casas vio al pasar hombres y mujeres sentados en los escalones de la entrada. Avanzó lentamente, y al llegar a su vieja casa aminoró la marcha casi hasta pararse, y contempló la puerta, el porche, las ventanas iluminadas. Allí, frente a su antiguo hogar, se sintió aún más irreal. Había vivido allí... ¿cuánto tiempo? ¿Un año, dieciséis meses? Y antes, Chico, Red Bluff, Tacoma, Portland..., donde había conocido a Betty, y Yakima..., y Toppenish, donde había nacido e ido a la escuela secundaria. Desde chico –tenía la impresión– no había sabido lo que era sentirse libre de preocupaciones y de amarguras aún peores. Pensó en veranos de pesca y de acampada en las Cascadas, en otoños de caza del faisán tras los pasos de Sam, cuyo pelo rojo y llameante le servía de guía a través de los maizales y las praderas de alfalfa, por donde el chico que era y su perro de entonces corrían como demonios. Deseó poder seguir conduciendo y conduciendo hasta llegar a la vieja y enladrillada calle mayor de Toppenish, torcer a la izquierda en el primer semáforo, torcer de nuevo a la izquierda y detenerse donde vivía su madre, y nunca, nunca, por razón alguna, volver a dejar su antiguo hogar.

Llegó al extremo oscuro de la calle. Enfrente había un descampado, y la calle torcía hacia la derecha, bordeándolo. A lo largo de casi una manzana no había casas al borde del campo, y sólo una, completamente a oscuras, al otro lado. Paró el coche y, sin pensar siquiera en lo que estaba haciendo, cogió un puñado de comida para perros, se inclinó hacia atrás por encima del respaldo del asiento, abrió la portezuela trasera del lado del campo, lanzó afuera la bazofia aquella y dijo:

–Vamos, Suzy.

Empujó a la perra hasta hacerla saltar de mala gana. Se echó un poco más hacia el asiento trasero, cerró la portezuela y puso en marcha el coche, despacio. Y luego apretó más y más el acelerador.

Se paró en Dupee's, el primer bar que encontró camino de Sacramento. Estaba inquieto y nervioso, y sudaba. No se sentía excesivamente liberado de una carga, aliviado, contrariamente a lo que había previsto. Pero se decía a sí mismo sin parar que se trataba de un paso en la dirección correcta, y que al día siguiente se sentiría mejor. No tenía más que esperar.

Después de cuatro cervezas, se sentó a su lado una chica con jersey de cuello vuelto y sandalias. Llevaba una maleta, que dejó en el suelo, entre los taburetes. Parecía conocer al barman, que siempre que se acercaba le decía algo y que un par de veces se puso a charlar con ella. La chica le dijo a Al que se llamaba Molly, y no permitió que la invitara a una cerveza. Pero dijo que lo que sí aceptaba era media pizza.

Al sonrió a la chica, y ella le devolvió la sonrisa. Al sacó los cigarrillos y el encendedor, y los dejó encima de la barra.

–¡Pues que sea media pizza! –dijo.

Luego dijo:

–¿Puedo acercarte a algún sitio?

–No, gracias. Espero a una persona –dijo ella.

Al dijo:

–¿Hacia dónde vas?

Ella dijo:

–No voy a ninguna parte. Oh –dijo, tocando la maleta con la punta del pie–, ¿te refieres a esto? –Rió–. Vivo ahí en West Sac. No voy a ninguna parte. Lo que llevo aquí dentro es el motor de la lavadora de mi madre. Jerry, el barman, sabe mucho de arreglar cosas. Me ha dicho que me lo arregla gratis.

Al se levantó. Al inclinarse hacia ella se tambaleó un poco. Dijo:

–Bueno, adiós, querida. Ya nos veremos.

–¡Seguro que sí! –dijo ella–. Y gracias por la pizza. No había comido nada desde el mediodía. Es que quiero perder un poco de esto. –Se levantó el suéter y se cogió las carnes de la cintura.

–¿Seguro que no quieres que te acerque a algún sitio? –dijo Al.

La chica negó con la cabeza.

De nuevo en carretera, alargó la mano para coger los cigarrillos, y luego, frenético, el encendedor, y recordó de pronto que se los había dejado olvidados en el bar. Al diablo con ellos, se dijo, que se los quede ella. Que los ponga en la maleta con el motor de la lavadora. Los apuntaría en el debe de la perra, otro gasto más. ¡Pero el último, santo Dios! Ahora que empezaba a poner las cosas en orden, le molestaba que la chica no se hubiera mostrado un poco más amable. Si mi estado de ánimo hubiera sido otro, se dijo, podría habérmela ligado. Pero cuando uno está deprimido se le nota hasta en la forma de encender un pitillo.

Decidió ir a ver a Jill. Paró en una tienda de bebidas alcohólicas y compró una botella de whisky de medio litro. Subió las escaleras de su apartamento e hizo una pausa en el rellano para tomar aliento y limpiarse los dientes con la lengua. Aún sentía el sabor de los champiñones de la pizza, y el whisky le abrasaba la boca y la garganta. Se dio cuenta de que lo que quería era entrar directamente en el baño de Jill a lavarse los dientes con su cepillo.

Llamó.

–Soy yo, Al –susurró–. Al –repitió, más alto. Oyó los pasos de Jill sobre el piso. Jill descorrió el cerrojo y trató de quitar la cadena, pero Al se apoyaba pesadamente sobre la puerta.

–Un segundo, cariño. Al, deja de empujar... No puedo quitarla. Ya está –dijo al cabo, y abrió la puerta estudiando el semblante de Al mientras le cogía de la mano.

Se abrazaron torpemente, y Al la besó en la mejilla.

–Siéntate, cariño. Ven. –Encendió una lámpara y lo ayudó a sentarse en el sofá. Luego se tocó los rulos con los dedos, y dijo–: Me pongo un poco de barra de labios. ¿Qué te apetece tomar mientras vuelvo? ¿Café? ¿Un zumo? ¿Una cerveza? Creo que tengo cerveza. ¿Qué traes ahí... whisky? ¿Qué quieres tomar, cariño? –Le acarició el pelo con una mano y se inclinó sobre él, mirándole a los ojos–. Pobre niño. ¿Qué quieres? –dijo.

–Que me abraces, sólo eso –dijo él–. Ven. Siéntate aquí. Nada de barra de labios –dijo, atrayéndola hacia el regazo–. Sostenme, que me caigo –dijo.

Jill le pasó un brazo por el hombro. Dijo:

–Ven a la cama, mi niño. Te daré lo que a ti te gusta.

–Escucha, Jill –dijo él–. Esto va fatal. Se puede estropear en cualquier momento... No sé. –Se quedó mirándola con una expresión abotargada y fija; tenía conciencia de ella pero no podía cambiarla–. Es grave –dijo.

Jill movió la cabeza, asintiendo.

–No pienses en nada, mi niño. Relájate –dijo. Atrajo su cara hacia la de ella y le besó en la frente, y luego en los labios. Se volvió un poco sobre su regazo y dijo–: No, no te muevas, Al. –Le deslizó de pronto hacia la nuca los dedos de ambas manos, mientras le sujetaba a un tiempo la cabeza. Los ojos de Al fluctuaron en torno a la habitación unos instantes y, luego, trataron de fijarse en lo que Jill estaba haciendo. Jill le sostenía la cabeza entre sus fuertes dedos. Y se puso a apretarle un lado de la nariz para sacarle una espinilla.

–¡Quieto! –le ordenó.

–No –dijo él–. ¡No! ¡Para! No estoy de humor para eso.

–Casi la tengo. ¡Quieto, he dicho...! Aquí está, mírala. ¿Qué te parece? No sabías que la tenías, ¿a que no? Y ahora otra, una enorme. Sólo ésa, mi niño. La última –dijo.

–Quiero ir al cuarto de baño –dijo él, apartándola, zafándose.

En casa todo era confusión, todo eran lágrimas. Mary salió corriendo hacia el coche, llorando, antes incluso de que Al pudiera aparcar.

–Suzy ha desaparecido –dijo, sollozando–. Suzy se ha ido. Y no volverá nunca, papá. Lo sé. ¡Se ha ido!

Dios mío, pensó, con el corazón golpeándole en el pecho. *¿Qué he hecho?*

–Vamos, no te preocupes, cariño. Seguro que se ha ido por ahí, a corretear por alguna parte. Volverá –dijo Al.

–No, papá. Lo sé. Mamá dice que tendremos que buscarnos otro.

–¿Y no te parece bien, cariño? –dijo Al–. ¿Tener otro perro, si Suzy no vuelve? Iremos a la tienda de animales y...

–¡No quiero otro perro! –gritó la niña, agarrándose a la pierna de Al.

–¿Podremos tener un mono, papá, en lugar de un perro? –preguntó Alex–. Si vamos a la tienda de animales a comprar un perro, ¿por qué no compramos mejor un mono?

–¡Yo no quiero un mono! –gritó Mary–. Yo quiero a Suzy.

–Ahora dejadle en paz a papá, dejad que papá entre en casa. Papá tiene un dolor de cabeza terrible, terrible –dijo.

Betty sacó del horno una cacerola. Parecía cansada, nerviosa... más vieja. No miró a Al.

–¿Te lo han dicho los chicos? ¿Que ha desaparecido Suzy? He mirado por todo el barrio. Por todas partes, te lo juro.

–Ya aparecerá –dijo Al–. Lo más seguro es que ande por ahí correteando. Esa perra vuelve –dijo.

–En serio –dijo Betty, volviéndose hacia él con las manos en las caderas–. Creo que no es eso. Temo que la haya atropellado un coche. Quiero que salgas con el coche a buscarla. Los chicos la estuvieron llamando anoche, y ya no estaba. Ya no la volvimos a ver. Llamé a la perrera y les di la descripción de Suzy, pero me dijeron que no habían vuelto aún todos los camiones. Tengo que volver a llamar mañana por la mañana.

Al entró en el baño y siguió oyendo hablar a Betty. Dejó correr el agua del lavabo y se preguntó, con una especie de aleteo en el estómago, cuál era la gravedad exacta de su error. Cuando cerró los grifos oyó a Betty que seguía hablando. Y se puso a mirar fijamente el fondo del lavabo.

–¿Me has oído? –decía Betty–. Quiero que vayas en el coche a buscarla después de la cena. Puedes llevarte a los chicos para que busquen contigo... ¿Al?

–Sí, sí –respondió Al.

–¿Qué? –dijo ella–. ¿Qué has dicho?

–He dicho que sí. ¡Que sí! De acuerdo. ¡Lo que tú digas! Pero deja que me lave primero, ¿quieres?

Betty miró hacia el baño desde la cocina.

–Bueno, ¿qué maldita mosca te ha picado? Yo no te pedí que te emborracharas anoche, que yo sepa. ¡Ya estoy harta, te lo juro! He tenido un día horrible, por si quieres saberlo. Alex me ha despertado a las cinco de la mañana y se ha metido en mi cama y me ha dicho que su papá estaba roncando tan fuerte que... ¡que le dabas *miedo!* Y te he visto ahí fuera, vestido y tirado como un fardo, y la habitación olía a rayos. ¡Te lo juro, estoy harta! –Miró a su alrededor en la cocina como si quisiera agarrar algo.

Al cerró la puerta con el pie. Todo se estaba yendo a la mierda. Mientras se afeitaba, se quedó de pronto con la maquinilla en alto y se miró en el espejo: tenía la cara pálida y blanda, exenta de carácter... *inmoral,* ésa era la palabra. Bajó la maquinilla. *Creo que esta vez he cometido el error más grave. Creo que he cometido el más grave de todos los errores.* Se llevó la maquinilla a la garganta y acabó de afeitarse.

No se duchó, no se cambió de ropa.

–Déjame la cena en el horno –dijo–. O en el frigorífico. Me voy. Ahora mismo –dijo.

–Puedes irte después de cenar. Y que te acompañen los chicos.

–No, ni hablar. Deja que los niños cenen como es debido, y que busquen luego por ahí fuera si quieren. No tengo hambre, y pronto se hará de noche.

–Pero ¿es que aquí se está volviendo loco todo el mundo? –dijo Betty–. No sé lo que va a ser de nosotros. Estoy al borde de la depresión nerviosa. Me voy a volver loca. ¿Y qué va a ser de los niños si me vuelvo loca? –Se dejó caer de lado contra la escurridera, arrugó la cara y las lágrimas le surcaron las mejillas–. ¡Pero qué más da, tú no les quieres! No los has querido nunca. No es la perra lo que me preocupa... ¡sino nosotros! ¡Nosotros! Ya sé que ya no me quieres... ¡pues a la mierda contigo! ¡Pero ni siquiera quieres a los niños!

–¡Betty, Betty! –dijo Al–. ¡Dios mío! –dijo–. Todo se arreglará. Te lo prometo –dijo–. No te preocupes más –dijo–. Te lo prometo: todo se arreglará. Encontraré a la perra y verás como se arreglan las cosas –dijo.

Salió precipitadamente de la casa y al oír que sus hijos se acercaban se ocultó entre los matorrales. La niña decía, llorando: «Suzy, Suzy»; el niño aventuraba que tal vez la habría atropellado un tren.

Le irritaron sobremanera las esperas en los semáforos, se dolió amargamente por el tiempo perdido en la gasolinera. El sol estaba bajo y descansaba pesadamente sobre la achaparrada cadena de colinas, al otro extremo del valle. Le quedaba, como mucho, una hora de luz.

Su vida entera, a partir de aquel día, no sería sino una ruina. Aunque viviera otros cincuenta años −cosa harto poco probable− no conseguiría superar el haber abandonado a la perra. Sabía que, si no la encontraba, estaba acabado. Un hombre que es capaz de quitarse de encima a un animalito como Suzy no vale nada. Un hombre así sería capaz de hacer cualquier cosa, no se detendría ante nada.

Se revolvió en el asiento sin dejar de mirar fijamente la hinchada faz del sol, que seguía ocultándose tras las colinas. Sabía que la situación se había desbordado del todo, y que no podía evitarlo. Sabía que debía recuperar como fuera a la perra, lo mismo que la noche anterior había sabido que debía librarse de ella.

−Soy yo quien se está volviendo loco −se dijo, y ratificó luego su juicio asintiendo con la cabeza.

Esta vez entró por el extremo opuesto, orillando el campo en donde la había hecho bajar del coche, atento a cualquier señal de movimiento.

−Ojalá esté aquí −se dijo.

Paró el coche y buscó por el campo. Luego subió al coche y siguió avanzando despacio. En la entrada de la casa solitaria había una furgoneta aparcada con el motor al ralentí, y vio a una mujer bien vestida que llevaba zapatos de tacón saliendo por la puerta principal con una niña pequeña. Al pasar Al en el coche, le miraron. Más adelante torció a la izquierda y escrutó la calle con la mirada, cada metro de ambos lados, hasta donde alcanzaba la vista. Nada. Una manzana más allá, dos chiquillos con bicicletas estaban de pie junto a un coche.

−Hola −les dijo al llegar a su altura−. Eh, chicos, ¿no habéis visto hoy por aquí a un perrito blanco? ¿Un perrito peludo, blanco? Se me ha perdido.

Uno de los chiquillos se limitó a mirarle. El otro dijo:

–He visto a un montón de niños que jugaban con un perro esta tarde. Allí. En la otra calle. No sé la clase de perro que era. A lo mejor era blanco. Había montones de niños.

–Muy bien, estupendo. Gracias –dijo Al–. Muchas, muchísimas gracias –dijo.

Al final de la calle torció hacia la derecha. Y fijó la atención en la calle que tenía delante. El sol se estaba poniendo. Casi había oscurecido. Las casas a ambos lados, los jardines con césped, los postes de teléfono, los coches aparcados... todo parecía apacible, en calma. Oyó a un hombre que llamaba a sus hijos; vio a una mujer con delantal salir al umbral iluminado de una puerta.

–¿Me queda aún alguna oportunidad? –se dijo.

Sintió que se le llenaban los ojos de lágrimas, y ello le produjo asombro. No pudo evitar sonreír para sí mismo y sacudir la cabeza mientras se sacaba el pañuelo. Entonces vio a un grupo de niños que se acercaban por la calle. Les hizo señas con la mano.

–¿Habéis visto un perrito blanco, chicos? –les dijo.

–Sí, claro –dijo uno de ellos–. ¿Es suyo?

Al asintió con un gesto.

–No hace ni un minuto que hemos estado jugando con él. Allí, en esa calle. En el jardín de Terry. –El chico señaló en una dirección–. Allá delante.

–¿Tiene usted niños? –preguntó una niña.

–Sí –dijo Al.

–Terry ha dicho que se va a quedar con él. No tiene perro –dijo el chico.

–No sé –dijo Al–. No creo que a mis hijos les guste la idea. La perra es suya. Se perdió –dijo Al.

Siguió la calle adelante. Había oscurecido. Apenas se veía, y empezó a entrarle el pánico de nuevo. Soltó un taco. Se maldijo por no ser más que un veleta, siempre cambiando de opinión; ahora esto, un segundo después lo otro.

Y entonces vio a la perra. Se dio cuenta de que llevaba mirándola un buen rato. La perra andaba despacio, olfateando el césped a lo largo de una valla. Bajó del coche, se adentró en el césped, agachándose hacia ella al acercarse, llamándola:

—Suzy, Suzy, Suzy...

La perra se detuvo al verle. Alzó la cabeza. Al se sentó sobre los talones, alargó un brazo, esperando. Ambos se miraron. Suzy movió el rabo a modo de saludo. Se echó en el césped con la cabeza entre las patas delanteras, y se le quedó mirando. Al esperó. Suzy se levantó. Fue hasta una esquina de la valla y desapareció de su vista.

Al siguió allí sentado. Pensó que, mirándolo bien, no se sentía tan mal. El mundo estaba lleno de perros. Además había perros y *perros*. A algunos no se les podía sacar ningún partido.

¿POR QUÉ, CARIÑO?

Muy señor mío:

Me sorprendió tanto recibir su carta preguntándome por mi hijo...
¿Cómo ha dado conmigo? Me vine a vivir aquí hace años, justo después
de que empezara a suceder todo aquello. Aquí nadie sabe quién soy,
pero de todas formas tengo miedo. Y de quien tengo miedo es de él.
Cuando miro el periódico me tiemblan las manos y me pongo a pensar.
Leo lo que escriben sobre él y me pregunto si ese hombre es realmente
mi hijo, si de verdad está haciendo todas esas cosas.

Era un buen chico, si dejamos aparte sus arrebatos y el hecho de
que nunca dijera la verdad. No sé por qué razón. Todo empezó un verano, hacia el cuatro de julio, cuando él tenía unos quince años. Nos
desapareció Trudy, la gata, y no la vimos ni aquella noche ni al día siguiente. Mrs. Cooper, la vecina de atrás, vino al día siguiente por la
noche a decirme que Trudy se había arrastrado hasta su jardín aquella
tarde, agonizando. Y que estaba muerta. Estaba destrozada, me dijo,
pero aun así pudo reconocerla. Y que la había enterrado.

¿Destrozada?, dije. ¿Qué quiere decir?

Mr. Cooper había visto a dos chicos metiéndole petardos por las
orejas y en... ya sabe dónde. Trató de detenerlos, pero escaparon corriendo.

¿Quién, quién estaba haciéndole eso a Trudy? ¿Mr. Cooper vio quiénes eran?

Mr. Cooper no conocía al otro chico, pero uno de ellos salió corriendo en esta dirección, y Mr. Cooper creía que era mi hijo.

Yo negué con la cabeza. No, era imposible, él jamás haría algo semejante, él quería a Trudy, Trudy llevaba años con nosotros. No, no podía ser mi hijo.

Aquella noche le conté a mi hijo lo de Trudy, y él se mostró sorprendido y afectado, y dijo que deberíamos ofrecer una recompensa. Escribió a máquina una nota y prometió ponerla en el tablón de la escuela. Pero cuando aquella noche se iba a su cuarto me dijo no te lo tomes tan a pecho, mamá, Trudy era vieja, en años de gato tendría unos sesenta y cinco o setenta, una vida muy larga.

Se puso a trabajar las tardes y los sábados en el almacén de Hartley's. Una amiga mía que trabajaba allí, Betty Wilks, me habló acerca del empleo y me prometió recomendarle. Se lo dije a él aquella noche, y él me dijo que estupendo, que era difícil para la gente joven encontrar trabajo.

La noche en que iba a volver con su primera paga le preparé su cena preferida, y cuando llegó a casa se encontró con todo listo sobre la mesa. Aquí está el hombre de la casa, le dije, abrazándolo. Estoy tan orgullosa, ¿cuánto has cobrado, cariño? Ochenta dólares, dijo. Me dejó pasmada. Es maravilloso, cariño, no me lo puedo ni creer. Estoy muerto de hambre, dijo, vamos a comer.

Me sentía feliz, pero no acababa de comprenderlo: era más de lo que yo ganaba.

Cuando fui a hacer la colada encontré en su bolsillo la matriz del talón de Hartley's. Eran veintiocho dólares, y él me había dicho ochenta. ¿Por qué no me había contado la verdad? No lograba entenderlo.

Le preguntaba ¿dónde estuviste anoche, cariño? En el cine, respondía. Y luego me enteraba de que había ido al baile de la escuela o de que había pasado la tarde dando vueltas en el coche de un amigo. ¿Qué más le dará decir la verdad?, pensaba yo. ¿Por qué no es sincero? ¿Qué razón hay para mentirle a su madre?

Recuerdo una vez que se suponía que volvía de una excursión al campo, y yo le pregunté si habían visto algo interesante en la excursión. Se encogió de hombros y me dijo que formaciones de tierra, rocas y cenizas volcánicas, y que les habían enseñado dónde había habido un gran lago un millón de años atrás, y que ahora no era más que un desierto. Me miró a los ojos y siguió hablando. Al día siguiente recibí una nota de la escuela pidiendo mi autorización para una excursión al campo; si autorizaba a mi hijo para que fuera.

Hacia finales de su último año en la escuela se compró un coche y se pasaba el día fuera de casa. Yo estaba preocupada por sus notas, pero él se reía. Sabrá usted que era un excelente estudiante: si sabe algo de él, seguro que no lo ignora. Y luego se compró una escopeta y un cuchillo de caza.

Yo detestaba ver aquellas cosas en la casa, y se lo dije. Se rió, siempre tenía una risa para todo. Me dijo que guardaría la escopeta y el cuchillo en el maletero del coche, que además allí los tendría más a mano.

Un sábado no vino a dormir a casa. Me preocupé terriblemente. A la mañana siguiente, hacia las diez, entró en casa y me pidió que le preparara el desayuno, que se le había abierto el apetito cazando, que sentía mucho no haber vuelto en toda la noche, que había tenido que ir muy lejos en el coche para llegar al sitio de la caza. La cosa me sonó extraña. Y él estaba nervioso.

¿Adónde fuiste?

Hasta Wenas. Disparamos unos cuantos tiros.

¿Con quién estuviste, cariño?

Con Fred.

¿Con Fred?

Se quedó con la mirada fija y no dijo nada más.

Al domingo siguiente entré de puntillas en su cuarto a coger las llaves del coche. Me había prometido que al volver del trabajo la noche anterior compraría unas cosas para el desayuno, y pensé que quizá las había dejado en el coche. Vi sus zapatos nuevos sobresaliendo de debajo de la cama y cubiertos de barro y arena. Abrió los ojos.

Cariño, ¿qué ha pasado con tus zapatos? Míralos.

Me quedé sin gasolina, y tuve que ir hasta una gasolinera. Se incorporó en la cama. Además, ¿a ti qué te importa?

Soy tu madre.

Mientras estaba en la ducha cogí las llaves y fui hasta el coche. Abrí el maletero. No encontré las cosas del supermercado. Vi la escopeta sobre una colcha y el cuchillo y una de sus camisas hecha un ovillo, y la extendí y vi que estaba llena de sangre. Húmeda aún. La solté y se me cayó de las manos. Cerré el maletero y volví hacia casa y le vi en la ventana mirándome, y luego me abrió la puerta.

Se me olvidó contártelo, dijo. Me estuvo sangrando la nariz de mala manera. No sé si se podrá lavar esa camisa. Tírala, dijo, y sonrió.

Unos días después le pregunté qué tal le iba en el trabajo. Muy bien, me dijo. Dijo que le habían subido el sueldo. Pero me encontré con Betty Wilks en la calle y me dijo que en Hartley's todos sentían mucho que mi hijo se hubiera ido, que todo el mundo le apreciaba, dijo Betty Wilks.

Dos noches después estaba yo en la cama sin poder dormir. Con la mirada fija en el techo. Oí que el coche subía hasta la entrada, y escuché y oí cómo abría la puerta con la llave y entraba y pasaba por la cocina y por el pasillo y entraba en su cuarto y cerraba la puerta. Me levanté. Vi luz por debajo de la puerta, toqué y entreabrí la puerta y le dije: ¿Te apetece una taza de té calentito, cariño? No puedo dormir. Estaba inclinado sobre la cómoda, y cerró un cajón de golpe y se volvió y me gritó: ¡Fuera! ¡Fuera de aquí! ¡Estoy más que harto de que no dejes de espiarme!, me gritó. Me fui a mi cuarto y lloré hasta quedarme dormida. Aquella noche me destrozó el corazón.

A la mañana siguiente, antes de que pudiera verle, ya se había ido. Pero a mí me pareció bien. En adelante lo trataría como a un huésped, a menos que decidiera cambiar de actitud. Ya no podía soportarlo más. Tendría que disculparse si quería que fuéramos algo más que extraños que viven bajo el mismo techo.

Cuando llegué aquella noche, me tenía preparada la cena.

¿Cómo estás?, me dijo. Me ayudó a quitarme el abrigo. ¿Qué tal te ha ido el día?

Le dije: Anoche no pude dormir, cariño. Me prometí a mí misma no sacar a relucir el asunto, y no intento hacer que te sientas culpable, pero no estoy acostumbrada a que me hable así mi propio hijo.

Quiero enseñarte algo, dijo, y me enseñó el trabajo que estaba escribiendo para la clase de educación cívica. Creo que trataba sobre las relaciones entre el Congreso y el Tribunal Supremo. (¡Era el trabajo con el que ganaría un premio al graduarse!) Traté de leerlo, y entonces me dije: éste es el momento. Cariño, me gustaría tener una charla contigo. Es duro educar a un hijo estando como están las cosas hoy día, y más duro aún para nosotros, sin un padre en la casa, sin un hombre a quien acudir cuando lo necesitamos. Eres ya casi un hombre pero yo aún soy la responsable, y creo que me merezco algún respeto y consideración, y he intentado ser sincera y justa contigo. Quiero la verdad, eso es todo. Nunca te he pedido más que eso: la verdad. Cariño, dije tomando aliento, supón que tuvieras un hijo y que cuando le preguntaras algo, cualquier cosa, dónde ha estado o adónde va, en qué emplea su tiempo, cualquiera de esas cosas, nunca jamás te dijera la verdad. Un hijo que, si le preguntaras si llueve, respondiera que no, que hace un tiempo estupendo y soleado, supongo que riéndose para sus adentros y creyéndote demasiado estúpido o demasiado viejo para notar que sus ropas están empapadas. ¿Qué necesidad tiene de mentirme?, te preguntarías. ¿Qué es lo que gana?, te dirías, sin entenderlo. No hago más que preguntarme por qué, pero no encuentro respuesta. ¿Por qué, cariño?

No me contestó, se quedó con la mirada fija, y luego se acercó y se puso a mi lado y me dijo: Lo vas a ver. Arrodíllate, para empezar; ponte de rodillas, te lo ordeno, dijo. Ahí tienes la razón, ¿me oyes?

Corrí a mi cuarto y cerré con pestillo la puerta. Aquella noche se marchó de casa. Cogió sus cosas, las que le pareció, y se fue de casa. Lo crea o no, fue la última vez que le vi. Cuando se graduó yo también estaba, pero en medio de mucha gente. Me senté entre los asistentes y vi cómo recogía su diploma, y el premio por ese trabajo, y le oí pronunciar el discurso y le aplaudí junto con el resto de los padres.

Y luego me fui a casa.

Jamás le he vuelto a ver. Oh, sí, claro que lo he visto en la televisión y en las fotos de los periódicos.

Me enteré de que se había enrolado en los marines, y luego le oí decir a alguien que se había salido de los marines y había vuelto a la universidad, al este, y que se casó con esa chica y que se metió en política. Empecé a ver su nombre en los periódicos. Averigüé dónde vivía y le escribí, le escribí una carta cada tantos meses, pero nunca me contestó. Se presentó a gobernador y resultó elegido. Y se hizo famoso. Entonces fue cuando empecé a preocuparme.

Me entraron todos estos miedos, me asusté, dejé de escribirle, naturalmente, y luego confié en que pensara que me había muerto. Me mudé aquí. Hice que me dieran un número de teléfono que no saliera en la guía. Y al final me he tenido que cambiar de nombre. Si uno es poderoso y quiere encontrar a alguien, acaba encontrándolo. No tiene que ser difícil.

Debería sentirme orgullosa, pero tengo miedo. La semana pasada vi un coche en la calle, y dentro había un hombre que yo sabía que me estaba mirando. Me metí en seguida en casa y cerré la puerta con llave. Hace unos días el teléfono se puso a sonar y a sonar. Yo estaba echada. Levanté el auricular, pero nadie dijo una palabra.

Soy vieja. Soy su madre. Debería sentirme la más orgullosa de las madres del país, pero lo único que siento es miedo.

Gracias por escribirme. Necesitaba que alguien supiera todo esto. Estoy muy avergonzada.

También quería preguntarle cómo ha conseguido mi nombre y dirección. He rezado mucho para que nadie se enterara. Pero usted lo ha averiguado. ¿Por qué lo ha hecho? Por favor, dígame por qué.

Le saluda atentamente,

LOS PATOS

Aquella tarde se levantó un viento que trajo ráfagas de lluvia e hizo que los patos alzaran el vuelo del lago en negras explosiones y buscaran las apacibles hondonadas inmersas en el bosque. Él estaba en la parte de atrás de la casa partiendo leña, y vio a los patos surcando el aire por encima de la autopista y descendiendo hacia la ciénaga oculta tras los árboles. Los observó: eran grupos de media docena, pero la mayoría en formaciones de dos, uno detrás de otro. La zona del lago estaba ya oscura y brumosa, y no podía divisar el lado opuesto, donde estaba situado el aserradero. Trabajó más de prisa, haciendo que la cuña de hierro hendiera con más fuerza los tarugos, y partiéndolos de tal forma que los trozos podridos saltaban despedidos por el aire. En la cuerda de la ropa de su esposa, tendida entre dos pinos de azúcar, las sábanas y mantas restallaban al viento como disparos. Hizo dos viajes y llevó toda la leña al porche antes de que empezara a llover.

–¡La cena está lista! –le llamó ella desde la cocina.

Entró en la casa y fue a lavarse. Habló con su mujer un rato mientras comían, la mayor parte del tiempo de su próximo viaje a Reno. Después de la cena salió al porche y se puso a meter en un saco sus señuelos. Cuando la vio salir, se detuvo un momento.

—¿Vas a volver a salir de caza por la mañana? —le dijo su mujer. Estaba de pie en el umbral, mirándole.

Apartó los ojos de ella y miró hacia el lago.

—Fíjate en el tiempo. Creo que por la mañana hará bueno.

Las sábanas crujían al viento, y había una manta en el suelo. Hizo un ademán con la cabeza en dirección a ella.

—Se te van a mojar las cosas.

—Da igual, no estaban secas. Llevan ya dos días ahí y todavía no están secas.

—¿Qué es lo que te pasa? ¿No te encuentras bien? —dijo él.

—Me encuentro perfectamente. —Volvió a la cocina y cerró la puerta y se quedó mirándole a través de la ventana—. Pero odio que estés todo el tiempo fuera. Me da la sensación de que nunca estás en casa —le habló a la ventana. Su aliento formó un vaho en el cristal, que luego desapareció. Ella estaba apoyada en la alacena, con las manos sobre el borde del escurridero. Él se acercó y le tocó la cadera, y le dio un pellizco en el vestido.

—Espera a que estemos en Reno. Nos vamos a divertir —dijo.

Ella asintió. Hacía calor en la cocina, y tenía pequeñas gotas de sudor sobre los ojos.

—Me levantaré cuando vuelvas y te haré el desayuno.

—Quédate durmiendo. Prefiero que duermas. —Alargó la mano por detrás de ella para coger la tartera.

—Dame un beso de despedida —dijo ella.

La abrazó. Ella le echó los brazos al cuello y lo retuvo.

—Te quiero. Conduce con cuidado.

Fue hasta la ventana y lo vio correr, saltar por encima de los charcos hasta llegar a la camioneta. Cuando él miró hacia atrás desde la cabina, le hizo adiós con la mano. Había oscurecido casi y llovía con fuerza.

Estaba sentada junto a la ventana de la sala escuchando la radio y la lluvia cuando vio que los faros de la camioneta enfilaban el camino de entrada. Se levantó con rapidez y se precipitó hacia la puerta de atrás. Estaba de pie en el umbral, y ella le tocó con los dedos su impermeable mojado.

–Nos han mandado a todos a casa. El jefe ha sufrido un ataque al corazón. Se ha desplomado allí mismo, en el aserradero. Y ha muerto.

–Me has asustado. –Cogió su tartera y cerró la puerta–. ¿Quién era? ¿Ese capataz que se llama Mel?

–No, era un tal Jack Granger. Tenía unos cincuenta años, calculo.

–Fue hasta la estufa de fueloil y se quedó de pie calentándose las manos–. ¡Dios, es tan extraño! Se acercó a donde yo estaba trabajando y me preguntó cómo iba todo, y creo que no pasaron ni cinco minutos desde que se marchó cuando vino Bill Bessie y me dijo que Jack Granger acababa de morir allí mismo, en el aserradero. –Sacudió la cabeza–. Así, sin más.

–No pienses en ello –dijo ella, y le cogió las manos entre las suyas y empezó a frotarle los dedos.

–No lo hago. Son cosas que pasan, supongo. Nunca se sabe.

La lluvia golpeaba contra la casa, hendía el aire tras los cristales de las ventanas.

–¡Dios, qué calor hace aquí! ¿Hay algo de cerveza? –dijo.

–Creo que queda un poco –dijo ella, y lo siguió hasta la cocina. Se acercó a él, que se había sentado, y le pasó los dedos por el pelo mojado. Abrió una cerveza y se la sirvió, y ella se reservó un poco en una taza. Él se puso a beber a pequeños sorbos, mirando por la ventana hacia los bosques oscuros.

Dijo:

–Uno de los compañeros dijo que Jack tenía mujer y dos niños ya crecidos.

Ella dijo:

–Pobre, hombre, ese Granger. Es una pena. Me alegra tenerte en casa, pero siento que haya tenido que suceder algo tan horrible.

–Eso es lo que le he dicho a uno de los muchachos. Que era estupendo volver a casa, pero, Cristo, que era odioso que tuviera que ser por algo así. —Se ladeó un poco en la silla—. ¿Sabes? La mayoría de los compañeros creo que habría seguido trabajando, pero alguien dijo que no estaba bien seguir trabajando como si nada estando él allí, muerto. —Acabó la cerveza y se levantó—. Y te aseguro... que me alegra que no siguieran trabajando —dijo.

Ella dijo:

—Me alegro de que no siguieras trabajando. Cuando te fuiste esta noche tuve una sensación extraña de verdad. Estaba pensando en ello, en esa extraña sensación, cuando vi las luces de la camioneta.

—Anoche mismo estaba allí en el comedor, contando chistes. Granger era un buen tipo. Siempre se estaba riendo.

Ella asintió con un gesto.

—Haré algo de comer si te apetece comer algo.

—No tengo hambre, pero comeré algo —dijo él.

Se sentaron en la sala y vieron la televisión cogidos de la mano.

—Nunca había visto ningún programa de éstos —dijo él.

Ella dijo:

—Ya no me interesa casi nada la televisión. Raras veces puedes ver algo interesante. Los sábados y los domingos está bien. Pero entre semana no hay nada.

Él estiró las piernas y se echó hacia atrás.

—Estoy algo cansado —dijo—. Creo que me voy a ir a la cama.

Ella dijo:

—Me daré un baño y me iré también a la cama. —Le pasó los dedos por el pelo, y dejó caer la mano y le acarició el cuello—. Podríamos retozar un poco esta noche. Casi nunca tenemos ocasión de hacerlo. —Le puso la otra mano en el muslo, se inclinó hacia él y lo besó—. Bien, ¿qué dices?

—Es una idea perfecta —dijo él. Se levantó y fue hasta la ventana. Contra los árboles del exterior la vio reflejada en el cristal, a su espalda y un poco hacia un costado–. Cariño, ¿por qué no vas a bañarte ya? Y luego nos acostamos –dijo. Siguió allí un rato más, mirando la lluvia que azotaba la ventana. Miró el reloj. Si estuviera en el aserradero, ahora sería la hora de sentarse a comer. Entró en el dormitorio y empezó a desvestirse.

Volvió a la sala en calzoncillos y cogió un libro del suelo: *Joyas de la poesía americana.* Habrá llegado por correo, pensó, de ese club del que ella es socia. Recorrió la casa apagando las luces. Volvió al dormitorio. Se metió en la cama, colocó la almohada de ella encima de la suya y torció el flexo para que la luz diera sobre las páginas del libro. Lo abrió por la mitad y empezó a echar un vistazo a los poemas. Luego dejó el libro sobre la mesilla de noche y dirigió hacia la pared la luz del flexo. Encendió un cigarrillo. Cruzó los brazos bajo la nuca y se quedó tumbado en la cama, fumando, con la mirada fija en la pared de enfrente. La luz del flexo le permitía ver todas las diminutas grietas y abultamientos del yeso. En un rincón, cerca del techo, había una telaraña. Oía el ruido de la lluvia que caía del tejado.

Se puso de pie en la bañera y empezó a secarse. Cuando advirtió que la miraba, sonrió, se arropó los hombros con una toalla y dio un pasito dentro de la bañera y se quedó quieta en una pose.

–¿Qué tal?

–Estupendo –dijo él.

–Muy bien –dijo ella.

–Pensé que todavía tenías..., en fin –dijo él.

–Así es –dijo ella. Se terminó de secar, dejó caer la toalla en el suelo, junto a la bañera, y puso el pie sobre ella con gesto airoso. El espejo que había a su lado estaba empañado, y a él le llegó el olor de su cuerpo de mujer. Ahora ella se volvía y alzaba la mano hasta la balda para coger la caja. Luego se puso la faja y se colocó en su sitio el paño blanco. Trató de mirarle, trató de sonreír. Él aplastó el cigarrillo y volvió a coger el libro.

–¿Qué lees? –dijo ella desde el baño.

–No sé. Una mierda –dijo él. Buscó en las páginas de atrás y se puso a echar un vistazo a las reseñas biográficas.

Ella apagó la luz y salió del cuarto de baño cepillándose el pelo.

–¿Sigues con la idea de ir a cazar mañana? –dijo·

–Creo que no –dijo él.

Ella dijo:

–Me alegro. Nos levantaremos tarde y prepararé un gran desayuno.

Él alargó la mano y cogió otro cigarrillo.

Ella metió el cepillo en un cajón, abrió otro y sacó un camisón.

–¿Recuerdas cuándo me lo compraste? –dijo.

Él la miró y no dijo nada.

Ella se acercó a él en la cama. Permanecieron echados y quietos durante un rato, fumando el cigarrillo, y cuando él hizo una seña para indicar que lo había terminado ella lo apagó en el cenicero. Él se inclinó hacia ella, la besó en el hombro y apagó la luz.

–¿Sabes? –dijo, ya echado de nuevo–. Creo que quiero irme de aquí. A vivir a otra parte. –Ella se le acercó y le puso una pierna entre las piernas. Se quedaron echados de un lado, frente a frente, con los labios casi juntos. Él se peguntó si su aliento sería tan limpio como el de ella. Luego dijo–: Quiero marcharme de aquí, eso es todo. Llevamos aquí mucho tiempo. Me gustaría volver a casa y ver a mi familia. O ir a Oregón. Es una buena tierra.

–Si eso es lo que quieres –dijo ella.

–Creo que sí –dijo él–. Hay muchos sitios donde ir.

Ella se desplazó un poco y le cogió la mano y se la puso sobre uno de sus pechos. Luego abrió la boca y lo besó, presionándole hacia abajo la cabeza con la otra mano. Deslizó el cuerpo hacia arriba, despacio, y le dirigió con suavidad la cabeza hasta un seno. Él le tomó el pezón con la boca y empezó succionar, a lamerlo lentamente. Trató de pensar cuánto la quería, o si la quería en realidad. Podía oír su respiración, pero también oía la lluvia. Siguieron así, juntos. Ella dijo:

—Si no tienes ganas, no importa.

—No es eso —dijo él, sin saber bien a qué se refería.

Cuando estuvo seguro de que se había dormido deshizo el abrazo y se dio la vuelta hacia su lado. Se puso a pensar en Reno; en las máquinas tragaperras, en el sonido de los dados y en cómo daban vueltas y evolucionaban bajo las luces. Trató de imaginar el ruido de la bola de la ruleta al deslizarse sobre la rutilante plataforma. Trató de concentrarse en la rueda giratoria. Forzó y forzó la imagen, y escuchó y escuchó y oyó las sierras y la maquinaria reduciendo gradualmente la marcha hasta pararse por completo.

Se levantó de la cama y fue hasta la ventana. Miró a través de ella hacia la oscuridad pero no logró ver nada, ni siquiera la lluvia. Pero sí que oía cómo iba cayendo, cómo se precipitaba del tejado en cascadas e iba a dar al gran charco que había al pie de la ventana. Oía la lluvia por toda la casa. Pasó un dedo por el cristal, surcado fuera por gruesos goterones.

Cuando volvió a la cama, se acostó muy junto a ella y le puso una mano sobre la cadera.

—Cariño, despierta —le susurró. Pero ella se estremeció ligeramente y se apartó hacia su lado de la cama. Y siguió durmiendo—. Despierta —le susurró de nuevo—. He oído algo ahí fuera.

¿QUÉ TE PARECE ESTO?

Todo el optimismo que había animado su vuelo desde la ciudad se había agotado, se había desvanecido en la tarde del primer día, mientras viajaban en coche rumbo al norte a través de los bosques de secoyas. Ahora los ondulantes pastos, las vacas, las aisladas granjas del este de Washington se le antojaban sin el menor atractivo, carentes de lo que él deseaba de verdad. Se esperaba algo diferente. Siguió conduciendo con una creciente sensación de desesperanza y de rabia.

Mantenía el coche a ochenta, lo máximo que permitía una carretera así. Sentía el sudor sobre la frente y sobre el labio superior, y en el aire en torno había un pesado olor a trébol. El terreno empezó a cambiar; la carretera descendió con brusquedad, atravesó un puente sobre un canal, volvió a ascender, y al rato ya no hubo más asfalto bajo las ruedas y se vio conduciendo por una carretera comarcal de tierra, dejando a sus espaldas una increíble polvareda. Al pasar junto a los viejos cimientos reducidos a cenizas de una casa situada al fondo de unos arces, Emily se quitó las gafas oscuras y se inclinó hacia delante para mirar.

—Es la vieja casa de Owens —dijo—. Papá y él eran amigos. Tenía un alambique en el desván, y un par de caballos de tiro que presentaba a . todas las ferias. Murió de una hernia estrangulada cuando yo tenía unos diez años. La casa se quemó un año después, por navidades. La familia se mudó luego a Bremerton.

—¿Sí? —dijo él—. Por navidades... —Y luego dijo—: ¿Aquí tuerzo a la derecha o a la izquierda? ¿Emily? ¿A la derecha o a la izquierda?

—A la izquierda —dijo ella—. A la izquierda.

Volvió a ponerse las gafas, pero segundos después se las quitó de nuevo.

—Sigue por esta carretera, Harry, hasta el siguiente cruce. Y entonces a la derecha. Y nos quedará muy poco. —Fumaba continuamente, cigarrillo tras cigarrillo. Ahora callaba y miraba los campos despejados, los aislados bosques de abetos, las ocasionales y maltrechas casas.

Harry siguió al volante, y al llegar al cruce torció hacia la derecha. La carretera empezó a descender hacia un valle escasamente arbolado. Al frente y a lo lejos —Canadá, supuso Harry— veía una cadena de montañas, y tras ellas otra cadena más oscura y más alta.

—Hay una pequeña carretera —dijo ella— al fondo. Ésa es la que tenemos que coger.

Harry giró con suavidad y enfiló despacio la carretera ínfima, llena de baches, a la espera de atisbar el primer indicio de la casa. Emily, a su lado, nerviosa —Harry lo veía con claridad—, fumaba otra vez, también a la espera del primer atisbo de la casa. Bajas y tupidas ramas golpeaban contra el parabrisas, y Harry parpadeó. Emily se inclinó un poco hacia delante y le puso la mano en la pierna.

—Ahí —dijo.

Harry redujo la marcha casi hasta detenerse, cruzó el pequeño y limpio charco de un arroyo que partía de la alta hierba, a la izquierda, y se internó en una espesura de cornejo que arañó el coche al ascender por la pequeña carretera.

—Ahí es —dijo Emily, apartando la mano de su pierna.

Tras una primera y turbadora ojeada, Harry fijó la mirada en la carretera. Y no volvió a mirar la casa hasta detener el coche cerca de la entrada. Se pasó la lengua por los labios, se volvió hacia ella y trató de sonreír.

—Bien, hemos llegado —dijo.

Emily le estaba mirando. No miraba la casa.

Harry había vivido siempre en ciudades: los últimos tres años en San Francisco, y antes en Los Ángeles, Chicago y Nueva York. Pero llevaba mucho tiempo deseando vivir en el campo, en algún medio rural. Al principio no sabía con certeza dónde; sólo sabía que quería dejar la urbe para empezar una nueva vida. Una vida más sencilla era lo que tenía en mente; con sólo lo esencial, decía. Tenía treinta y un años, y en cierto modo era escritor, aunque también era actor y músico. Tocaba el saxofón —de cuando en cuando con los Bay City Players—, y estaba escribiendo su primera novela. Había empezado a escribirla cuando vivía en Nueva York. Una desapacible tarde de domingo, el pasado marzo, había vuelto a hablar de un cambio, de vivir una vida más digna en el campo, y ella, al principio bromeando, había mencionado la casa deshabitada de su padre, al noroeste de Washington.

—Dios mío —dijo Harry—. ¿No te importaría? ¿Vivir así, sin comodidades, me refiero? ¿Vivir con estrecheces en el campo?

—Nací allí —dijo ella, riendo—. ¿Recuerdas? He vivido en el campo. No está mal. Tiene sus ventajas. Podría volver a vivir en el campo. Pero no sé si tú podrás, Harry. Si será bueno para ti.

Siguió mirándole, ahora seria. Él tenía la impresión de que últimamente no dejaba de mirarle.

—¿No vas a arrepentirte? —dijo—. ¿Por dejar todo esto?

—No dejaría mucho, ¿no crees, Harry? —Se encogió de hombros—. Pero lo que no voy a hacer es animarte, Harry.

—¿Podrás pintar allá arriba? —preguntó él.

—Puedo pintar en cualquier parte —dijo ella—. Y además está Bellingham —dijo—. Hay una escuela. Y también tenemos Vancouver o Seattle. —Siguió mirándole. Se sentó en un taburete, ante un vago retrato a medio pintar de un hombre y una mujer, y se puso a juguetear con dos pinceles que tenía en la mano.

Habían transcurrido tres meses desde entonces. Durante ese tiempo habían hablado y hablado sobre el tema. Y allí estaban.

Harry dio unos golpecitos a las paredes contiguas a la puerta.

—Sólidas. Una estructura sólida. Si tienes una estructura sólida, tienes lo principal. —Evitó mirarla. Emily era muy sagaz, y quizás había leído algo en sus ojos.

—Ya te dije que no esperaras mucho —dijo Emily.

—Sí, me lo dijiste. Lo recuerdo muy bien —dijo él, aún sin mirarla. Dio unos golpecitos más a la madera desnuda con los nudillos, y se acercó a Emily. Era una tarde calurosa y húmeda; llevaba unos tejanos blancos y sandalias, y las mangas remangadas—. Qué paz, ¿no te parece?

—Muy distinto de la ciudad, ¿eh?

—Dios, sí... No está mal todo esto, además. —Trató de sonreír—. Habrá que trabajar un poco, eso es todo. Arrimar el hombro un poquito. Será una casa estupenda si decidimos quedarnos. Los vecinos no molestarán, al menos.

—Cuando era niña teníamos vecinos —dijo ella—. Tenías que coger el coche para verlos, pero eran vecinos de todas formas.

La puerta se abrió en ángulo. La bisagra de arriba estaba suelta: nada serio, estimó Harry. Recorrieron despacio las habitaciones, una tras otra. Él trataba de ocultar su decepción. En dos ocasiones golpeó las paredes y dijo:

—Sólidas. —O bien—: Ya no se hacen casas como ésta. Con una casa como ésta se pueden hacer grandes cosas.

Emily se detuvo frente a un cuarto espacioso y lanzó un largo suspiro.

—¿La tuya?

Emily movió la cabeza.

—¿Y tu tía Elsie podría darnos los muebles que necesitáramos?

—Sí, todo lo que necesitemos —dijo ella—. Si es eso lo que quieres:

que nos quedemos. Yo no voy a presionarte. Estamos a tiempo de dejarlo. No hemos perdido nada.

En la cocina encontraron un hornillo de leña y un colchón pegado a una de las paredes. De nuevo en la sala de estar, Harry miró a su alrededor y dijo:

—Creí que había una chimenea.

—Nunca te he dicho que hubiera chimenea.

—Pues tenía esa idea, no sé por qué... Y tampoco hay enchufes —dijo al cabo de un momento—. O sea... ¡que no hay electricidad!

—Ni retrete —dijo ella.

Harry se humedeció los labios.

—Bien —dijo, volviéndose para examinar algo en un rincón—. Supongo que podríamos arreglar uno de estos cuartos y poner una bañera y demás, y pagar a alguien para que hiciera la fontanería. Pero la electricidad es otra cosa, ¿no te parece? O sea: encaremos todo esto, cada cosa a su tiempo. Primero una cosa y después otra, ¿de acuerdo? ¿No crees? No dejemos... no dejemos que nada de esto nos desanime, ¿de acuerdo?

—Me gustaría que ahora te callaras un poco —dijo ella.

Se dio la vuelta y salió de la casa.

Instantes después él bajó de un salto los escalones y aspiró el aire, y ambos encendieron sendos cigarrillos. Una bandada de cuervos se alzó al fondo de un prado y se internó lenta y silenciosamente en los bosques.

Fueron hacia el establo, y en el camino se detuvieron para inspeccionar los manzanos marchitos. Harry partió una pequeña rama seca y se puso a darle vueltas y vueltas en la mano; ella, entretanto, permaneció a su lado fumando. Era un lugar apacible, más o menos atractivo, y Harry pensó que era agradable que algo permanente, realmente permanente, pudiera pertenecerle. Sintió que lo invadía una súbita ternura por aquel pequeño huerto.

–Habría que hacer que volviera a dar fruto –dijo–. Al fin y al cabo, sólo necesita agua y cuidarlo un poco.

Se imaginó a sí mismo saliendo de la casa con un cesto de mimbre y recogiendo grandes manzanas rojas, aún húmedas del rocío de la mañana, y se dio cuenta de que la idea le resultaba atractiva.

Al acercarse al establo se sentía un tanto alegre. Examinó brevemente las viejas placas de matrícula clavadas en la puerta. Placas verdes, amarillas y blancas del estado de Washington, oxidadas todas ellas: 1922-23-24-25-26-27-28-29-34-36-37-40-41-1949. Estudió detenidamente las fechas, como si su secuencia fuera capaz de revelarle alguna clave. Quitó el pasador de madera y empujó la pesada puerta hasta que consiguió abrirla. El aire, dentro, olía a deshabitado. Pero pensó que no era un olor desagradable.

–Aquí en invierno llueve muchísimo –dijo ella–. No recuerdo que nunca hiciera este calor en junio. –El sol se colaba por las grietas del tejado–. Una vez papá mató un ciervo fuera de temporada. Yo tenía..., no sé, unos ocho o nueve años, algo así. –Se volvió hacia él, que se había parado cerca de la puerta para mirar un viejo arnés que colgaba de un clavo–. Papá estaba aquí en el establo con el ciervo cuando el guardabosques entró en el patio. Había anochecido. Mamá me envió aquí en busca de papá, y el guardabosques, un hombre grande y corpulento con sombrero, me siguió. En ese momento papá bajaba con un candil de ahí arriba, del altillo. Y habló con el guarda unos minutos. El ciervo estaba allí colgado, pero el guarda no dijo nada. Le ofreció a papá un poco de tabaco de mascar, pero papá no quiso aceptarlo; nunca le había gustado y no iba a ponerse a mascar ahora por mucho que la situación lo aconsejara. Luego el guardabosques me dio un tirón de orejas y se fue. Pero no quiero pensar en esas cosas –añadió en seguida–. No he pensado en ellas desde hace años. No quiero ponerme a hacer comparaciones –dijo–. No –dijo. Dio un paso hacia atrás, sacudiendo la cabeza–. No voy a llorar. Sé que suena melodramático, incluso estúpido, y perdona que parezca melodramática y estúpida. Pero la verdad, Harry, es que... –Sacudió de nuevo la cabeza–. No sé... Puede que venir aquí haya sido un error. Veo que te ha decepcionado.

–No lo sabes –dijo él.

–No, es cierto. No lo sé –dijo ella–. Lo siento, no estoy tratando de influirte ni en un sentido ni en otro. Pero no creo que quieras quedarte. ¿Quieres quedarte?

Harry se encogió de hombros.

Sacó un cigarrillo. Emily se lo cogió de las manos, lo alzó y esperó a que Harry encendiera una cerilla, a que la mirara a los ojos por encima de la llama.

–Cuando era pequeña –siguió–, quería ser artista de circo. No quería ser enfermera ni maestra. Ni pintora. Entonces no quería ser pintora. Quería ser Emily Homer, Funámbula. Era como una obsesión. Solía practicar aquí en el establo, caminando sobre las vigas. Sobre esa viga grande de ahí arriba. Anduve por encima de ella cientos de veces. –Empezó a decir algo más, pero dio unas chupadas al cigarrillo y lo apagó con el talón, pisándolo meticulosamente contra la tierra.

Harry oyó el canto de un pájaro fuera del establo, y luego el ruido de algo que se escabullía a la carrera por encima de las tablas del altillo. Emily pasó junto a él, salió a la luz del exterior y echó a andar entre las altas matas en dirección a la casa.

–¿Qué vas a hacer, Emily? –le gritó Harry a su espalda.

Emily se paró, y esperó a que Henry se acercara.

–Seguir viva –dijo. Luego sacudió la cabeza y esbozó una débil sonrisa. Tocó el brazo de Harry–. Dios, supongo que estamos metidos en un lío, ¿no? Esto es todo lo que se me ocurre decir, Harry.

–Tenemos que decidirnos –dijo él, sin saber a ciencia cierta a qué se refería.

–Tú decides, Harry. Si es que no lo has decidido ya. Es *tu* decisión. Por mí me marcharía ahora mismo si ello te facilita las cosas. Nos quedamos con tía Elsie un día o dos y nos volvemos a casa. ¿Te parece? Pero dame un pitillo, ¿quieres? Voy hasta la casa.

Harry se acercó más a ella y pensó que quizá deberían abrazarse. Él lo deseaba. Pero ella no se movió; se limitó a mirarle con fijeza, así que él le tocó la nariz con el dedo índice y le dijo:

—Hasta dentro de un rato, entonces.

Vio cómo se alejaba. Miró el reloj, se volvió y echó a andar despacio entre la hierba en dirección a los árboles. La hierba le llegaba a las rodillas. Instantes antes de adentrarse en el bosque, en el punto en que la hierba empezaba a esparcirse, dio con una especie de sendero. Se frotó el hueso de la nariz, debajo del puente de las gafas oscuras, miró hacia atrás, hacia la casa y el establo, y siguió andando despacio. Una nube de mosquitos se desplazaba junto a su cabeza. Se detuvo para encender un cigarrillo. Dio un manotazo a los mosquitos. Volvió a mirar hacia atrás, pero no pudo ver ni la casa ni el establo. Se quedó allí fumando, y empezó a sentir el silencio que anidaba en la hierba, en los árboles, en las sombras de más allá, al fondo del bosque. ¿No era aquello lo que había anhelado? Siguió andando, y empezó a buscar dónde sentarse.

Encendió otro cigarrillo y se apoyó contra un árbol. Se agachó y cogió unos trocitos de corteza de la tierra blanda que había bajo sus pies. Siguió fumando. Recordó el volumen de obras de teatro de Ghelderode que descansaba en el asiento trasero del coche, encima de las demás cosas, y luego recordó algunas de las pequeñas poblaciones que habían dejado atrás aquella mañana: Ferndale, Lynden, Custer, Nooksack. Y de pronto recordó el colchón que había visto en la cocina. Y comprendió que le daba miedo. Trató de imaginar a Emily caminando sobre la gran viga del establo. Pero también aquello le asustaba. Siguió fumando. En realidad, pensándolo bien, se sentía muy tranquilo. No iba a quedarse en aquel lugar —lo sabía—, pero el saberlo ya no le molestaba. Le complacía conocerse tan bien a sí mismo. Iba a sentirse bien luego, decidió. Sólo tenía treinta y un años. No era tan viejo. De momento, estaba en un lío. Lo admitía. Al fin y al cabo, razonó, aquello era la vida, ¿no? Apagó el cigarrillo. Y al poco encendió otro.

Al dar la vuelta a una esquina de la casa la vio haciendo una rueda. Tomó tierra con un golpe sordo, ligeramente encogida, y entonces le vio.

—¡Eh! —gritó, sonriendo con solemnidad.

Se alzó sobre las eminencias metatarsianas, con los brazos en alto a ambos lados de la cabeza y se lanzó hacia delante. Ejecutó dos volteretas más mientras él la miraba, y luego le dijo:

—¿Qué te parece *esto?*

Se dejó caer con suavidad sobre las manos, logró ponerse en equilibrio e inició un trémulo y vacilante avance en dirección a Harry. Con la cara congestionada y la blusa colgándole sobre la barbilla y agitando enloquecidamente las piernas, avanzó hacia él.

—¿Lo has decidido ya? —dijo, sin aliento.

Harry asintió con la cabeza.

—¿Y? —dijo ella. Se dejó caer sobre el hombro y rodó hasta quedar de espaldas, protegiéndose los ojos del sol con un brazo como en ademán de dejar al descubierto sus pechos.

Y luego dijo:

—Harry.

Harry se disponía a encender un cigarrillo con la última cerilla cuando de pronto le empezaron a temblar las manos. La cerilla se apagó, y él se quedó con la caja de cerillas vacía y el cigarrillo en las manos, mirando fijamente hacia la vasta arboleda que se extendía al fondo de la radiante pradera.

—Harry, tenemos que amarnos —dijo—. Lo que tendremos que hacer es sólo amarnos —dijo.

BICICLETAS, MÚSCULOS, CIGARRILLOS

Hacía dos días que Evan Hamilton había dejado de fumar, y tenía la impresión de que todo lo que había dicho y pensado en el curso de aquellos dos días tenía que ver de algún modo con los cigarrillos. Se miró las manos bajo la luz de la cocina. Se olió los nudillos y los dedos.

–Lo huelo –dijo.

–Lo sé. Es como si te rezumara de la piel –dijo Ann Hamilton–. Tres días después de haber dejado de fumar me lo olía. Hasta cuando salía de darme un baño. Era asqueroso. –Estaba colocando los platos en la mesa para la cena–. Lo siento, querido. Sé lo que estás pasando. Pero, si te sirve de consuelo, el segundo día siempre es el peor. El tercero es también duro, claro, pero de ahí en adelante, si eres capaz de aguantar todo ese tiempo, has ganado la partida. Pero me siento tan contenta de que hayas decidido dejar de veras... No puedo expresarlo con palabras. –Le tocó el brazo–. Vamos, llama a Roger y cenemos.

Hamilton abrió la puerta de la casa. Había anochecido. Era a principios de noviembre y los días eran cortos y fríos. En el camino de entrada vio a un chico algo mayor que no conocía. Estaba sobre una bicicleta pequeña y bien equipada, inclinado hacia delante, justo fuera del sillín, con las puntas de los zapatos apoyadas en el suelo.

–¿Es usted Mr. Hamilton? –dijo el chico.

—Sí —dijo Hamilton—. ¿Qué pasa? ¿Se trata de Roger?

—Creo que Roger está en mi casa hablando con mi madre. Está con Kip y con ese chico que se llama Gary Berman. Se trata de la bici de mi hermano. No estoy muy seguro —dijo el chico, moviendo las manos cerradas sobre las empuñaduras del manillar—. Pero mi madre me pidió que viniera a llamarle. Al padre o la madre de Roger.

—¿Pero Roger está bien? —dijo Hamilton—. Sí, claro, voy contigo. Ahora vuelvo.

Entró en la casa y se puso los zapatos.

—¿Lo has visto? —dijo Ann Hamilton.

—Está metido en no sé qué lío —dijo Hamilton—. Por una bicicleta. Hay un chico..., no me acuerdo del nombre, ahí fuera. Quiere que uno de nosotros vaya con él a su casa.

—¿Y Roger está bien? —dijo Ann Hamilton, quitándose el delantal.

—Claro que está bien. —Hamilton la miró y sacudió la cabeza—. Parece una disputa infantil, y que la madre del chico se ha visto envuelta.

—¿Quieres que vaya yo? —dijo Ann Hamilton.

Él lo pensó unos segundos.

—Sí, preferiría que fueras tú, pero iré yo. Tú espera a que volvamos para servir la cena. No tardaremos mucho.

—No me gusta que esté fuera después de anochecer —dijo Ann Hamilton—. No me gusta.

El chico seguía sobre la bicicleta, y ahora jugueteaba con los frenos.

—¿Está muy lejos? —dijo Hamilton al echar a andar por la acera con el chico.

—Allí, en Arbuckle Court —respondió el chico, y al ver que Hamilton le miraba añadió—: No está lejos. A unas dos manzanas de aquí.

—¿Y cuál es el problema? —preguntó Hamilton.

—No estoy seguro. No me he enterado de todo, la verdad. Su hijo y Kip y el tal Gary Berman parece que han estado cogiendo la bici de mi hermano mientras estábamos de vacaciones, y creo que la han estropeado. A propósito. Pero no estoy seguro. Y están hablando de eso. Mi hermano no encuentra la bici y ellos fueron los últimos que la usaron, Kip y Roger. Mi madre intenta averiguar dónde está.

–Conozco a Kip –dijo Hamilton–. ¿Quién es el otro?

–Gary Berman. Me parece que es nuevo en el barrio. Su padre va a venir a casa en cuanto llegue del trabajo.

Dieron la vuelta a la esquina. El chico siguió en la bicicleta, unos pasos por delante de Hamilton. Hamilton vio un huerto. Torcieron otra esquina y entraron en una calle sin salida. Era una calle totalmente desconocida para él, y estaba seguro de que tampoco conocía a ninguno de sus vecinos. Miró las casas que jamás había visto antes, y se sorprendió al percatarse del radio de acción de la vida privada de su hijo.

El chico enfiló la entrada de una casa, se bajó de la bicicleta y la apoyó contra la pared. Abrió la puerta principal y Hamilton le siguió a través de la sala hasta la cocina, donde vio a su hijo sentado a un lado de la mesa, junto a Kip y otro chico que no conocía. Hamilton escrutó el semblante de su hijo, y luego se volvió hacia la mujer robusta y de pelo negro que presidía la mesa.

–¿Es usted el padre de Roger? –dijo la mujer.

–Sí, mi nombre es Evan Hamilton. Buenas tardes.

–Yo soy Mrs. Miller, la madre de Gilbert –dijo la mujer–. Siento haberle hecho venir, pero tenemos un problema.

Hamilton se sentó en una silla, al otro extremo de la mesa, y miró a su alrededor. Un chico de unos nueve o diez años –el chico a quien le faltaba la bicicleta, coligió Hamilton– ocupaba la silla contigua a la de la mujer. Había otro chico de unos catorce años sentado sobre el borde de la escurridera, con las piernas colgando, y miraba a otro chico que estaba hablando por teléfono. Sonriendo maliciosamente por algo que acababa de oír de su interlocutor al otro lado de la línea, el chico del teléfono alargó la mano y acercó el cigarrillo hasta la pila. Hamilton oyó el chisporroteo del cigarrillo al apagarse en el agua de un vaso. El chico que le había acompañado hasta la casa se apoyó sobre el frigorífico y cruzó los brazos.

–¿Has avisado a los padres de Kip? –le preguntó la mujer al chico que se había apoyado en el frigorífico.

–Su hermana me ha dicho que estaban de compras. Fui a casa de Gary Berman; su padre vendrá en seguida. Les di la dirección.

–Mr. Hamilton –dijo la mujer–, le diré lo que pasa. Estuvimos de vacaciones el mes pasado, y Kip quería tomar prestada la bicicleta de Gilbert para que Roger lo ayudara a repartir periódicos. Creo que la bicicleta de Roger tenía una rueda pinchada o algo así. Bueno, el caso es que...

–Gary estaba ahogándome, papá –dijo Roger.

–¿Qué? –dijo Hamilton, mirando atentamente a su hijo.

–Me estaba ahogando. Todavía tengo las marcas. –Se bajó el cuello de la camiseta para que su padre pudiera verlas.

–Estaban ahí fuera, en el garaje –continuó la mujer–. No sabía lo que estaban haciendo hasta que Curt, mi hijo mayor, salió a echar un vistazo.

–¡Empezó él! –le dijo Gary Berman a Hamilton–. Me llamó imbécil. –Gary Berman miró hacia la puerta principal.

–La bici me costó unos sesenta dólares, chavales –dijo el chico llamado Gilbert–. Ya podéis pagármela.

–Tú no intervengas en esto, Gilbert –le dijo la mujer.

Hamilton tomó aliento.

–Continúe –dijo.

–Bien, pues resulta que Kip y Roger usaron la bicicleta de Gilbert para que Roger pudiera ayudar a Kip en su reparto de periódicos, y que luego, y Gary también, según dicen, se dedicaron a echarla a rodar por turnos.

–¿A qué se refiere con «echarla a rodar»? –dijo Hamilton.

–Pues a echarla a rodar –dijo la mujer–. Le daban un empujón y la mandaban rodando calle abajo hasta que se caía. Y luego, fíjese (y esto acaban de admitirlo hace unos minutos), Kip y Roger se la llevaron al colegio y la estrellaron contra el poste de una portería.

—¿Es cierto eso, Roger? —dijo Hamilton, mirando de nuevo a su hijo.

—Sólo una parte, papá —dijo Roger, bajando la mirada y pasando el dedo por encima de la mesa—. Pero sólo la hicimos rodar una vez. Primero lo hizo Kip, luego Gary, y luego yo.

—Con una vez ya basta —dijo Hamilton—. Una vez es más que demasiado, Roger. Me sorprende y decepciona tu comportamiento, Roger. Y el tuyo, Kip —dijo Hamilton.

—Y ya ve —dijo la mujer—. Aquí alguien está diciendo alguna mentirilla, o al menos no está diciendo todo lo que sabe, porque el caso es que la bicicleta no aparece.

El chico de más edad reía y bromeaba con el chico que seguía hablando por teléfono.

—No sabemos dónde está la bici, Mrs. Miller —dijo Kip—. Ya se lo hemos dicho. La última vez que la vimos fue cuando Roger y yo la llevamos a mi casa después de lo del colegio. Bueno, ésa fue la penúltima. La última fue cuando la traje aquí a la mañana siguiente y la dejé en la parte de atrás de la casa. —Kip sacudió la cabeza—. No sabemos dónde está —dijo.

—Sesenta dólares —le dijo Gilbert a Kip—. Podéis pagarme cinco dólares a la semana.

—Gilbert, cállate, te lo advierto —dijo la mujer—. Ya ve, aseguran —continuó la mujer, ahora frunciendo el ceño— que ha desaparecido de *aquí,* de detrás de la casa. Pero ¿cómo les vamos a creer si hasta ahora no están siendo del todo sinceros?

—Le hemos dicho la verdad —dijo Roger—. Se lo hemos contado todo.

Gilbert se echó hacia atrás en su silla y sacudió la cabeza en dirección a Roger.

Sonó el timbre de la puerta y el chico sentado sobre la escurridera saltó al suelo y fue hacia la sala de estar.

Un hombre de envaradas espaldas, pelo a cepillo y penetrantes ojos grises entró sin decir una palabra en la cocina. Dirigió una mirada a la mujer y se situó tras la silla de Gary Berman.

–Usted debe de ser Mr. Berman –dijo la mujer–. Encantada de conocerle. Soy la madre de Gilbert. Y éste es Mr. Hamilton, el padre de Roger.

El hombre dedicó a Hamilton una inclinación de cabeza, pero no le tendió la mano.

–¿Qué es lo que pasa? –le dijo Berman a su hijo.

Los chicos de la mesa empezaron a hablar todos a un tiempo.

–¡Callaos! –dijo Berman–. Estoy hablando con Gary. Luego os llegará el turno.

El chico se puso a dar su versión del asunto. Su padre escuchaba con atención, entornando de cuando en cuando los ojos para estudiar a los otros dos implicados.

Cuando Gary Berman hubo terminado, la mujer dijo:

–Quisiera llegar al fondo de este asunto. No estoy acusando a ninguno de los tres, creo que me comprenden... Mr. Hamilton, Mr. Berman... Lo único que quiero es llegar al fondo del asunto. –Ahora miraba fijamente a Kip y a Roger, que negaban con la cabeza en dirección a Gary Berman.

–Eso no es cierto –dijo Roger.

–Papá, ¿puedo hablarte a solas? –dijo Gary Berman.

–Vamos –dijo el hombre, y pasó con su hijo a la sala.

Hamilton les siguió con la mirada. Tenía la impresión de que debía detenerlos, impedir aquel secreteo. Sintió que le sudaban las manos, y alzó una de ellas hasta el bolsillo de la camisa en busca de un cigarrillo. Luego, aspirando el aire con fuerza, se pasó el dorso de la mano por la base de la nariz y dijo:

–Roger, ¿sabes algo más, hay algo que no hayas dicho todavía? ¿Sabes dónde está la bicicleta de Gilbert?

–No, no lo sé –dijo el chico–. Te lo juro.

–¿Cuándo fue la última vez que la viste? –dijo Hamilton.

—Cuando la trajimos del colegio y la dejamos en casa de Kip.

—Kip —dijo Hamilton—. ¿Sabes dónde está ahora la bicicleta de Gilbert?

—Tampoco lo sé, se lo juro —respondió el chico—. La traje aquí al día siguiente, después de lo del colegio, y la dejé detrás del garaje.

—Creí que habías dicho que la dejaste detrás de la *casa* —dijo al punto la mujer.

—¡Detrás de la casa! Me refería a detrás de la casa —dijo Kip.

—¿Y volviste algún otro día a montar en ella? —preguntó la mujer, inclinándose hacia delante.

—No, no volví —contestó Kip.

—¿Kip? —dijo la mujer.

—¡Le digo que no! ¡No sé dónde está! —gritó el chico.

La mujer alzó los hombros; luego los dejó caer.

—¿Cómo saber a quién o qué creer? —le dijo a Hamilton—. Lo único que sé es que a Gilbert le ha desaparecido la bicicleta.

Gary Berman volvió con su padre a la cocina.

—La idea de tirarla rodando fue de Roger —dijo Gary Berman.

—¡Fue tuya! —dijo Roger, saltando de la silla—. ¡Eras tú el que querías que lo hiciéramos! ¡Y luego quisiste que la lleváramos al huerto y la desmontáramos!

—¡Cállate! —le dijo Berman—. Podrás hablar cuando te pregunten, jovencito, y no antes. Gary, el asunto lo manejo yo. ¡Sacarle a uno de casa por un par de patanes...! Y ahora si alguno de vosotros —dijo Berman mirando primero a Kip y luego a Roger— sabe dónde está la bicicleta de este chico, le advierto que ya puede empezar a hablar.

—Creo que está usted desbarrando —dijo Hamilton.

—¿Qué? —dijo Berman, adoptando un ceño sombrío—. ¡Y yo creo que será mejor que se ocupe de sus propios asuntos!

—Vámonos, Roger —dijo Hamilton, poniéndose en pie—. Kip, puedes venir con nosotros o quedarte. —Se volvió a la mujer—. No veo que podamos hacer mucho más esta noche. Hablaré de esto seriamente con Roger, pero si es de compensaciones de lo que se trata, creo que si llega el caso, y dado que contribuyó a maltratar la bici, podría pagar un tercio de los gastos.

—No sé qué decir —dijo la mujer, siguiendo a Hamilton a través de la sala—. Hablaré con el padre de Gilbert. Está de viaje. Ya veremos. Será casi seguramente algo de eso que usted dice, pero lo hablaré con mi marido.

Hamilton se apartó para dejar que los chicos salieran antes que él al porche, y oyó a Gary Berman a su espalda:

—Me llamó imbécil, papá.

—¿Te llamó imbécil? ¿Sí? —le oyó Hamilton a Mr. Berman—. Bien, pues el imbécil es él. Tiene cara de imbécil.

Hamilton se volvió y dijo:

—Creo que esta noche está usted desbarrando, Mr. Berman. ¿Por qué no se controla un poco?

—¡Y yo le he dicho que no se meta donde no le llaman! —dijo Berman.

—Vete a casa, Roger —dijo Hamilton, humedeciéndose los labios—. Hablo en serio —dijo—. ¡Andando!

Roger y Kip echaron a andar hacia la acera. Hamilton se quedó en el umbral y miró a Berman, que se acercaba por la sala con su hijo.

—Mr. Hamilton —empezó a decir la mujer, nerviosa, pero no concluyó la frase.

—¿Qué es lo que quiere? —le dijo Berman a Hamilton—. ¡Tenga cuidado! ¡Apártese de mi camino!

Al pasar, Berman empujó a Hamilton por el hombro. Hamilton retrocedió y se salió del porche, y pisó unos arbustos espinosos que crujieron al troncharse. No podía creer lo que estaba sucediendo. Salió de los arbustos y se lanzó contra el hombre que estaba en el porche. Ambos cayeron pesadamente sobre el césped. Rodaron por el césped, y Hamilton peleó con su adversario hasta lograr ponerlo de espaldas contra el suelo y aprisionarle los bíceps con las rodillas. Le tenía agarrado por el cuello de la camisa, y comenzó a golpearle la cabeza contra el césped mientras la mujer gritaba:

—¡Dios Todopoderoso! ¡Que alguien haga que paren! ¡Por el amor de Dios, que alguien llame a la policía!

Hamilton paró.

Berman levantó hacia él la mirada y dijo:

—Quítese de encima.

—¿Están bien? —dijo la mujer una vez que los dos hombres se hubieron separado—. Santo cielo —dijo. Miró a los hombres, que se mantenían a unos pasos uno de otro, dándose la espalda y respirando con dificultad. Los mayores se habían congregado en el porche para mirar; al ver que la pelea había terminado aguardaron, observando a los adversarios, y luego se pusieron a hacer fintas y a golpearse unos a otros en brazos y costillas.

—Vosotros, chicos, entrad en casa —dijo la mujer—, jamás pensé que vería una cosa así —dijo, y se llevó la mano al pecho.

Hamilton estaba sudando, los pulmones le ardían cada vez que trataba de inspirar profundamente. Sentía una bola o algo semejante en la garganta, y por espacio de unos minutos le resultó imposible tragar saliva. Echó a andar con su hijo y Kip, uno a cada lado. Oyó unas puertas de automóvil que se cerraban, un motor que arrancaba. Sintió unos faros sobre él mientras caminaba por la acera.

Roger sollozó una vez, y Hamilton le pasó un brazo por el hombro.

—Será mejor que me vaya a casa —dijo Kip, y se echó a llorar—. Papá me estará buscando —dijo, y se alejó corriendo.

—Lo siento —dijo Hamilton—. Siento que hayas tenido que ver algo semejante —le dijo Hamilton a su hijo.

Siguieron caminando, y cuando llegaron a su manzana Hamilton retiró el brazo del hombro de su hijo.

—¿Y si llega a sacar un cuchillo, papá? ¿O a coger un palo?

—No creo que se le hubiera ocurrido hacer nada de eso —dijo Hamilton.

–Sí, pero ¿y si lo hubiera hecho? –dijo su hijo.

–Es difícil decir lo que la gente es capaz de hacer cuando está furiosa –dijo Hamilton.

Subieron por el camino hacia la puerta de su casa. Hamilton sintió que el corazón le latía con fuerza al ver las ventanas iluminadas.

–Déjame tocarte los músculos –dijo su hijo.

–Ahora no –dijo Hamilton–. Ahora entra y cena y métete en seguida en la cama. Dile a tu madre que estoy bien y que me voy a sentar en el porche un rato.

El chico se balanceó desplazando el peso de un pie a otro y miró a su padre; luego entró corriendo en casa y empezó a gritar:

–¡Mamá! ¡Mamá!

Hamilton se sentó en el porche. Apoyó la espalda contra la pared del garaje y estiró las piernas. El sudor de la frente se le había secado. Sentía las ropas pegajosas.

En cierta ocasión había visto a su padre –un hombre pálido, de hablar pausado y hombros hundidos– en una situación parecida. Fue una pelea dura, y ambos salieron heridos. Fue en un café. El otro hombre era peón agrícola. Hamilton había amado a su padre, y recordaba muchas cosas de él. Pero ahora recordaba aquella pelea a puñetazos como si fuera lo único que asociara con su persona.

Seguía en el porche cuando salió su mujer.

–Santo Dios –dijo, y le tomó la cabeza entre las manos–. Entra a ducharte, y luego cenas algo y me lo cuentas todo. La cena todavía está caliente. Roger se ha ido a la cama.

Pero Hamilton oyó que su hijo le llamaba.

–Aún está despierto –dijo ella.

–Bajaré en un segundo –dijo él–. ¿Te parece si luego nos tomamos una copa?

Ella sacudió la cabeza.

–La verdad es que aún no consigo creer lo que ha pasado.

Hamilton entró en el cuarto de su hijo y se sentó al pie de la cama.

–Es bastante tarde y aún sigues despierto, así que buenas noches –dijo.

–Buenas noches –dijo Roger, con las manos bajo la nuca y los codos apuntando hacia lo alto.

Estaba en pijama, y flotaba a su alrededor un aroma cálido y fresco que Hamilton aspiró profundamente. Hamilton dio unas palmaditas a Roger por encima de las mantas.

–De hoy en adelante ya puedes andar con ojo. No te acerques a esa zona del barrio, y que no vuelva a oír jamás que estropeas una bicicleta o cualquier otra cosa ajena. ¿Está claro? –dijo Hamilton.

El chico asintió con un gesto. Se quitó las manos de la nuca y empezó a pellizcar algo de encima de la colcha.

–De acuerdo, entonces –dijo Hamilton–. Buenas noches, hijo.

Se inclinó para besarle, pero el chico se puso a hablar.

–Papá, ¿el abuelo era tan fuerte como tú? Cuando tenía tu edad, me refiero, ya sabes, y tú...

–¿Y yo tenía nueve años? ¿A eso te refieres? Sí, supongo que sí lo era –dijo Hamilton.

–A veces casi no lo recuerdo –dijo el chico–. No quiero olvidarme de él o algo de eso, ¿sabes? ¿Sabes lo que quiero decir, papá?

Al ver que su padre no contestaba de inmediato, siguió hablando:

–Cuando tú eras joven, ¿todo era así como es entre tú y yo? ¿Le quisiste a él más que a mí, o igual? –Roger dijo esto último de forma súbita y brusca. Movió los pies debajo de las mantas y apartó la mirada. Hamilton seguía sin responder, y el chico dijo–: ¿El abuelo fumaba? Creo que recuerdo una pipa o algo así.

–Empezó a fumar en pipa antes de morir, es cierto –dijo Hamilton–. Y antes, mucho tiempo atrás, fumaba cigarrillos, y un buen día se deprimía por una cosa o por otra y lo dejaba, pero luego cambiaba de marca y volvía a fumar. Te enseñaré una cosa –dijo Hamilton–: huéleme el dorso de la mano.

El chico le cogió una mano entre las suyas, la olió y dijo:

—Creo que no me huele a nada, papá. ¿Qué es?

Hamilton se olió la mano y luego los dedos.

—Yo tampoco huelo nada ahora —dijo—. El olor estaba ahí, pero ya se ha ido. —«A lo mejor se ha llevado un buen susto conmigo», pensó—. Quería enseñarte algo, eso es todo. Bien, es tarde ya. Será mejor que te duermas —dijo Hamilton.

El chico se puso de costado y vio cómo su padre iba hasta la puerta y lo miraba y ponía la mano en el interruptor. Y al cabo dijo:

—¿Papá? Pensarás que estoy mal de la cabeza, pero me gustaría haberte conocido cuando eras pequeño. O sea, cuando tenías más o menos mi edad. No sé cómo decirlo, pero eso me hace sentirme un poco solo. Es como... como si te echara ya de menos si ahora me pongo a pensarlo. Una idea de locos, ¿no te parece? Bueno, déjame la puerta abierta, por favor.

Hamilton dejó abierta la puerta, y luego lo pensó mejor y la cerró hasta la mitad.

¿QUÉ ES LO QUE QUIERE?

El caso es que han de vender el coche inmediatamente, y Leo le encarga a Toni que lo haga. Toni es inteligente y tiene personalidad. Años atrás había vendido enciclopedias para niños de puerta en puerta. Consiguió venderle una a Leo, y eso que Leo no tenía hijos. Luego Leo le pidió que saliera con él un día, y aquella cita había acabado en esto. La venta ha de ser en metálico, y esta misma noche. Mañana alguien a quien deben dinero podría retener judicialmente el coche. El lunes se presentarán ante el juez, y luego se irán a casa, libres (pero los cargos se hicieron públicos ayer, cuando su abogado envió las cartas de intenciones). Por la vista del lunes no había que preocuparse, había dicho su abogado. Les harían algunas preguntas, tendrían que firmar algunos papeles, y eso es todo. Pero que vendieran el descapotable, había dicho: hoy, *esta misma noche*. Se podrán quedar con el coche pequeño, el de Leo, no importa. Pero si se presentaban ante el juez con aquel enorme descapotable, el tribunal lo embargaría y punto, así de sencillo.

Toni se viste. Son las cuatro de la tarde. Leo teme que los locales cierren. Pero Toni se toma su tiempo para vestirse y arreglarse. Se pone una blusa blanca nueva, con holgados puños de encaje, el traje de chaqueta nuevo, zapatos de tacón también nuevos. Saca las cosas del bolso de paja y las mete en el bolso nuevo de charol. Examina la bolsita del maquillaje,

195

de piel de lagarto, y la mete en el bolso. Toni ha dedicado dos horas a peinarse y maquillarse. Leo está de pie en la puerta del dormitorio, y se da golpecitos en los labios con los nudillos, observándola.

—Me estás poniendo nerviosa —dice Toni—. Me gustaría que no estuvieras ahí de pie como un pasmarote —dice—. Dime qué te parezco.

—Estás muy bien —dice Leo—. Estás fantástica. Yo te compraría cualquier coche sin pensarlo, de todas todas.

—Pero tú no tienes dinero —dice ella, mirándose en el espejo. Se da unos toques en el pelo, frunce el ceño—. Tu crédito está fatal. No eres nadie —dice—. Estoy bromeando —dice, y mira a Leo en el espejo—. No te pongas serio —dice—. Tenemos que hacerlo, así que lo haré yo. No te hagas ilusiones, tendrás suerte si sacamos trescientos o cuatrocientos dólares. De sobra lo sabemos. Cariño, la mayor suerte de todas sería que no tuvieras que pagarles a *ellos*. —Se da un toque final al pelo, se pinta los labios, limpia la barra con un pañuelo de papel. Se retira del espejo y coge el bolso—. Tendré que ir a cenar o algo así, ya te lo he dicho. Así es como funcionan esos tipos, los conozco bien. Pero no te preocupes. Me las arreglaré para escabullirme —dice—. Sé cómo manejar el asunto.

—Dios —dice Leo—. ¿Tenías que mencionarlo?

Toni se queda mirándole fijamente.

—Bien, deséame suerte —dice.

—Suerte —dice Leo—. ¿Llevas la nota de despido?

Toni asiente. Leo la sigue por la casa; Toni es una mujer alta, de pecho menudo y erguido, de anchas caderas y anchos muslos. Leo se rasca un grano del cuello.

—¿Estás segura? —dice—. Cerciórate. Tienes que llevar la nota de despido.

—Llevo la nota de despido —dice ella.

—Compruébalo.

Ella empieza a decir algo, pero en lugar de seguir se mira en el cristal de la ventana y luego sacude la cabeza.

—Llámame, al menos —dice él—. Y me cuentas cómo va todo.

–Te llamaré –dice ella–. Dame un beso. Aquí –dice, y le indica una comisura de los labios–. Con cuidado –dice.

Leo abre la puerta y deja pasar a Toni.

–¿Dónde vas a intentarlo primero? –dice. Toni sale al porche.

Ernest Williams está mirando desde el otro lado de la calle. En bermudas, con la panza saliente y caída, mira a Leo y Toni mientras riega sus begonias. El invierno pasado, durante las vacaciones, cuando Toni y los niños pasaban unos días en casa de la madre de Leo, éste había traído una mujer a casa. A las nueve de la mañana del día siguiente –un sábado frío y neblinoso–, Leo acompañó a la mujer hasta el coche y se topó en la acera con Ernest Williams, que llevaba un periódico en la mano. La niebla se desplazaba mansamente, y Ernest Williams se quedó mirándoles con fijeza, y al cabo se golpeó la pierna con el periódico. Con fuerza.

Leo recuerda aquel golpe, se hunde de hombros y le dice a Toni:

–¿Has pensado empezar por algún sitio en especial?

–Voy a ir a todos los de la zona –dice ella–. Entraré en el primer local, y luego uno detrás de otro.

–De entrada pide novecientos –dice Leo–. Y luego vete bajando. Novecientos es una tasación baja, hasta para una venta al contado.

–Sé por cuánto empezar –dice ella.

Ernest Williams desplaza la manguera y se pone a regar en dirección a Leo y Toni. Les observa a través del chorro de agua pulverizada. Leo siente el impulso de hacer una confesión.

–Sólo te lo recordaba –dice.

–Muy bien, muy bien –dice ella–. Me voy.

Es su coche, se refieren a él como «el coche de Toni», y eso empeora las cosas. Lo compraron nuevo tres años atrás, en verano. Toni, cuando los niños empezaron a ir al colegio, quiso ocuparse en algo, así que volvió a la venta. Leo trabajaba seis días a la semana en una fábrica de fibra de vidrio. Durante un tiempo no supieron qué hacer con el dinero que ganaban. Dieron mil dólares de entrada para el descapotable, y luego duplicaron y triplicaron los pagos hasta que acabaron de pagarlo en el primer año. Antes, mientras Toni se vestía, Leo había sacado del maletero el gato y la rueda de repuesto, y había vaciado la guantera de lápices, cajas de cerillas y cupones. Luego había limpiado y aspirado el interior. La capota roja y los parachoques resplandecían.

—Buena suerte —dice, y le pone la mano en el codo.

Ella asiente con un gesto. Leo imagina que Toni ya se ha ido, que ya está en tratos con los posibles compradores.

—¡Las cosas van a cambiar! —exclama cuando la ve llegar a la entrada—. El lunes empezaremos de cero. En serio.

Ernest Williams les mira y vuelve la cabeza y escupe en el suelo. Toni sube al coche y enciende un cigarrillo.

—¡La semana que viene todo esto será agua pasada! —vuelve a gritar Leo.

Toni le dice adiós con la mano cuando sale marcha atrás a la calle. Mete la primera y arranca. Acelera y los neumáticos rechinan.

En la cocina Leo se sirve un escocés y sale con el vaso al patio trasero. Los niños están en casa de su madre. Tres días atrás había llegado una carta con su nombre escrito a lápiz en el sobre sucio, la única carta en todo el verano que no exigía algún pago en su integridad. Nos estamos divirtiendo mucho, decía la carta. Nos gusta la abuela. Tenemos un perro nuevo que se llama Mister Six. Es muy bueno. Lo queremos mucho. Adiós. Entra a servirse otra copa. Pone hielo en el vaso, y ve que le tiembla la mano. Extiende la mano sobre la pila. Se la mira unos instantes, deja el vaso, extiende la otra mano. Luego coge el vaso y vuelve a salir y se sienta en los escalones. Recuerda que de niño su padre señaló en cierta ocasión una bonita casa, una casa alta y blanca rodeada de manzanos, con una valla alta y pintada de blanco.

—Ahí tenéis la casa de Finch —había dicho con admiración—. Ha estado en la bancarrota como mínimo un par de veces, y fijaos en su casa.

Pero «la bancarrota» significaba la quiebra total de una empresa, ejecutivos cortándose las venas de las muñecas y arrojándose por la ventana, millares de empleados en la calle...

Leo y Toni aún tenían muebles. Leo y Toni tenían muebles, y Toni y los niños tenían ropa. Esas cosas quedaban exentas. ¿Y qué más? Las bicicletas de los niños, pero las había mandado a casa de su madre para mantenerlas a salvo. El acondicionador de aire portátil, los electrodomésticos, la lavadora y secadora nuevas..., todo se lo habían llevado en camiones semanas atrás. ¿Qué más poseían? Cuatro fruslerías, nada, cosas demasiado usadas o que llevaban tiempo cayéndose a pedazos. Pero en su haber figuraban las grandes fiestas y viajes del pasado. A Reno y a Tahoe, a ciento treinta kilómetros por hora por la autopista, con la capota bajada y la radio a todo trapo. Y la comida. La comida había sido una de las grandes partidas. Se daban grandes banquetes. Leo calcula miles de dólares sólo en exquisiteces. Toni iba a la tienda y compraba todo lo que veía.

—Yo tuve que pasarme sin ello de niña —decía—. Mis hijos no van a pasarse sin ello. —Y lo decía como si Leo hubiera insistido en que se privaran de esas cosas.

Se inscribía en todos los clubs del libro.

—De niña nunca tuve libros —decía rasgando el papel de los grandes paquetes.

Se habían inscrito también en los clubs de discos: necesitaban música para el nuevo tocadiscos estereofónico. Lo compraban todo a plazos. Hasta una terrier con pedigrí a la que llamaron Ginger. Leo pagó por ella doscientos dólares, y una semana después la encontró muerta, atropellada por un coche. Compraban lo que les venía en gana. Si no podían pagarlo, lo compraban a plazos. Firmaban.

Tiene la camiseta mojada. Siente que el sudor de las axilas se le desliza por los costados. Está sentado sobre el escalón con el vaso vacío en la mano, y contempla cómo las sombras invaden el patio. Se estira, se seca el sudor de la cara. Escucha el rumor del tráfico de la autopista, y considera la posibilidad de bajar al sótano, ponerse de pie sobre la pila y colgarse por el cuello con el cinturón. Cae en la cuenta de que lo que desea es estar muerto.

Entra en casa y se sirve un generoso trago y enciende el televisor y se prepara algo de comer. Se sienta a la mesa con unos chiles y unas galletas saladas y se pone a ver en la televisión algo sobre un detective ciego. Recoge la mesa. Friega la sartén y el bol, los seca y los pone en su sitio, y luego se pone a mirar el reloj de la pared.

Son más de las nueve. Toni lleva fuera casi cinco horas.

Se sirve whisky escocés, añade agua y se va con el vaso a la sala. Se sienta en el sofá, pero se da cuenta de que tiene los hombros tan rígidos que no puede recostarse. Fija la mirada en la pantalla del televisor y bebe el whisky a sorbos, pero pronto apura el vaso y va a servirse otro trago. Vuelve a sentarse. Comienza un noticiario —son las diez–, y se dice: «Dios..., en el nombre de Dios, ¿qué es lo que ha ido mal?» Y va de nuevo a la cocina y vuelve con más whisky. Se sienta, cierra los ojos, los abre al oír el timbre del teléfono.

–Me apetecía llamarte –dice Toni.

–¿Dónde estás? –dice él. Oye música de piano y el corazón le da un vuelco.

–No lo sé –dice ella–. En un sitio. Estamos tomando una copa, y luego vamos a irnos a un restaurante a cenar. Estoy con el jefe de ventas. Es un tipo ordinario, pero buena persona. Me ha comprado el coche. Tengo que irme. Iba al tocador y al pasar he visto el teléfono.

–¿Te han comprado el coche? –dice Leo. Mira por la ventana hacia el espacio de la entrada donde aparca siempre Toni.

–Ya te lo he dicho –dice ella–. Ahora tengo que irme.

–Espera, espera un segundo, por el amor de Dios –dice Leo–. ¿Te han comprado el coche o no?

–Ha sacado el talonario justo antes de que me levantara –dice ella–. Tengo que irme. Tengo que ir al aseo.

–¡Espera! –grita Leo. La línea se corta. Se queda escuchando la señal de marcar–. Santo Cristo –se dice, y sigue allí con el auricular en la mano.

Se pasea por la cocina y vuelve a la sala. Se sienta. Se levanta. Va al cuarto de baño y se cepilla los dientes con meticulosidad. Luego utiliza hilo dental. Se lava la cara y vuelve a la cocina. Mira el reloj y coge un vaso limpio de un juego: todos ellos llevan una mano de cartas pintada en un lado. Llena de hielo el vaso. Fija los ojos en el vaso que antes ha dejado en la pila.

Se sienta en el sofá con la espalda apoyada sobre uno de los extremos, y pone los pies encima del otro. Mira la pantalla, pero se da cuenta de que no entiende lo que están diciendo. Hace girar el vaso vacío en su mano y considera la posibilidad de arrancar el borde con los dientes. Durante un momento siente escalofríos y piensa en irse a la cama, pese a que sabe que va a soñar con una mujer corpulenta de pelo gris. En el sueño él siempre está agachado atándose los cordones de los zapatos. Cuando se endereza ella le mira y él vuelve a agacharse para atarse de nuevo los zapatos. Se mira la mano. Y mientras mira cierra el puño. El teléfono está sonando.

–¿Dónde estás, cariño? –dice despacio, con voz suave.

–En un restaurante –dice ella con voz sonora, vibrante.

–Cariño, ¿qué restaurante? –dice él. Se lleva la base de la palma a los ojos y aprieta.

–En el centro, no lo sé exactamente –dice ella–. Creo que se llama New Jimmy's. Perdone –le dice a alguien apartando la boca del teléfono–, ¿esto es New Jimmy's? Sí, es New Jimmy's, Leo –le dice a Leo–. Todo marcha bien, casi hemos acabado. Luego va a llevarme a casa.

–¿Cariño? –dice Leo. Se aprieta el auricular contra el oído y se balancea a derecha e izquierda, con los ojos cerrados–. ¿Cariño?

–Tengo que dejarte –dice ella–. Me apetecía llamarte. Bien, ¿sabes cuánto?

–Cariño –dice Leo.

–Seiscientos veinticinco –dice. ella–. Los tengo en el bolso. Me ha dicho que los descapotables se venden mal. Hemos nacido de pie –dice, y se echa a reír–. Se lo conté todo. Me sentí obligada.

–Cariño –dice Leo.

—¿Qué? –dice ella.

—Por favor, cariño –dice Leo.

—Dice que lamenta nuestra situación –dice ella–. Algo tenía que decir. –Se echó a reír otra vez–. Dice que personalmente preferiría que lo catalogaran de atracador o de violador antes que de tipo insolvente. Pero es bastante agradable –dice.

—Ven a casa –dice Leo–. Coge un taxi y ven a casa.

—No puedo –dice ella–. Estamos a mitad de la cena, ya te lo he dicho.

—Iré a buscarte –dice Leo.

—No –dice ella–. Te digo que estamos acabando. Ya te lo he dicho, es parte del trato. Están a ver lo que sacan. Pero no te preocupes, estamos a punto de irnos. Estaré en casa en seguida –dice. Y cuelga.

Al poco Leo llama a New Jimmy's. Contesta un hombre.

—New Jimmy's ha cerrado ya –dice el hombre.

—Quisiera hablar con mi mujer –dice Leo.

—¿Trabaja aquí? –pregunta el hombre–. ¿Quién es?

—Una cliente –dice Leo–. Está con alguien. Con un hombre de negocios.

—¿La conozco quizás? ¿A su mujer? –dice el hombre–. ¿Puede decirme su nombre?

—No creo que la conozca –dice Leo.

Y luego:

—Está bien, está bien –dice Leo–. No se preocupe, aquí llega.

—Gracias por llamar a New Jimmy's –dice el hombre.

Leo se precipita hacia la ventana. Un coche que no conoce aminora la marcha al llegar ante la casa, pero luego acelera y pasa de largo. Leo sigue esperando. Dos, tres horas después vuelve a sonar el teléfono. Cuando levanta el auricular no hay nadie al otro lado de la línea. Oye tan sólo la señal de marcar.

—¡Estoy aquí! –grita Leo con los labios pegados al teléfono.

Casi está amaneciendo cuando oye unos pasos en el porche. Se levanta del sofá. El televisor emite como un zumbido, la pantalla centellea. Abre la puerta. Toni se da contra la pared al entrar. Sonríe. Tiene la cara abotargada, como si hubiera estado durmiendo bajo los efectos de un sedante. Mueve, se humedece los labios, se agacha pesadamente para esquivar y se tambalea al esgrimir él el puño.

–Adelante –dice con boca pastosa. Sigue allí de pie, tambaleándose. Hace un ruido, arremete contra él, le agarra la camisa, se la desgarra por el pecho–. ¡Estás en bancarrota! –grita. Se retuerce, suelta, le agarra la camiseta y la desgarra por el cuello–. Hijo de perra... –dice, mientras lanza un zarpazo tras otro.

Leo le estruja las muñecas, luego la suelta, recula unos pasos en busca de algo pesado. Ella tropieza camino del dormitorio.

«Estás en la ruina», dice entre dientes. Leo oye cómo Toni se desploma sobre la cama y gime.

Leo espera un rato; luego se refresca la cara con agua y entra en el dormitorio. Enciende la luz, mira a Toni y empieza a quitarle la ropa. Tira de ella y la empuja y la voltea de lado a lado de la cama, desnudándola. Toni dice algo dormida y mueve la mano. Leo le quita las bragas, las mira detenidamente bajo la luz y las arroja a un rincón. Aparta las mantas y la envuelve en ellas, desnuda. Luego abre su bolso. Está examinando el cheque cuando oye el coche que sube por el camino de entrada.

Mira a través de la cortina y ve el descapotable, con los faros encendidos y el motor al ralentí, y cierra los ojos y vuelve a abrirlos. Ve a un hombre alto que pasa por delante del coche y sube hacia el porche. El hombre deja algo en el porche y se vuelve hacia el coche. Lleva un traje blanco de lino.

Leo enciende la luz del porche y abre la puerta con cautela. Ve la pequeña bolsa de maquillaje de Toni sobre el escalón de arriba. El hombre mira a Leo desde el morro del coche, y sube y se pone al volante y suelta el freno de mano.

—¡Espere! —le grita Leo, y empieza a bajar los escalones del porche. El hombre pisa el freno mientras Leo avanza hacia los faros. El coche chirría al frenarse. Leo trata de cerrarse los dos lados de la camisa, trata de apelotonar los faldones y metérselos por los pantalones.

—¿Qué es lo que quiere? —dice el hombre—. Mire —dice el hombre—, tengo que irme. No se ofenda. Compro y vendo coches, ¿estamos? La señora se dejó el maquillaje. Es una dama, de veras, refinada. ¿Qué es lo que quiere?

Leo se apoya contra la portezuela y mira al hombre. El hombre retira las manos del volante y las vuelve a poner. Hace marcha atrás y el coche comienza a retroceder un poco.

—Tengo que decirle... —dice Leo, y se humedece los labios.

Se enciende la luz del dormitorio de Ernest Williams. La persiana sube despacio.

Leo sacude la cabeza, vuelve a meterse la camisa en los pantalones. Se aparta del coche unos pasos.

—El lunes —dice.

—El lunes —dice el hombre, atento a cualquier súbito movimiento.

Leo asiente con la cabeza, despacio.

—Bien, buenas noches —dice el hombre, y tose—. Tómeselo con calma, ¿quiere? El lunes, muy bien. De acuerdo, entonces. —Levanta el pie del freno; el coche retrocede un par de metros y el hombre vuelve a pisarlo—. ¿Eh? Una pregunta. Dígame, entre amigos, ¿el cuentakilómetros marca lo que debe marcar? —El hombre aguarda, y luego se aclara la garganta—. Bueno, mire, da igual si no —dice—. Tengo que irme. Tómeselo con calma.

El descapotable retrocede hasta la calle, sale con rapidez hacia delante, y en la esquina tuerce sin detenerse.

Leo trata de nuevo de meterse la camisa en los pantalones y vuelve hacia la casa. Cierra con llave la puerta principal y se cerciora de que ha quedado bien cerrada. Luego entra en el dormitorio, cierra la puerta y aparta las mantas de la cama. Mira a Toni antes de apagar la luz. Se quita la ropa, la dobla con cuidado y la deja en el suelo, se mete en la cama junto a Toni. Permanece echado boca arriba durante un rato, se tira del vello del vientre, reflexiona. Mira la puerta del dormitorio, cuyo contorno ahora se perfila a la tenue luz del exterior. En ese momento extiende la mano y toca a Toni en la cadera. Toni no se mueve. Leo se vuelve hasta quedar de costado y le pone una mano en la cadera. Le desliza los dedos por la cadera y siente el tacto de las marcas del elástico. Son como sendas, y él las sigue por la carne con las yemas. Pasa los dedos por encima, de arriba abajo, las recorre una tras otra. Surcan su carne por doquier, son docenas, quizá cientos... Se acuerda de cuando se despertó a la mañana siguiente de haber comprado el descapotable; de que lo vio allí aparcado, al sol, resplandeciente.

SEÑALES

El primero de los despilfarros que habían planeado para la velada Wayne y Caroline fue ir a cenar a Aldo's, un restaurante nuevo y elegante situado muy al norte. Pasaron por un minúsculo jardín vallado con pequeñas estatuas y fueron recibidos por un hombre alto y canoso vestido de oscuro que les dijo:

–Buenas noches, señor. Señora. –Tras el saludo abrió la puerta para que pasaran.

Una vez dentro, el propio Aldo les mostró la pajarera, en la que había un pavo real, una pareja de faisanes dorados, un faisán chino de cuello blanco y cierta cantidad de pájaros sin especificar que volaban por el recinto o estaban encaramados aquí y allá. Aldo en persona les condujo hasta la mesa; después de invitar a Caroline a sentarse se volvió a Wayne y dijo:

–Una dama encantadora.

Y se retiró. Era un hombre menudo y moreno, impecable, con un suave acento.

A Wayne y a Caroline les complació su deferencia.

–He leído en el periódico –dijo Wayne– que tiene un tío que ocupa no sé qué cargo en el Vaticano. Así es como ha conseguido copias de esos cuadros famosos. –Wayne señaló con un gesto la copia de un Velázquez que colgaba de la pared más cercana–. Su tío del Vaticano –dijo Wayne.

–Fue *maître d'hôtel* en el Copacabana de Río –dijo Caroline–. Conoció a Frank Sinatra, y Lana Turner era muy amiga suya.

–¿De veras? –dijo Wayne–. No lo sabía. Lo que yo he leído es que estuvo en el Victoria Hotel de Suiza y en un gran hotel de París. No tenía idea de que hubiera estado en el Copacabana de Río de Janeiro.

Caroline apartó un poco el bolso cuando el camarero puso en la mesa las gruesas copas. Después de servir agua en la de Caroline, el camarero se desplazó hasta el lado de Wayne.

–¿Te has fijado en el traje que lleva? –dijo Wayne–. Raras veces se ven trajes como ése. Es un traje de trescientos dólares. –Cogió la carta. Y al poco dijo–: Bien, ¿qué vas a comer?

–No sé –dijo ella–. Aún no lo he decidido. ¿Tú que vas a pedir?

–No lo sé –dijo él–. Yo tampoco me he decidido aún.

–¿Qué te parece uno de esos platos franceses, Wayne? ¿O esto? Aquí, mira. –Puso un dedo en la carta para indicarle dónde, y luego entornó los ojos mientras miraba cómo Wayne identificaba el idioma, fruncía los labios, luego el ceño y finalmente sacudía la cabeza.

–No sé –dijo–. Preferiría saber lo que estoy pidiendo. No sé, la verdad.

El camarero volvió con lápiz y cuaderno y dijo algo que Wayne no entendió del todo.

–Aún no hemos decidido –dijo. Y sacudió la cabeza al ver que el camarero seguía de pie junto a la mesa–. Le haré una seña en cuanto lo sepamos.

–Creo que pediré solomillo. Tú pide lo que quieras –le dijo a Caroline cuando el camarero se hubo retirado.

Cerró la carta y levantó su copa de agua. Por encima del apagado rumor que les llegaba de las otras mesas pudo oír unos gorjeos en la pajarera. Vio a Aldo recibir a un grupo de cuatro personas, charlar con ellas sonriendo y asintiendo y conducirlas a una mesa.

–Podrían habernos dado una mesa mejor –dijo Wayne–. En lugar de ésta aquí en medio. Por aquí todo el mundo pasa y te ve comer. Nos podrían haber dado una mesa de las contiguas a la pared. O junto a la fuente.

–Creo que pediré el tournedos –dijo Caroline. Y siguió mirando la carta.

Wayne dio unos golpecitos al paquete de cigarrillos, sacó uno y lo encendió, y echó una ojeada en torno, hacia los otros comensales. Caroline seguía mirando la carta.

–Bien, por el amor de Dios, si vas a pedir lo que has dicho cierra la carta para que el camarero pueda tomar nota.

Wayne alzó el brazo para llamar al camarero, que estaba al fondo de la sala hablando con un compañero.

–No tiene nada que hacer más que darle a la lengua con uno de sus colegas –dijo Wayne.

–Ya viene –dijo Caroline.

–¿Señor? –Era un hombre delgado y picado de viruelas, con un holgado traje negro y una pajarita negra.

–... Y tomaremos una botella de champán. Una botella pequeña. Algo..., ya sabe, nacional –dijo Wayne.

–Ah, y traiga la *bandeja* de los entremeses –dijo Caroline–. Por favor.

–Sí, señora –dijo el camarero.

–Una pandilla muy poco de fiar –dijo Wayne–. ¿Te acuerdas de aquel tal Bruno que trabajaba en la oficina de lunes a viernes y de camarero los fines de semana? Fred le pilló robando dinero del bote. Y lo despedimos.

–Hablemos de algo agradable –dijo Caroline.

—Sí, claro –dijo Wayne.

El camarero sirvió un poco de champán en la copa de Wayne, y Wayne levantó la copa, paladeó un sorbo y dijo:

—Muy bien, estupendamente. –Y luego dijo–: Brindo por ti, nena. –Alzó la copa en alto y añadió–: Feliz cumpleaños.

Hicieron chocar las copas.

—Me gusta el champán –dijo Caroline.

—Me gusta el champán –dijo Wayne.

—Podríamos haber pedido una botella de Lancer's –dijo ella.

—¿Y por qué no lo has dicho, si era ése el que querías? –dijo Wayne.

—No lo sé –dijo Caroline–. No se me ha ocurrido. Pero éste está muy bien.

—No entiendo mucho de champanes. No me importa admitir que no soy lo que se dice un... *connaisseur*. No me molesta admitir que no soy más que un ignorante. –Rió y trató de captar su mirada, pero estaba absorta en la elección de una aceituna de la bandeja de los entremeses–. No soy como ese grupo que sueles frecuentar últimamente. Pero si querías Lancer's –continuó–, tendrías que haber pedido Lancer's.

—¡Oh, cállate! –dijo Caroline–. ¿No puedes hablar de otra cosa? –Y entonces alzó la mirada y lo miró, y él tuvo que apartar la mirada. Y movió los pies bajo la mesa.

Wayne dijo:

—¿Te apetece un poco más de champán, cariño?

—Sí, gracias –dijo Caroline con voz queda.

—Por nosotros –dijo Wayne.

—Por nosotros, cariño –dijo Caroline.

Se miraron fijamente mientras bebían.

—Tenemos que hacer esto más a menudo –dijo él.

Ella asintió con un gesto.

—Conviene salir de vez en cuando. Me esforzaré más y lo haremos, si tú quieres.

Ella cogió un tallo de apio.

—Eso depende de ti –dijo.

—¡No es cierto! No soy yo quien está..., quien está...

—¿Quién está qué? –dijo ella.

—Me tiene sin cuidado lo que hagas –dijo, bajando la mirada.

—¿Lo dices en serio?

—No sé por qué lo he dicho –dijo él.

El camarero trajo la sopa y se llevó la botella y las copas y volvió a llenar las copas de agua.

—¿Podría traerme una cuchara? –dijo Wayne.

—¿Señor?

—Una cuchara para la sopa –repitió Wayne.

El camarero pareció asombrarse, y luego adoptó un aire perplejo. Miró a su alrededor, hacia las otras mesas. Wayne gesticuló sobre la sopa con una cuchara imaginaria. Apareció Aldo junto a la mesa.

—¿Todo en orden? ¿Sucede algo?

—Al parecer mi marido no tiene cuchara para tomar la sopa –dijo Caroline–. Lamento importunarle –dijo.

—No faltaba más. *Une cuiller, s'il vous plaît* –le dijo Aldo al camarero en tono suave. Miró un instante a Wayne, y luego explicó a Caroline–: Paul empieza esta noche. Habla muy poco inglés, aunque me concederán que es un excelente camarero. El chico que preparó la mesa se olvidó de la cuchara. –Aldo sonrió–. Y ello sin duda ha cogido a Paul por sorpresa.

—Es un lugar precioso –dijo Caroline.

—Gracias –dijo Aldo–. Estoy encantado de que nos hayan visitado esta noche. ¿Les gustaría ver la bodega y los comedores privados?

—Con mucho gusto.

–Haré que alguien les acompañe cuando terminen de cenar –dijo Aldo.

–Aceptamos su invitación encantados –dijo Caroline.

Aldo les dedicó una ligera inclinación y volvió a mirar a Wayne.

–Espero que disfruten de la cena –les dijo.

–El muy imbécil –dijo Wayne.

–¿Quién? –dijo ella–. ¿De quién hablas? –dijo, dejando la cuchara sobre la mesa.

–El camarero –dijo Wayne–. Hablo del camarero. El más novato y el más tonto de la casa, y nos lo endilgan a nosotros.

–Cómete la sopa –dijo ella–. No te pongas hecho una fiera.

Wayne encendió un cigarrillo. El camarero trajo las ensaladas y se llevó los platos de sopa.

Cuando empezaron con el segundo plato, Wayne dijo:

–Bien, ¿qué piensas? ¿Tenemos alguna posibilidad o no? –Miró hacia abajo y se colocó bien la servilleta.

–Tal vez –dijo Caroline–. Siempre hay una posibilidad.

–No me vengas con esas evasivas de mierda –dijo él–. Contesta con sinceridad, para variar.

–No te metas conmigo –dijo ella.

–Te estoy haciendo una pregunta –dijo él–. Respóndeme con franqueza –dijo.

Ella dijo:

–¿Quieres algo firmado con sangre?

Él dijo:

–No estaría mal.

Ella dijo:

–¡Escúchame bien! Te he dado los mejores años de mi vida. ¡Los mejores años de mi vida!

–¿Los mejores años de *tu* vida? –dijo él.

—Tengo treinta y seis años –dijo ella–. Cumplo treinta y siete esta noche. Esta noche, ahora mismo, en este mismo instante, no puedo decir qué es lo que voy a hacer. Ya veré –dijo.

—Me tiene sin cuidado lo que hagas –dijo él.

—¿Lo dices en serio? –dijo ella.

Wayne dejó caer airadamente el tenedor y tiró la servilleta encima de la mesa.

—¿Has terminado? –preguntó ella en tono amable–. Vamos a tomar postre y café. Un buen postre. Algo delicioso.

Caroline no dejó nada en el plato.

—Dos cafés –le dijo Wayne al camarero. Miró a Caroline y luego al camarero–. ¿Qué postres tienen? –dijo.

—¿Señor? –dijo el camarero.

—¡Postres! –dijo Wayne.

El camarero miró fijamente a Caroline y luego a Wayne.

—Nada de postres –dijo Caroline–. No tomemos postre.

—*Mousse* de chocolate –dijo el camarero–. Sorbete de naranja –dijo. Sonrió, mostrando su mala dentadura–. ¿Señor?

—Y no quiero ningún *tour* con cicerone por este sitio –dijo Wayne cuando el camarero se hubo retirado.

Cuando se levantaron de la mesa, Wayne dejó caer un billete de un dólar junto a su taza de café. Caroline sacó del bolso dos dólares, alisó los billetes y los dejó junto al de Wayne, formando hilera.

Esperó mientras Wayne pagaba la cuenta. Por el rabillo del ojo, Wayne vio a Aldo de pie cerca de la puerta, echando semillas dentro de la pajarera. Aldo miró hacia ellos, sonrió y siguió sacudiéndose semillas de entre los dedos mientras las aves se apiñaban ante él. Luego se frotó enérgicamente las manos y empezó a andar en dirección a Wayne, que miró hacia otra parte, que se volvió ligera pero perceptiblemente al acercarse Aldo. Pero cuando miró hacia atrás vio que Aldo tomaba la mano que Caroline le tendía, vio que Aldo juntaba los talones con elegancia, vio que Aldo besaba a Caroline en la muñeca.

–¿Disfrutó la señora de la cena? –dijo Aldo.

–Ha sido espléndida –dijo Caroline.

–¿Volverá a visitarnos de cuando en cuando? –dijo Aldo.

–Lo haré –dijo Caroline–. Tan a menudo como pueda. La próxima vez me encantaría que nos permitiera echar un vistazo a todo esto, pero ahora no tenemos más remedio que irnos.

–Querida señora –dijo Aldo–, tengo algo para usted. Un segundo, por favor. –Alargó la mano hacia el jarrón de una mesa próxima a la puerta y se volvió airosamente con una rosa de largo tallo.

–Para usted, querida señora –dijo Aldo–. Pero tenga cuidado, por favor. Las espinas. Una dama adorable –le dijo a Wayne sonriendo, y se dio la vuelta para dar la bienvenida a otra pareja.

Caroline seguía allí de pie.

–Vámonos de aquí –dijo Wayne.

–¿Entiendes ahora que se hiciera amigo de Lana Turner? –dijo Caroline. Cogió la rosa y jugueteó con ella entre los dedos.

–¡Buenas noches! –dijo en dirección a la espalda de Aldo. Pero Aldo estaba ocupado escogiendo otra rosa.

–No creo ni que llegara a conocerla –dijo Wayne.

¿QUIERES HACER EL FAVOR DE CALLARTE, POR FAVOR?

Cuando a los dieciocho años iba a marcharse por primera vez a vivir fuera de casa, Ralph Wyman recibió de labios de su padre, director de la Jefferson Elementary School y trompeta solista en la Weaverville Elks Club Auxiliary Band, el consejo de que la vida era un asunto serio de verdad, una empresa que exigía fuerza y determinación en los jóvenes que empezaban a levantar el vuelo, una tarea ardua –era de todos sabido–, pero también gratificante. Tal era la creencia del padre de Ralph Wyman, y así se lo hizo saber a su hijo.

Pero en la universidad las metas de Ralph se hicieron más bien imprecisas. Pensaba que quería ser médico, y pensaba asimismo que quería ser abogado, así que se matriculó en el preparatorio de medicina y también en cursos de historia de la jurisprudencia y de derecho mercantil, hasta que decidió que carecía tanto del desapego emocional necesario para el ejercicio de la medicina como de la capacidad de leer sin tregua ni tasa que requería la carrera de leyes, en especial si tal lectura tenía que ver con la propiedad y la herencia. Aunque siguió asistiendo a clases de ciencias y de temas mercantiles, Ralph se apuntó también a cursos de filosofía y literatura, y un día se sintió al borde de una suerte de descubrimiento trascendental acerca de sí mismo. Revelación que nunca tuvo lugar. Fue en este período –su momento de mayor decaimiento, como lo llamaría después– cuando Ralph creyó casi sucumbir a una depresión nerviosa. Pertenecía a una hermandad de estudiantes, y dio en beber todas las noches. Bebía tanto que llegó a ser una celebridad, y recibió el sobrenombre de «Jackson», en honor del barman de The Keg. Más tarde, en su tercer año, Ralph sucumbió al influjo de un profesor particularmente persuasivo, el doctor Maxwell. Ralph no lo olvidaría jamás. Era un hombre guapo y atractivo, de poco más de cuarenta años, de modales exquisitos y con un leve acento del sur. Se había educado en Vanderbilt, había estudiado luego en Europa, y más tarde había tenido que ver con una o dos revistas literarias de la Costa Este. Casi de la noche a la mañana –según explicaría Ralph después–, decidió dedicarse a la enseñanza. Dejó de beber con exceso, empezó a concentrarse en el estudio, y en el curso de aquel año fue elegido miembro de la Omega Psi, la hermandad nacional de periodismo. Entró asimismo en el English Club. Y fue invitado a tocar el violoncelo –llevaba ya tres años sin practicar– en un grupo estudiantil de música de cámara que se estaba formando. Incluso se presentó con éxito a delegado del último curso. Y entonces conoció a Marian Ross, una chica pálida, delgada y atractiva que se sentaba junto a Ralph en el seminario sobre Chaucer.

Marian Ross tenía el pelo largo y solía llevar jerséis de cuello alto e iba siempre de un lado para otro con un bolso de piel de larga bandolera. De ojos grandes, parecía captarlo todo al primer golpe de vista. A Ralph le gustaba salir con Marian Ross. Iban a The Keg y a un par de sitios más que todos frecuentaban, pero jamás permitían que el salir juntos –ni su ulterior compromiso el verano siguiente– interfiriera en sus estudios. Eran estudiantes serios, y sus padres respectivos acabaron por dar su aprobación al compromiso. Ralph y Marian hicieron las prácticas de enseñanza en primavera, en la misma escuela secundaria de Chico, y en junio se presentaron juntos a los exámenes de graduación. Y dos semanas después se casaron en la iglesia episcopaliana de St. James.

La noche anterior se habían cogido de las manos y habían jurado preservar la emoción y el misterio del matrimonio, hasta el final de sus vidas.

De luna de miel fueron a Guadalajara, y mientras disfrutaban visitando las iglesias en ruinas y los mal iluminados museos, y dedicando las tardes a comprar y a husmear en la plaza del mercado, Ralph se sentía íntima y secretamente horrorizado ante la miseria y la abierta lujuria que veía por doquiera, y anhelaba regresar a la seguridad de California. Pero la visión que habría de recordar siempre y que más lo turbó no tenía nada que ver con México. Atardecía, anochecía casi, y Marian estaba inclinada hacia delante, inmóvil, con los brazos apoyados sobre la balaustrada de hierro de la casita alquilada, y Ralph subía por el polvoriento sendero que ascendía hasta la puerta. Marian tenía el pelo muy largo, y le colgaba por delante de los hombros, y no le miraba a él sino hacia otra parte, en dirección a algo perdido en la lejanía. Llevaba una blusa blanca y un fular de un rojo vivo al cuello, y Ralph pudo apreciar el vehemente empuje de sus senos contra la tela blanca. Ralph llevaba bajo el hombro una botella de vino oscuro y sin etiqueta, y el episodio entero le trajo a la memoria cierta secuencia fílmica, un momento de honda intensidad dramática en el que Marian podía tener cabida, pero no él.

Antes de salir de luna de miel habían aceptado sendos puestos docentes en una escuela secundaria de Eureka, una pequeña ciudad de la región forestal del norte del estado. Transcurrido un año, una vez seguros de que la escuela y la ciudad eran exactamente lo que deseaban para fijar su residencia, pagaron la entrada de una casa en el distrito de Fire Hill. Ralph tenía la sensación –sin haber pensado nunca en ello realmente– de que Marian y él se entendían perfectamente, o al menos tanto como cualquier pareja. Notaba, además, que se entendía a sí mismo: sabía de lo que era capaz y de lo que no; cuáles eran las metas a las que su mesurada valoración de sí mismo le permitía aspirar.

Sus dos hijos, Dorothea y Robert, tenían ahora cinco y cuatro años. Meses después de nacer Robert, a Marian le ofrecieron un puesto de profesora auxiliar de francés e inglés en el colegio universitario de primer ciclo situado a un extremo de la ciudad, y Ralph siguió en la escuela secundaria. Ambos se consideraban una pareja feliz, y en el firmamento de su matrimonio no había habido sino un solo nubarrón, y lejano ya en el tiempo: el próximo invierno haría dos años. Era algo de lo que no habían vuelto a hablar desde entonces. Pero Ralph pensaba en ello a veces (estaba dispuesto a admitir, de hecho, que pensaba en ello cada día más y más). Cada vez con más frecuencia se presentaban ante sus ojos imágenes pavorosas, ciertos inconcebibles pormenores. Porque se le había metido en la cabeza la idea de que su mujer le había sido infiel una vez con un hombre llamado Mitchell Anderson.

Pero ahora era un domingo de noviembre por la noche y los niños estaban ya dormidos y Ralph, medio adormilado en el sofá, corregía unos ejercicios. De la cocina, donde Marian estaba planchando, le llegaba el suave sonido de la radio, y se sentía enormemente feliz. Siguió con la mirada fija en los ejercicios durante un rato, y al cabo los recogió y apagó la lámpara.

–¿Has acabado, amor? –dijo Marian con una sonrisa cuando vio a su marido en la puerta de la cocina. Estaba sentada en un taburete alto, y dejó la plancha en posición vertical como si hubiera estado esperándole.

–No, maldita sea –dijo, haciendo una mueca exagerada y tirando los ejercicios sobre la mesa.

Ella se rió –con una risa sonora, grata– y le acercó la cara para que la besara, y él le dio un beso fugaz en la mejilla. Luego apartó una silla de la mesa, y se sentó, se echó hacia atrás hasta dejar al aire las dos patas delanteras y la miró. Ella volvió a sonreír, y luego bajó la mirada.

–Estoy medio dormido –dijo él.

–¿Café? –dijo ella, alargando la mano y poniendo el dorso contra la cafetera.

Ralph negó con la cabeza.

Ella cogió el cigarrillo encendido del cenicero, dio unas chupadas mientras miraba hacia el suelo y lo volvió a dejar en el cenicero. Miró a

Ralph, y una cálida expresión se dibujó en su semblante. Era una mujer alta y de cuerpo flexible, con generosos pechos, caderas estrechas y grandes y maravillosos ojos.

—¿Piensas alguna vez en aquella fiesta? —preguntó a su marido, sin dejar de mirarle en ningún momento.

Aturdido, Ralph se movió en la silla y dijo:

—¿Qué fiesta? ¿Te refieres a aquella de hace dos o tres años?

Ella asintió.

Él aguardó, y cuando vio que ella no hacía ningún otro comentario, dijo:

—¿Qué me dices de aquella fiesta? Ahora que la sacas a relucir, ¿qué pasó en aquella fiesta? —Y luego dijo—: Bueno, te besó; aquella noche te besó, ¿no es eso? Quiero decir que lo sé, que sé que te besó. Trató de besarte, ¿no es cierto?

—Estaba pensando en ello ahora y te lo he preguntado, eso es todo —dijo ella—. A veces pienso en ello —dijo.

—Bien, lo hizo, ¿no es eso? Vamos, Marian... —dijo.

—¿Piensas alguna vez en aquella noche? —dijo ella.

Él dijo:

—En realidad no. Fue hace mucho tiempo, ¿no te parece? Hace tres o cuatro años. Ahora ya puedes contármelo —dijo—. Estás hablando conmigo, y sigo siendo el viejo «Jackson», ¿te acuerdas? —Ambos se echaron a reír de pronto, al unísono, y de forma igualmente repentina ella dijo:

—Sí. Me besó unas cuantas veces. —Y sonrió.

Él sabía que debía esbozar una sonrisa gemela, pero le resultó imposible hacerlo. Dijo:

—Siempre me has dicho que no llegó a besarte. Que sólo te pasó el brazo por los hombros mientras conducía. ¿Así que en qué quedamos?

«¿Por qué lo has hecho?», decía ella como en un sueño. «¿Dónde has estado toda la noche?», gritaba él, de pie e inclinado sobre ella, con las piernas desmadejadas, con el puño echado hacia atrás para golpear de nuevo. Luego ella decía: «No he hecho nada. ¿Por qué me has pegado?»

–¿Cómo es que estamos hablando de esto? –dijo ella.

–Tú lo has sacado a relucir –dijo él.

Marian sacudió la cabeza.

–No sé lo que me ha hecho pensar en ello. –Se succionó el labio superior y miró al suelo. Luego irguió los hombros y alzó los ojos–. Si me quitas de aquí la tabla de la plancha, cariño, prepararé una taza de algo caliente. Un ron con azúcar. ¿Qué te parece?

–Estupendo –dijo él.

Marian fue a la sala y encendió la lámpara y se agachó para recoger una revista del suelo. Ralph miró sus caderas, que adivinaba bajo la falda escocesa de lana. Marian se acercó a la ventana y se quedó mirando el farol de la calle. Se alisó la falda con la palma de la mano, y luego empezó a meterse la blusa. Ralph se preguntó si ella se estaría preguntando si la estaba mirando.

Después de guardar la tabla de la plancha en su hueco del porche, volvió a sentarse en la cocina, y cuando vio entrar a Marian dijo:

–Bien, ¿qué más pasó entre tú y Mitchell Anderson aquella noche?

–Nada –dijo Marian–. Estaba pensando en otra cosa.

–¿En qué?

–En los niños, en el vestido que quiero comprarle a Dorothea para Pascua. Y en la clase de mañana. Pensaba en cómo va a sentarles un poco de Rimbaud –dijo, y se echó a reír–. Me ha salido sin querer, quiero decir la rima,[1] de verdad. Y de verdad, Ralph, no pasó nada más. Siento haber sacado a colación el asunto.

–Muy bien –dijo Ralph.

Se levantó y fue a apoyarse contra la pared, junto al frigorífico, y miró cómo Marian echaba azúcar en dos tazas y luego añadía el ron y revolvía con una cucharilla. El agua empezaba a hervir en el fuego.

1. Alude a la rima entre «*they'd go*» y Rimbaud. *(N. del T.)*

—Mira, cariño, el caso es que *ha salido* a colación –dijo–. Y que *sucedió* hace cuatro años, así que no veo razón por la que *no podamos* hablar de ello si *queremos* hacerlo. ¿Hay alguna?

Ella dijo:

—Pero lo cierto es que no hay nada de que hablar.

Él dijo:

—Me gustaría saber.

Ella dijo:

—¿Saber qué?

—Qué más hizo aparte de besarte. Somos adultos. No hemos visto a los Anderson literalmente hace años, y lo más probable es que no volvamos a verlos nunca, y la cosa sucedió hace *mucho* tiempo, así que ¿qué razón puede haber para que no hablemos de ello? –Al concluir se sintió un tanto sorprendido ante el timbre discursivo de su voz. Se sentó y miró el mantel, y luego alzó los ojos y volvió a mirar a Marian–. ¿Y bien? –dijo.

—Bien –dijo ella con sonrisa traviesa, ladeando la cabeza como una chiquilla, recordando–. No, Ralph, de veras. Preferiría no seguir con esto.

—¡Por el amor de Dios, Marian! *Ahora* hablo en serio –dijo, y comprendió de pronto que era cierto.

Marian apagó el fuego del agua hirviendo, alargó la mano y la puso sobre el taburete; luego volvió a sentarse en él y apoyó los talones sobre el estribo de abajo. Se inclinó hacia delante, con los brazos cruzados sobre las rodillas. Los pechos exhibían su pujanza bajo la blusa. Se quitó algo de la falda y levantó la mirada.

—Recordarás que Emily se había ido a casa en el coche de los Beatty, y que Mitchell, no sé por qué, se había quedado. Aquella noche parecía de mal humor. Eso para empezar. No sé, puede que no se llevaran bien, él y Emily, pero no puedo asegurarlo. Y nos quedamos tú y yo, los Franklin y Mitchell Anderson. Todos un poco borrachos. No estoy segura de cómo sucedió, Ralph, pero el caso es que Mitchell y yo nos encontramos juntos y a solas unos minutos en la cocina, y que no quedaba whisky, sólo una botella mediada de aquel vino blanco que tomamos. Debían de ser poco menos de la una, porque Mitchell dijo: «Si volamos con gigantescas alas aún podemos llegar a la tienda de licores antes de que cierren.» Ya sabes lo teatral que podía ser cuando quería. Sus modos saltarines, la mímica. Bueno, el caso es que estaba muy ingenioso. Al menos me lo pareció entonces. Y muy borracho. Lo mismo que yo, para ser franca. Fue un impulso, Ralph. No sé por qué lo hice, no me lo preguntes, pero cuando dijo que nos fuéramos... accedí. Salimos a la parte de atrás, donde tenía aparcado el coche. Nos fuimos así... tal y como estábamos... sin coger los abrigos del armario. Pensamos que no íbamos a tardar apenas. No sé lo que pensamos, lo que *pensé*. No sé *por qué* fui, Ralph. Fue un impulso equivocado. –Hizo una pausa–. Me equivoqué aquella noche, Ralph, y lo siento. No debí hacer una cosa semejante... *Sé* que no debí hacerlo.

–¡Cristo! –La maldición le brotó de los labios–. ¡Pero tú siempre has sido así, Marian! –dijo, y supo al instante que había expresado una profunda verdad.

Su mente se anegó de un hervidero de acusaciones, y trató de ceñirse a una en particular. Se miró las manos y apreció en ellas el mismo tacto sin vida de aquel día en que la había visto en el balcón de la casita de Guadalajara. Cogió el lápiz rojo que utilizaba para corregir ejercicios, y luego lo volvió a dejar sobre la mesa.

–Te escucho –dijo.

–¿Que me escuchas? –dijo ella–. Sueltas maldiciones y te pones hecho una furia, Ralph. Por nada... ¡por nada, cariño! No hay nada *más* –dijo.

–Continúa –dijo él.

Ella dijo:

–¿*Qué* es lo que nos pasa, Ralph? ¿Sabes cómo ha empezado todo esto? Porque yo no tengo la menor idea.

Ralph dijo:

—Continúa, Marian.

—Eso es *todo*, Ralph —dijo ella—. Ya te lo he dicho. Dimos una vuelta en coche. Charlamos. Y me besó. Todavía sigo sin entender cómo pudimos tardar tres horas... o lo que dijiste que tardamos.

—Cuéntamelo, Marian —dijo él. Sabía que había *más,* y sabía que lo había sabido siempre. Sintió un aleteo en el estómago, y dijo—: No. Si no quieres contármelo, déjalo. De hecho creo que prefiero dejar la cosa como está —dijo. Tuvo el pensamiento fugaz de que si no se hubiera casado estaría en cualquier otra parte haciendo algo distinto aquella noche, de que si no se hubiera casado podría estar en algún lugar silencioso y apacible.

—Ralph —dijo Marian—, ¿no irás a enfadarte, verdad, Ralph? Estamos hablando, nada más. ¿No te enfadarás, verdad? —Se había sentado en una de las sillas de la mesa.

Ralph dijo:

—No, no voy a enfadarme.

Ella dijo:

—¿Me lo prometes?

Él dijo:

—Te lo prometo.

Marian encendió un cigarrillo. Ralph sintió de pronto un intenso deseo de ver a los niños, de sacarlos de la cama, de levantar sus cuerpos pesados y agitados en el sueño y sentárselos en las rodillas y hacerlos trotar hasta que despertaran. Luego fijó toda su atención en uno de los minúsculos coches de caballos negros del mantel.

Cuatro diminutos y fogosos caballos blancos tiraban de cada coche; la figura del cochero llevaba un alto sombrero y tenía los brazos levantados, y en la parte superior de los coches se veían maletas atadas con correas, y si Ralph estaba escuchando a Marian lo hacía desde el interior del coche que acaparaba su atención.

—Fuimos directamente hasta la tienda de licores, y yo le esperé en el coche. Salió con una bolsa de papel en una mano y una de esas de plástico para cubitos en la otra. Al ir a subir al coche se tambaleaba un poco. No me di cuenta de lo borracho que estaba hasta que lo vi otra vez al volante. Me di perfecta cuenta de cómo conducía. Iba increíblemente despacio. Totalmente encorvado sobre el volante. Y con la mirada fija hacia delante. Charlábamos de multitud de cosas sin pizca de sentido. No me acuerdo bien. Charlamos de Nietzsche. De Strindberg. Él tenía que hacer el montaje de *La señorita Julia* el segundo semestre. Luego comentó algo sobre la puñalada en el pecho de Norman Mailer a su mujer. Y luego paró un momento en medio de la carretera. Tomamos un trago de la botella. Dijo que le parecía odiosa la idea de que me apuñalaran a mí en el pecho. Dijo que le gustaría besarme en el pecho. Arrancó y salió de la carretera y aparcó en el arcén. Bajó la cabeza y la puso sobre mi regazo...

Siguió hablando apresuradamente, y Ralph siguió sentado con las manos juntas sobre la mesa y la mirada en sus labios. Luego sus ojos recorrieron la cocina: los hornillos, el soporte de las servilletas, el horno, los armarios, la tostadora..., y de nuevo sus labios, el coche de caballos del mantel. Notó un extraño deseo de Marian que le aleteaba en la entrepierna, y luego sintió el incesante y rítmico vaivén del coche, y quiso gritar «*Deténgase*» y oyó que Marian decía:

—Y dijo que por qué no probábamos. —Y añadió después—: La culpa fue mía. Yo soy la culpable. Dijo que lo decidiera yo, que haríamos lo que yo quisiera.

Ralph cerró los ojos. Sacudió la cabeza, trató de concebir otras posibilidades, otros desenlaces. Llegó a preguntarse si sería posible reconstruir aquella noche de dos años atrás, e imaginó que entraba en la cocina en el instante mismo en que ellos estaban ya en la puerta, que le decía a Marian en tono enérgico: «¡Oh, no, no, tú no vas a ninguna parte con Mitchell Anderson! Este tipo está borracho, y por si fuera poco es un pésimo conductor, y tú tienes que acostarte para levantarte mañana con Robert y Dorothea, ¡así que quieta! ¡No te muevas de aquí!»

Abrió los ojos. Marian se había llevado una mano a la cara y lloraba ruidosamente.

—¿Por qué lo hiciste, Marian? —preguntó Ralph.

Marian sacudió la cabeza sin alzar la vista.

¡Entonces Ralph lo supo! Su mente acusó el impacto. Por espacio de unos instantes no pudo sino mirarse muda y fijamente las manos. ¡Lo sabía! Y la mente le rugió al constatar que lo sabía.

—¡Cristo! ¡No! ¡Marian! *¡Cristo bendito!* —dijo, apartándose bruscamente de la mesa—. ¡Cristo! *¡No,* Marian!

—No, no —dijo ella, echando hacia atrás la cabeza.

—¡Te dejaste! —gritó él.

—No, no —suplicó ella.

—¡Te dejaste! ¡Accediste a probarlo! ¿No es cierto? ¿No es cierto? ¡A *probarlo!* ¿No fueron ésas sus palabras? ¡Contéstame! —gritó—. ¿Se corrió dentro? ¿Le permitiste correrse dentro mientras lo estabais *probando?*

—Escucha, escúchame, Ralph —dijo ella, lloriqueando—. Te juro que no lo hizo. No se corrió. No se corrió dentro de mí. —Se balanceaba sobre la silla.

—¡Oh, Dios! ¡Maldita seas! —gritó él.

—¡Santo Dios! —dijo ella, levantándose y extendiendo las manos hacia delante—. ¿Estamos locos, Ralph? ¿Hemos perdido el juicio? ¿Ralph? Perdóname, Ralph. Perdóname...

—¡No me toques! ¡Apártate de mí! —dijo, gritando a voz en cuello.

Marian, asustada, empezó a jadear. Trató de cortarle el paso, pero él la cogió por los hombros y la arrojó hacia un lado.

—¡Perdóname, Ralph! *¡Por favor,* Ralph! —gritó Marian.

2

Antes de continuar hubo de detenerse y apoyarse contra un coche. Dos parejas que llevaban vestidos de etiqueta venían hacia él por la acera, y uno de los hombres estaba contando una anécdota en voz alta. Los otros reían. Ralph se apartó del coche y cruzó la calle. Minutos después llegó a Blake's, donde algunas tardes, antes de recoger a los niños de la guardería, solía entrar con Dick Koenig a tomar una cerveza.

El bar estaba en penumbra. Sobre las mesas de uno de los lados se veían botellas de largo cuello con velas encendidas. Ralph entrevió vagas formas de hombres y mujeres que charlaban con las cabezas muy juntas. Una de las parejas, que ocupaba una mesa cerca de la puerta, dejó de hablar y alzó la vista para mirarle. En el techo giraba un artilugio en forma de caja que lanzaba largas lenguas de luz. Al fondo del bar vio dos hombres sentados y la oscura figura de otro hombre inclinado sobre la máquina de discos recortada en un rincón, con los brazos extendidos y las manos a ambos lados del cristal. Ese hombre va a poner un disco, pensó Ralph, como si acabara de hacer un descubrimiento trascendental, y se quedó inmóvil en medio del local, observándole.

–¡Ralph! ¡Mr. Wyman, señor!

Ralph miró en torno. Era David Parks, que le llamaba desde detrás de la barra. Ralph se acercó hacia él, se apoyó pesadamente en la barra y dejó caer su peso sobre un taburete.

–¿Le pongo una, Mr. Wyman? –Parks le sonreía con un vaso en la mano. Ralph asintió con un gesto. Luego miró cómo Parks llenaba el vaso, cómo lo ladeaba bajo el grifo e iba enderezándolo a medida que la cerveza lo colmaba.

–¿Cómo le va, Mr. Wyman? –dijo Parks, alzando el pie y poniéndolo sobre una grada, bajo la barra–. ¿Quién va a ganar el partido de la semana que viene, Mr. Wyman? –Ralph sacudió la cabeza y se llevó la cerveza a los labios. Parks tosió débilmente–. Le invito a una, Mr. Wyman. Ésta la pago yo.

Bajó la pierna, movió la cabeza para ratificar su invitación y se metió la mano en el bolsillo, bajo su mandil de barman.

–Toma. Yo llevo cambio –dijo Ralph, y sacó unas monedas. Extendió la mano y se quedó mirándolas: una de cuarto, una de cinco centavos, dos de diez, dos centavos. Las contó como si su número encerrara alguna clave. Dejó el cuarto de dólar encima de la barra, se bajó del taburete y se metió las demás en el bolsillo. El hombre de la máquina de discos seguía con las manos a ambos lados del cristal.

Una vez fuera, Ralph miró a su alrededor tratando de decidir qué dirección tomar. El corazón le latía con fuerza, como si hubiera estado corriendo. La puerta del bar se abrió a su espalda y salió una pareja. Ralph se apartó hacia un lado y el hombre y la mujer subieron a un coche aparcado junto al bordillo, y Ralph vio que la mujer, al ocupar su asiento, se echaba hacia atrás el pelo, y cayó en la cuenta de que jamás había visto nada tan aterrador.

Fue hasta el final de la manzana, cruzó la calle y caminó hasta la esquina siguiente. Entonces decidió ir al centro. Caminó de prisa, con las manos cerradas en los bolsillos, golpeando con ruido el pavimento. Parpadeaba una y otra vez; le parecía increíble que aquél fuera el lugar donde vivía. Sacudió la cabeza. Habría querido sentarse un rato en algún sitio y reflexionar sobre ello, pero sabía que no podía sentarse a reflexionar sobre ello. Recordó que en cierta ocasión, en Arcata, había visto a un hombre sentado en un bordillo, un viejo de desaliñada barba que estaba allí sentado, con los brazos entre las piernas. Y entonces pensó: ¡Marian! ¡Dorothea! ¡Robert! Era imposible. Trató de imaginar qué pensaría de todo aquello dentro de veinte años. Pero no era capaz de imaginar nada. Y luego imaginó que interceptaba una nota que se pasaban sus alumnos, una nota que decía: *«¿Qué tal si probamos?»* Y ya no pudo pensar. Se sintió profundamente indiferente. Luego pensó en Marian. Pensó en Marian tal como la había visto hacia un rato, con la cara encogida y arrugada. Y luego en Marian en el suelo, con sangre en los dientes. «¿Por qué me has pegado?» ¡Y luego en Marian metiéndose la mano bajo el vestido para desabrocharse el liguero! ¡En Marian levantándose la falda mientras se echaba hacia atrás! En Marian cachonda, en Marian pidiendo a gritos: *¡Córrete! ¡Córrete! ¡Córrete!*

Se detuvo. Sintió que iba a vomitar. Se acercó al bordillo. Tragó saliva una y otra vez. Alzó la vista hacia un coche lleno de quinceañeros que le dedicaron al pasar una larga secuencia de su claxon melódico. Sí, una colosal maldad tiraba del mundo, pensó, y sólo necesita una pequeña rampa, una pequeña brecha.

Llegó a Second Street, a la parte de la ciudad que la gente llamaba «Calle Dos». Empezaba allí, en Shelton, bajo la farola donde terminaba la hilera de viejas casas de huéspedes, y seguía a lo largo de cuatro o cinco manzanas hasta desembocar en el muelle, donde los pescadores amarraban sus embarcaciones. Había estado allí una vez, seis años atrás, en una tienda de viejo, husmeando entre los polvorientos estantes de ajados libros. En la acera de enfrente había una tienda de licores, y tras la puerta de cristal vio a un hombre de pie, hojeando un periódico.

Sonó una campanilla en lo alto de la puerta. El tintineo hizo que se le saltaran casi las lágrimas. Compró cigarrillos, salió y siguió andando, mirando los escaparates. En algunos había anuncios pegados: un baile, el circo Shrine, que había estado en la ciudad el verano pasado, unas elecciones: *Fred C. Walters para concejal.* A través de una de las lunas vio pilas y juntas de tubería diseminadas sobre un gran tablero, y también aquello le movió casi hasta las lágrimas. Pasó ante un gimnasio de la cadena Vic Tanney. A través de las cortinas echadas en una enorme cristalera se filtraba la luz del interior, y oyó el chapoteo del agua de la piscina y el animado rumor de las voces de los bañistas. Ahora la calle estaba más iluminada –había bares y cafés en ambas aceras–, y más concurrida: grupos de tres o cuatro personas, y de cuando en cuando un hombre solo o una mujer con pantalones chillones que caminaba de prisa. Se paró ante un local y miró cómo unos negros jugaban al billar americano en una atmósfera de humo, bajo la luz cenital que iluminaba la mesa. Uno de ellos, con el sombrero puesto y un cigarrillo en la boca, entizaba el taco y decía algo a un compañero, y ambos rieron, y el hombre del sombrero miró luego a las bolas con suma atención y se inclinó sobre la mesa.

Ralph se detuvo frente a Jim's Oyster House. Nunca había estado allí, nunca había estado en ninguno de aquellos locales. El rótulo, sobre la puerta, exhibía el nombre con letras de bombillas amarillas: JIM'S OYSTER HOUSE. Encima de él, y asentada sobre una parrilla de hierro, se veía una descomunal almeja con luces de neón de cuyas valvas sobresalían las piernas de un hombre. Con el torso dentro de la concha, se le iluminaban y apagaban las piernas con un centelleo rojo, y se agitaban de arriba abajo como si estuviera pataleando. Ralph encendió un cigarrillo con la colilla del anterior y empujó la puerta.

El local estaba atestado. La gente se apiñaba en la pista de baile: las parejas aguardaban abrazadas a que la orquesta siguiera tocando. Ralph se abrió paso hacia la barra, y en el camino una mujer ebria le agarró de la chaqueta. No había taburetes, y hubo de quedarse de pie al fondo de la barra, entre un hombre del servicio de guardacostas y un hombre apergaminado que llevaba vaqueros. En el espejo vio que los músicos se levantaban de una mesa. Llevaban camisa blanca y pantalones oscuros y una fina corbata roja de lazo. Junto al estrado de la orquesta había una chimenea con un fuego de gas tras un montón de leña artificial. Uno de los músicos pulsó las cuerdas de su guitarra eléctrica, y dijo algo a sus colegas con una sonrisa de complicidad. La orquesta empezó a tocar.

Ralph alzó el vaso y lo apuró. Oyó que una mujer decía airadamente en la barra: «Bien, aquí va a haber lío, sólo te digo esto.» La orquesta concluyó una pieza, y dio comienzo a otra. El bajo se adelantó hasta el micrófono y empezó a cantar. Pero Ralph no entendía la letra. Cuando la orquesta hizo otra pausa, Ralph buscó con la mirada los aseos. Al otro extremo del local vio puertas que se abrían y cerraban, y se dirigió hacia ellas. Se tambaleaba un poco al andar, y supo que estaba ya borracho. Sobre una de las puertas había unas astas de venado. Vio que un hombre la empujaba para entrar, y que otro la sujetaba y después salía. Una vez dentro, mientras hacía cola detrás de tres hombres, se vio mirando fijamente unos muslos abiertos y una vulva dibujados en la pared, sobre una máquina de peines de bolsillo. Debajo se leía CÓME-ME, y alguien había añadido más abajo: *Betty M. la come RA-52275.* El hombre que le precedía avanzó un puesto, y Ralph dio un paso hacia delante, con el corazón oprimido a causa de Betty. Por fin subió al urinario y orinó. Una descarga líquida restalló contra la loza. Suspiró, se inclinó hacia delante, dejó que su cabeza descansara sobre la pared. Oh, Betty, pensó. Luego creyó entender que su vida había cambiado. ¿Había otros hombres —se preguntó entre los humores del alcohol— capaces de mirar a un suceso dado de sus vidas y percibir en él el infinitesimal embrión de la catástrofe que habría de cambiar su curso? Siguió allí quieto unos instantes, y al cabo miró hacia abajo: se había orinado encima de los dedos. Se acercó al lavabo, desechó la idea de utilizar la mugrienta pastilla de jabón y dejó que el agua corriera sobre sus manos. Al tirar del rollo de papel para secarse, acercó la cara al espejo moteado de manchas y se miró los ojos. Simplemente una cara, nada extraordinario. Tocó el espejo, y luego se apartó para dejar que un hombre utilizara el lavabo.

Al salir vio otra puerta al fondo del pasillo. Fue hasta ella y miró a través del cristal y vio a cuatro hombres que jugaban a las cartas en torno a un tapete verde. A Ralph se le antojó un recinto inmensamente quieto y apacible; los movimientos de los jugadores, lánguidos y callados, parecían preñados de sentido. Se quedó allí, pegado al cristal, contemplando la escena hasta que se percató de que los hombres lo miraban.

De vuelta en la pista, se oyó un floreo de guitarras, y la gente empezó a aplaudir y a lanzar silbidos. Una mujer gorda de mediana edad en traje de noche blanco era instada a subir al estrado de los músicos. Ella se resistía, pero Ralph pudo ver que fingía su negativa. Al cabo aceptó el micrófono e hizo una pequeña reverencia. El público silbó y pateó con regocijo. Ralph supo de pronto que nada podría salvarlo sino el estar dentro de aquel recinto observando a los jugadores. Sacó la billetera, y mantuvo las manos sobre los bordes mientras comprobaba el dinero que tenía. La mujer del estrado empezó a cantar con voz grave e indolente.

El hombre que daba las cartas levantó la mirada.

—¿Se ha decidido a entrar en la partida? —dijo, mirando a Ralph de pies a cabeza y fijando de nuevo la atención en la mesa. Los otros alzaron la vista un instante, y volvieron a seguir el reparto en abanico de las cartas. Luego cogió cada cual las suyas y el hombre que daba la espalda a Ralph expulsó el aire por la nariz ruidosamente, se volvió en su silla y lanzó una mirada airada.

—¡Benny, trae una silla! —ordenó el hombre que daba las cartas a un viejo que barría entre las patas de una mesa con sillas vueltas del revés sobre el tablero. El hombre que daba las cartas era un tipo corpulento; llevaba una camisa blanca abierta por el cuello cuyas mangas apenas remangadas dejaban al descubierto unos antebrazos de negro vello tupido y rizado. Ralph inspiró honda, largamente.

—¿Quiere beber algo? —preguntó Benny, acercando una silla a la mesa.

Ralph le dio un dólar al viejo y se quitó la chaqueta. El viejo la cogió y al salir la colgó junto a la puerta. Dos de los hombres corrieron hacia un lado las sillas y Ralph se sentó frente al hombre que daba las cartas.

—¿Cómo le va? —dijo el hombre que daba las cartas, sin levantar la mirada.

—Muy bien, gracias —dijo Ralph.

El hombre que daba las cartas dijo con voz suave, con la mirada aún baja:

—Póquer a la baja: cartas ganadoras, del as al cinco. Se juega sólo hasta el resto; revoque máximo, cinco dólares.

Ralph asintió con la cabeza, y cuando se jugó la mano compró quince dólares en fichas. Miró el veloz vuelo de las cartas sobre el tapete verde; fue levantando las suyas, haciendo resbalar la que recibía bajo una esquina de la anterior, como había visto hacer a su padre. En determinado instante alzó los ojos y miró las caras de los jugadores. Se preguntó si alguna vez le habría sucedido lo que a él a alguno de ellos.

Al cabo de media hora había ganado dos manos, y, sin necesidad de contar el pequeño montón de fichas que tenía ante él, calculó que aún debía de tener unos quince dólares, o incluso veinte. Pagó otra copa con una ficha, y de pronto cayó en la cuenta de que llevaba recorrido un largo camino aquella noche, un largo camino en la vida. *Jackson,* pensó. Sí, podía ser Jackson.

—¿Va o no va? —preguntó uno de los jugadores—. Clyde, por el amor de Dios, ¿de cuánto es la apuesta? —dijo dirigiéndose al hombre que daba las cartas.

—Tres dólares —dijo el hombre que daba las cartas.

—Voy —dijo Ralph—. Yo voy. —Echó tres fichas sobre el tapete.

El hombre que daba las cartas alzó los ojos, y luego volvió a mirar sus cartas.

—Veo que le apetece un poco de acción... Podemos ir a mi casa cuando acabemos esta partida —dijo.

—No, está bien —dijo Ralph—. Ya he tenido acción suficiente por esta noche. Me acabo de enterar esta misma noche. Mi mujer me la pegó con un tipo hace dos años. Me he enterado esta noche. —Se aclaró la garganta.

Uno de los hombres dejó las cartas y se dio fuego al cigarro. Miró a Ralph mientras lo encendía, apagó la cerilla y volvió a coger sus cartas.

El hombre que daba las cartas alzó la mirada, puso sobre la mesa las manos abiertas, unas manos oscuras, de vello muy rizado y negro.

—¿Trabaja aquí en la ciudad? —preguntó a Ralph.

—Vivo aquí —dijo Ralph. Se sentía esquilmado, espléndidamente vacío.

—¿Jugamos o no? —dijo uno de los hombres—. ¿Eh, Clyde?

—Para el carro —dijo el hombre que daba las cartas.

—Por el amor de Dios —dijo el otro con voz suave.

—¿De qué se ha enterado esta noche? —dijo el hombre que daba las cartas.

—Mi mujer —dijo Ralph—. Lo he sabido esta noche.

En el callejón sacó la billetera y contó el dinero que le quedaba: dos dólares... y debía de tener moneda en el bolsillo. Lo suficiente para comer algo. Pero no tenía hambre. Se apoyó contra el muro, encorvado, y trató de pensar. Entró un coche en el callejón, se detuvo, reculó hacia la entrada. Ralph echó a andar. Volvió sobre sus pasos. Caminaba pegado a la pared de los edificios, apartado de los ruidosos grupos de hombres y mujeres que iban y venían por la acera. Oyó que una mujer con un abrigo largo le decía a su pareja: «Que no es así, Bruce. No entiendes nada.»

Llegó a la tienda de licores. Entró, fue hasta el mostrador y estudió la larga y ordenada hilera de botellas. Compró media pinta de ron y un paquete de cigarrillos. Le habían llamado la atención las palmeras de la etiqueta, las exuberantes y caídas frondas con la laguna al fondo... pero de pronto cayó en la cuenta: ¡era *ron!* Se sintió al borde del desmayo. El empleado, un hombre delgado y calvo, con tirantes, metió la botella en una bolsa, marcó el precio en la caja y le dirigió un guiño.

—¿Qué, le ha salido alguna cosilla esta noche? —dijo.

Afuera, Ralph echó a andar hacia el muelle. Pensó que le agradaría ver el agua con las luces reflejadas sobre su superficie. Pensó en cómo manejaría el doctor Maxwell un asunto como el suyo, y sin dejar de andar metió la mano en la bolsa, sacó la botella y rompió el precinto. Se detuvo ante una puerta, bebió un largo trago y pensó que lo que haría el doctor Maxwell sería sentarse con elegancia junto al borde del agua. Cruzó unas viejas vías de tranvía y se internó en una calle aún más oscura. Le llegaba ya el ruido de las olas que rompían bajo el muelle, y luego oyó que alguien se movía a su espalda. Un negro menudo con cazadora de cuero se plantó ante él y dijo:

232

–Quieto ahí un momento, viejo. –Ralph trató de esquivarle y pasar por un costado, pero el hombre dijo–: ¡Cristo, chiquillo, es mi pie lo que estás pisando! –Antes de que Ralph pudiera echar a correr el negro le golpeó con fuerza el estómago, y cuando Ralph gimió y se dejó caer hacia delante, el negro volvió a golpearle en la nariz con la mano abierta. Ralph cayó hacia atrás contra el muro, y fue derrumbándose hasta quedar sentado en el suelo, con una pierna doblada bajo su peso, y se incorporaba ya trabajosamente, cuando el negro le alcanzó en plena cara con la mano abierta y lo derribó contra la acera.

3

Tenía la mirada fija en un punto, y entonces las vio. Eran docenas, y revoloteaban y se precipitaban en línea recta justo debajo de las espesas nubes: aves marinas, aves que llegaban desde el océano a aquella hora de la mañana. La calle estaba oscura por la bruma que aún descendía despacio, y hubo de avanzar con tino para no pisar los caracoles que se arrastraban pesadamente por la acera mojada. Un coche con los faros encendidos aminoró la marcha al pasar a su altura. Pasó otro coche. Y luego otro. Miró en torno: obreros de los aserraderos, se dijo entre dientes. Era lunes. Torció una esquina, pasó por delante de Blake's: persianas echadas, botellas vacías de pie junto a la puerta, cual centinelas. Hacía frío. Apretó el paso cuanto pudo; de cuando en cuando cruzaba los brazos, se frotaba los hombros. Llegó, al fin, a su casa y vio la luz del porche encendida, las ventanas a oscuras. Cruzó el césped y fue hacia la parte de atrás. Hizo girar el pomo y la puerta se abrió sin ruido. La casa estaba en silencio. El taburete seguía junto a la escurridera. Vio la mesa donde habían estado sentados. Se había levantado del sofá, había entrado en la cocina, se había sentado. ¿Qué más había hecho? No había hecho nada más. Miró el reloj de encima de la cocina. A través de la puerta veía el comedor, la mesa con el mantel de encaje, el pesado centro de mesa de cristal, con sus flamencos rojos de alas extendidas, y al otro extremo las cortinas abiertas. ¿Había estado Marian junto a la ventana, esperándole? Pasó a la sala, pisó la alfombra. Vio el abrigo de Marian echado sobre el sofá, y a la débil claridad entrevió también un gran cenicero lleno de colillas... de los cigarrillos con filtro de Marian. Al pasar ante la mesita vio una guía telefónica abierta. La puerta de su dormitorio estaba entreabierta. Todo parecía abierto. Durante un instante se resistió a mirarla en la cama, pero al cabo empujó un poco la puerta. Estaba dormida, con la cabeza fuera de la almohada, vuelta hacia la pared. Su pelo negro se recortaba sobre la sábana, y las mantas, que se habían salido del pie de la cama, formaban un ovillo sobre sus hombros. Estaba de costado, con su cuerpo íntimo doblado por las caderas. Se quedó mirándola. ¿Qué debía hacer? ¿Coger sus cosas e irse? ¿A un hotel? ¿Tomar ciertas medidas? ¿Cómo debía actuar un hombre, dadas las circunstancias? Comprendió que lo hecho hecho estaba. Pero no entendía qué es lo que debía hacer ahora. La casa estaba silenciosa, muy silenciosa. Se sentó a la mesa de la cocina y recostó la cabeza sobre los brazos. No sabía qué hacer. Y no sólo ahora, pensó, no sólo en esto, pensó, no sólo a este respecto, hoy y mañana, sino ningún día, en ningún momento, nunca. Oyó un bullicio infantil. Al ver que los niños entraban en la cocina se incorporó y trató de sonreír.

—Papi, papi —dijeron a un tiempo, y Ralph vio sus menudos cuerpos viniendo hacia él a la carrera.

—Cuéntanos un cuento, papi —dijo el niño, encaramándose a sus rodillas.

—No puede contarnos un cuento —dijo la niña—. Es demasiado temprano. ¿No es verdad, papi?

—¿Qué te pasa en la cara, papi? —dijo su hijo, apuntando con el dedo.

—¡Déjame ver! —dijo su hija—. Déjame ver, papi.

—Pobre papá —dijo su hijo.

—¿Qué te has hecho en la cara, papá? —dijo su hija.

—No es nada —dijo Ralph—. No pasa nada, cariño. Ahora bájate, Robert. Oigo a tu madre.

Ralph se deslizó de prisa hasta el cuarto de baño y cerró la puerta con pestillo.

—¿Está ahí papá? —oyó decir a Marian—. ¿Dónde está, en el cuarto de baño? ¿Ralph?

—¡Mamá, mamá! —gritó la niña—. ¡Papá se ha hecho una herida en la cara!

—¡Ralph! —Marian trató de abrir la puerta—. Ralph, déjame entrar, por favor, cariño. ¿Ralph? Por favor, cariño, déjame entrar. Quiero verte. ¿Ralph? ¡Por favor!

—Vete, Marian —dijo él.

—No puedo irme —dijo ella—. Ralph, por favor, abre la puerta un segundo, cariño. Sólo quiero verte. Ralph. ¿Ralph? Los niños dicen que te has hecho unas heridas. ¿Qué ha pasado, cariño? ¿Ralph?

—Vete —dijo él.

—Ralph, abre la puerta, por favor —dijo ella.

Él dijo:

—¿Quieres hacer el favor de callarte, por favor?

Oyó cómo se quedaba en la puerta, esperando. Luego vio que el pomo giraba de nuevo, y luego la oyó en la cocina, yendo de un lado para otro, dando el desayuno a los niños, tratando de responder a sus preguntas. Se quedó largo rato mirándose al espejo. Se hizo muecas. Ensayó diversos semblantes. Y al cabo desistió. Se apartó del espejo, se sentó en el borde de la bañera y empezó a soltarse los cordones de los zapatos. Se quedó allí sentado con un zapato en la mano, mirando los raudos veleros que surcaban el mar azul de la cortina de plástico de la ducha. Pensó en los negros cochecitos de caballos del mantel y casi gritó: *¡Deténgase!* Se desabrochó la camisa, se inclinó sobre la bañera con un suspiro y puso el tapón en el desagüe. Abrió el grifo del agua caliente, e instantes después empezó a ascender el vaho.

Permaneció desnudo sobre las baldosas antes de meterse en el baño. Se cogió entre los dedos la carne fláccida de la zona de las costillas. Volvió a mirarse en el espejo empañado. Se sobresaltó al oír que Marian lo llamaba por su nombre.

–Ralph, los niños están jugando en su cuarto. He llamado a Von Williams y le he dicho que hoy no irás a dar clases. Yo también voy a quedarme en casa. –Luego dijo–: Estoy preparándote un estupendo desayuno, cariño. Para cuando acabes de bañarte. ¿Ralph?

–Cállate, ¿quieres? –dijo él.

Siguió encerrado en el baño hasta que oyó a Marian en el cuarto de los niños. Estaba vistiéndoles, y les preguntaba si no querían jugar con Warren y Roy. Salió del baño, atravesó la casa, entró en el dormitorio y cerró la puerta. Miró la cama, y luego se acostó. Permaneció boca arriba, con la mirada fija en el techo. Se había levantado del sofá, había entrado en la cocina y... y se había *sentado*. Al ver que Marian entraba en el cuarto cerró los ojos de inmediato y se dio la vuelta hacia un costado. Marian se quitó la bata y se sentó en el borde de la cama. Deslizó una mano bajo las mantas y empezó a acariciarle la parte baja de la espalda.

–Ralph –dijo Marian.

Tensó los músculos ante el contacto de sus dedos, y luego cedió un poco. Era más fácil ceder un poco. Marian le pasaba la mano por la cadera, por el vientre, y ahora apretaba su cuerpo contra el suyo y se movía sobre él, gravitando aquí y allá sobre su cuerpo. Se contuvo –se diría más tarde– cuanto pudo. Y al cabo se dio la vuelta. Se daba la vuelta una vez y otra en lo que podía haber sido un reparador y espléndido sueño, y seguía dándose la vuelta, maravillado ante los imposibles cambios que sentía bullir en su interior.

ÍNDICE